W0285428

Beth McMullen

AGENTIN ABBY

Beth McMullen arbeitete jahrelang für Reader's Digest, bevor sie beschloss, lieber selbst Bücher zu schreiben, als sie nur zu kürzen. Wenn sie nicht in ihrem Haus an der kalifornischen Küste am neuen Roman arbeitet, reist sie gemeinsam mit ihrem Mann und ihren beiden Kindern um die Welt.

BETH MCMULLEN

AGENTIN ABBY

Aus dem Englischen
von Henriette Zeltner

you & ivi

Bücher für coole Mädchen.
www.piper.de/youandivi

FSC
www.fsc.org
MIX
Papier aus verantwortungsvollen Quellen
FSC® C014496

ISBN 978-3-492-70447-2
© you&ivi, ein Imprint der Piper Verlag GmbH, München 2017
Titel der amerikanischen Originalausgabe:
»Mrs. Smith's Spy School for Girls«,
Aladdin, Simon & Schuster, New York 2017
Umschlaggestaltung: zero-media.net, München
Umschlagabbildungen: FinePic®, München
Satz: Satz für Satz, Wangen im Allgäu
Gesetzt aus der Minion
Druck und Bindung: GGP Media GmbH, Pößneck
Printed in Germany

Für Max und Katie

1

New York. Vor acht Monaten,
als die Dinge eine seltsame Wendung nahmen.

Sehr geehrte Abigail Hunter,

es ist uns eine Ehre, Dich für das Schuljahr 2019 an der Smith School for Children willkommen zu heißen. Wir sind überzeugt, dass Du an unserer Schule Großartiges leisten wirst. Hier an der Smith nehmen wir unser Motto sehr ernst: Non tamen ad reddet. Nicht nehmen, sondern zurückgeben. Jeden Tag bemühen wir uns, die Welt zu einem besseren Ort für unsere Mitmenschen zu machen, denn darauf kommt es an. Beigefügt findest Du Einzelheiten zum Schuljahresbeginn. Unsere Reiseabteilung wird sich in Kürze bei Dir melden, um Deine Anreise und den Transport Deines Gepäcks nach Connecticut zu arrangieren. Wir freuen uns auf ein spannendes und lohnendes Jahr!

Mit freundlichen Grüßen
Lola Smith, Direktorin der Smith School for Children

Die Smith School for Children? *Was?* Das muss ein Irrtum sein, denn ich gehe mit Rowan, Ainsley, Blake und Alec auf die Sweetbriar-Montessorischule und wir haben schon alles ausgemacht. Nächstes Jahr, also in der Achten, gibt es diese epische Fahrt nach Washington, DC. Und Blake und ich tauschen jeden Tag unsere Pausenverpflegung, weil er Grünkohlchips und solche gesunden Sachen mag, die meine Mutter mir einpackt. Apropos meine Mutter: »Mom! Komm schnell!«, brülle ich.

Meine Mutter, die kluge, aber anscheinend doch recht vergessliche Jennifer Hunter, erscheint in der Tür zu meinem Zimmer. Sie hat sich ein Handtuch um die Haare geschlungen und ein zweites um ihren Rumpf. Außerdem hat sie den Mund voller Zahnpasta.

»Was ist?«, nuschelt sie durch den Schaum. »Brennt's bei dir?«

Ich halte den Brief so hoch, dass sie das leuchtend rot-blaue Wappen der Smith School gut sehen kann. (Warum braucht eine Schule eigentlich ein Wappen?)

Mom kneift die Augen ein bisschen zusammen. Weil sie eitel ist, trägt sie ihre Lesebrille nur, wenn sie einen Splitter entfernen muss. Ich räuspere mich.

»Smith School for Children. Klingelt's da bei dir?«, schreie ich.

Mom erstarrt und sieht total geschockt aus. Zahnpasta tropft ihr vom Kinn. Mir wird ganz flau. Dieser Brief ist anscheinend kein Versehen.

»Warte kurz«, sagt meine Mutter. »Muss das ausspucken.« Damit dreht sie sich um und verschwindet. Sie hätte den Schaum auch runterschlucken können, aber sie will Zeit schinden. Die braucht sie, um sich zu überlegen, wie sie mir am besten mitteilt, dass *sie mich auf ein Internat schickt und nur irgendwie vergessen hat, das zu erwähnen.*

Ich hocke im Schneidersitz auf meinem Bett. In der freien Hand halte ich eine Keramikschale, die ich in der Schule getöpfert habe. Sie ist violett und orangefarben glasiert und passt so genau in meine Handfläche wie eine Granate. Nicht dass ich vorhätte, sie oder irgendwas anderes zu schmeißen.

Meine Mutter kehrt in einem weißen T-Shirt zurück. Aus ihrem nassen langen Haar tropft es auf den Fußboden und sie hat ein vollkommen unangebrachtes Lächeln aufgesetzt. Dann fällt ihr Blick auf meine Keramikschale. Das Lächeln verschwindet sofort.

»Denk nicht mal dran, damit nach mir zu werfen«, sagt sie und setzt sich ans Fußende meines Betts. »Ich würde mich ducken, dann knallt sie gegen die Wand und was hast du davon?«

Ich stelle die Schale weg. »Nichts«, murmle ich.

»Genau«, sagt sie. »Keine Vorteile. Genau wie damals, als du mit Ainsley die Schule geschwänzt hast, um die Lemuren aus dem Zoo im Central Park zu befreien. Da ist sogar die Polizei gekommen. Kein Vorteil.«

»Die Lemuren waren da *nicht* glücklich«, sage ich finster. »Und du tropfst mein ganzes Bett voll.«

»Tut mir leid, dass du den Brief in die Finger bekommen hast«, sagt sie stirnrunzelnd. »Aber seit wann bringst du eigentlich die Post rein?«

»Ich wollte *hilfsbereit* sein«, erkläre ich. »Hast du nicht gesagt, es wäre schön, wenn ich hilfsbereiter wäre? Außerdem war er an mich adressiert.«

»Die Smith School ist das angesehenste Internat des Landes«, sagt sie.

»Mir egal«, erwidere ich aufgebracht. »Ich geh da nicht hin.«

»Du kannst an der Smith Röcke mit kleinen Walen drauf anziehen. Und Poloshirts«, sagt sie. »Du wirst da gut hinpassen. Jede Menge cleverer Kids. Die was erreicht haben, weißt du.«

Das ist eine geradezu lächerliche Antwort, selbst für Moms Verhältnisse. Ich meine, wie viel kann man mit zwölf denn bitte schön erreicht haben? Die richtige Antwort lautet: nicht viel.

»Spinnst du?«, frage ich. »Ich war da noch nie! Bis eben hatte ich noch nicht mal davon gehört! Ich gehe auf die Sweetbriar. Ich habe Freunde! Und Pläne!«

»Die Smith School ist wirklich hübsch«, versucht meine Mutter es noch einmal. Ich greife wieder nach der Keramikschale, aber als Mom kaum merklich mit dem Kopf schüttelt, stelle ich sie zurück.

»Mir ist egal, ob es da hübsch ist«, jammere ich, »ich geh da nicht hin.«

»Doch, das wirst du.« Mom fasst mich bei den Schultern und schaut mir tief in die Augen. Ich hasse es, wenn sie das macht. Es ist hypnotisierend, als wäre sie so eine Art Schlangenbeschwörerin. Und obwohl ich schon mein ganzes Leben lang ihre Tochter bin, kann ich mich immer noch nicht dagegen wehren.

»Du bist klug, Abigail«, sagt sie. »Aber du musst lernen, dich zu konzentrieren und zu disziplinieren. Und ich bin dafür verantwortlich, einen Ort zu finden, an dem genau das gegeben ist – Konzentration und Disziplin. Ich muss wissen, dass du gut aufgehoben bist.«

Es stimmt schon, dass ich mich manchmal in Schwierigkeiten bringe. Vor zwei Monaten habe ich zum Beispiel die Wahl zum Schulsprecher manipuliert und wurde erwischt, als ich mich an dem Karton mit den Stimmzetteln zu schaffen machte. Aber das habe ich nur aus Freundschaft zu Josh getan, der so gern gewinnen wollte und wahrscheinlich keine Chance gehabt hätte. Ist Freundschaft etwas Schlechtes? Ich glaube nicht.

Der Direktor der Sweetbriar findet, ich hätte ein chronisches Defizit an gesundem Menschenverstand. Er wird immer ganz rot im Gesicht, wenn er das sagt, und meine Mutter seufzt als Antwort.

»*Ein Internat?*«, frage ich entsetzt. Für jemanden mit meiner Schlagfertigkeit ist das ein erbärmlicher Einwand. Aber zu meiner Verteidigung kann ich vorbringen, dass ich quasi noch unter Schock stehe. Ich habe ja erst vor fünf Minuten erfahren, dass ich bald in der grünen Landschaft Connecticuts verschwinden werde. Ich wedle mit dem Brief vor der Nase meiner Mutter.

»In diesem Gefängnis werde ich sterben«, sage ich. »Verschrumpeln und verschwinden, genau wie die Böse Hexe des Westens in *Der Zauberer von Oz*. Mein kreatives Ich wird für immer verstummen. Deshalb kann ich da einfach nicht hin.«

Mom lehnt sich wieder zurück und sieht mich an, wobei sie eine ihrer professionell getrimmten Augenbrauen eine Spur hochzieht.

»Außerdem hasse ich Poloshirts«, füge ich hinzu. »Wann hast du mich jemals in einem Poloshirt gesehen? Und was für eine Sorte Mensch trägt Meerestiere auf dem Rock? Denk an die Böse Hexe des Westens, Mom. Puff! In Rauch aufgelöst. Das Ende der Abigail Hunter, wie du sie kennst.«

»Dampf«, sagt Mom nur.

»Was?«

»Die Böse Hexe des Westens ist nicht verbrannt. Sie ist verdampft.«

Egal. Ich ziehe die Knie an meine Brust und nehme die Abwehrhaltung eines Igels ein, der angegriffen wird. Mom mustert mich von Kopf bis Fuß.

»Hör zu«, meint sie seufzend. »Das wird ein kompliziertes Jahr. Ich muss an einige Orte und Dinge … erledigen. Da kann ich nicht jede Sekunde auf dich aufpassen, dich von Abgründen zurückziehen oder jedes Mal eingreifen, wenn du einen falschen Schritt tust. Das wird einfach nicht funktionieren. Die Smith wird eine Herausforderung für dich sein und deine Konzentration fördern. Probier es doch wenigstens aus. Bitte. Mir zuliebe?«

Mom hat die faszinierendsten Augen der Welt – blau mit einem violetten Schimmer – und die sagen mir gerade, dass ich nachgeben sollte. Sie wird nicht noch mehr betteln.

Ich habe meine Mutter sehr lieb. Sie versteht Spaß, ist lustig und behandelt mich sogar dann noch mit Respekt, wenn ich Mist baue, was häufig vorkommt. Aber sie hat mir auch verschwiegen, dass sie mich im September auf ein Internat schicken will. Also warte ich mal ab, was sie mir noch anzubieten hat.

Mom steht auf und läuft grübelnd in meinem schmalen Zimmer hin und her.

»Okay, wie wäre es mit Winterferien in der Schweiz?«, fragt sie nach einer Weile. »Wir könnten Skifahren oder Schneemänner bauen oder, keine Ahnung, heiße Schokolade trinken.«

Ich schüttle den Kopf. Ich hasse Schnee. Außerdem fährt Mom auf vereisten Straßen genauso wie auf eisfreien: beängstigend schnell.

»Tahiti?«, schlägt sie vor. »St. Barts? Galapagosinseln? Der Regenwald von Costa Rica?«

Das klingt schon besser. »Ich nehme Galapagos und das Feriencamp für Kunstgeschichte in Rom, von dem du behauptet hast, ich wäre zu jung dafür.«

Sie mustert mich scharf. Mein Herz rast. Der schwer zu erringende Sieg ist nah, das kann ich spüren. Jetzt stützt Mom die Hände in die Hüften. Eine Schweißperle rinnt mir über den Rücken.

»Abgemacht«, sagt sie schließlich. Wir schütteln einander die Hand. Und während ich einerseits außer mir vor Glück bin (ich hab gewonnen!), weiß ich andererseits, dass sie mich übers Ohr gehauen hat. Denn im Nullkommanichts bin ich auch schon unterwegs zur Smith School for Children.

2

Die Smith School for Children. Jetzt.
Wo ich drauf und dran bin, ganz großen Mist zu bauen.

Manchmal denke ich, Mrs. Smith ist gar nicht Mrs. Smith.

Wenn man sie ruft, dauert es ziemlich lange, bis sie reagiert. Als würde sie überlegen, wer diese Mrs. Smith eigentlich ist, bevor sie merkt, ach, stimmt, das bin ja *ich* – dann sollte ich mich wohl mal umdrehen. Und wenn man ein »Hallo, Mrs. Stein!« oder »Mrs. James!« oder irgendeinen anderen geläufigen Namen raushaut, dann reagiert sie *genauso*. Eine Pause, eine langsame Pirouette und ein Lächeln, so eisig, dass ich fast meinen Atem sehen kann. Außerdem: Falls sie wirklich Mrs. Smith ist, wo steckt dann Mr. Smith? Warum haben wir ihn noch nie gesehen? Oder auch nur gehört, wie er in einer höflichen Unterhaltung erwähnt wurde? Was hat sie mit ihm gemacht? Am Ende bleibt die Frage: Wer ist diese Dame, die die Smith School leitet?

Natürlich haben wir Theorien entwickelt. Ich und meine besten Freundinnen Charlotte Cavendish und Izumi Sato. Aber es fehlt uns an Beweisen. Deshalb hänge ich um zwei Uhr morgens, anstatt in mein Bett gekuschelt zu schlafen, an einem Bettlaken, das um ein Bein meines Schreibtischs geknotet ist, aus dem Fenster im ersten Stock meines Zimmers im McKinsey House. Meine besten Freundinnen lehnen sich aus dem Fenster und halten Wache.

»Bist du schon unten?«, flüstert Charlotte. Eigentlich ist es eher ein Brüllen als ein Flüstern.

»Sei still!«, schreie ich zurück.

»Ihr beiden seid echt hoffnungslose Fälle«, stöhnt Izumi.

Ich würde das gern bestreiten, aber ich hänge schließlich nach wie vor an einem Bettlaken und bin noch ein ganzes Stück zu weit über dem Boden, um mich so richtig wohlzufühlen. Also rutsche ich langsam weiter abwärts, bis meine Füße die Erde berühren. Ich seufze tief. Meine Schultern brennen.

»Sie hat's geschafft!«, schreit Charlotte wieder los. Als Ninja wäre sie die totale Niete. Ich recke einen Daumen zu meinen Freundinnen hoch, woraufhin die beiden sich abklatschen. Auf zum spaßigen Teil dieser Sache.

Mit einem Hochgefühl schlüpfe ich durch eine Seitentür, die ich früher am Abend einen Spaltbreit offen gelassen habe, in die Große Halle der Smith School. Ich kann gar nicht glauben, dass das wirklich geklappt hat! Spionage scheint mir zu liegen.

Sobald ich drinnen bin, hefte ich mich Mrs. Smith, oder wer auch immer sie ist, an die Fersen. Sie durchquert die Große Halle in Richtung ihres Büros am nördlichen Ende des Gebäudes. Meine nackten Füße machen auf dem polierten Holzboden kein Geräusch, und solange ich mich im Schatten halte, wird sie mich sicher nicht sehen. Abgesehen davon macht mich mein schwarzer Batman-Pyjama praktisch unsichtbar. Oder sogar mehr als unsichtbar. Weil man nicht mit mir rechnet.

Mrs. Smith holt einen Schlüssel hervor und schließt die massive Holztür zu ihren Büroräumen auf. Diesen Schlüssel trägt sie immer um den Hals. Wenn man sich schlecht benimmt und vor ihrem Schreibtisch zur Rede gestellt wird, steht sie da, mit ihrem eisigen Lächeln, während sie ununterbrochen den Schlüssel zwischen ihren Fingern dreht. Steckst du in Schwierigkeiten? Weiß sie überhaupt noch, dass du da bist? Nach ein, zwei Sekunden fixiert sie dich und dann gestehst du Taten, die du noch nicht mal begangen hast.

Mrs. Smith gleitet jetzt ins Sekretariat und lässt die Tür angelehnt. Dann begibt sie sich ins Allerheiligste, das sich selbstverständlich auch hinter einer schweren Holztür befindet, die sich hinter ihr zu schließen beginnt. *Nein! Fall nicht zu! Nein, nein, nein!* Ich kann schlecht zur Tür hechten, ohne mich zu verraten, also kneife ich stattdessen die Augen zu und halte sie mit reiner Willenskraft offen. Das gelingt, aber nur ganz knapp.

Egal, ganz knapp reicht mir. Ich schleiche also ins leere Sekretariat und halte einen Moment inne, um zu sehen, ob sie mich bemerkt hat. Negativ. Dann schiebe ich mich am Schreibtisch vorbei und presse mich gegen die dunkle Holzvertäfelung neben der erwähnten Tür.

Durch einen drei Finger breiten Spalt sehe ich Mrs. Smith vor ihrem Schreibtisch stehen und jemand anschauen, der in einem der beiden außergewöhnlich tiefen und flauschigen Sessel gegenübersitzt. Ich kann nicht erkennen, um wen es sich handelt, aber sie rümpft die Nase, als würde ihr Gast übel riechen.

»Wir haben doch schon besprochen, dass Sie sich einen Termin geben lassen sollen«, sagt sie kühl. »Diese Besuche um zwei Uhr morgens werden langsam langweilig.«

»In Anbetracht der Umstände«, höre ich eine Männerstimme

leise sagen, »dachte ich, Sie wären froh über meinen Rat, egal zu welcher Zeit.« Die Stimme klingt bedrohlich, aber aus meiner Position kann ich nicht erkennen, wem sie gehört.

»Mit Verlaub«, sagt Mrs. Smith in einem Ton, der wie dafür gemacht ist, Normalsterbliche in zitternden Pudding zu verwandeln, »aber ich brauche Ihre Hilfe nicht.«

»Sind Sie sich da so sicher?«, erwidert der geheimnisvolle Mann.

Die Luft knistert vor Spannung. Ich muss mehr sehen. Wer sitzt in dem Sessel? Wer hat Mrs. Smith um diese Zeit aus dem Bett getrieben? Er klingt nicht vertraut. Ich will sein Gesicht sehen. Deshalb schiebe ich eine meiner großen Zehen in den Spalt und gebe der Tür einen Schubs. Sie ist richtig fett, mindestens zwanzig Zentimeter dick. Trotzdem erzeugt mein kleiner Stoß so viel Schwung, dass sie sich weit öffnet und sogar gegen die Wand kracht.

Das gehört definitiv nicht zu meinem Plan.

Als Mrs. Smith herumwirbelt, rette ich mich mit einem Satz aus ihrem Blickfeld.

»Was war das denn?«, fragt der geheimnisvolle Mann. Mrs. Smith geht mit großen Schritten zur Tür. Gleich wird sie sie zuknallen und meine herkulesgleiche Anstrengung war umsonst! Ich kann nicht mehr unbemerkt in ihr Büro schlüpfen, hinter das große braune Ledersofa kriechen und stumm lauschen, während sie alles gesteht, was ich wissen muss. Ich werde nicht als Heldin ins McKinsey House zurückkehren. Es sei denn …

… das Telefon klingelt. Dieses große, goldfarbene Ding mit gedrehter Schnur und den vielen Tasten. Ganz offensichtlich will sie diesen Anruf nicht verpassen, denn sie vergisst die Tür vollkommen und hechtet zu ihrem Schreibtisch.

Ich habe echt Glück. Wahrscheinlich bin ich unter allen Batman-Pyjamas tragenden heimlichen Ninja-Mädchen des Planeten das mit dem meisten Glück! Bevor ich darüber noch die Nerven verliere, gehe ich lieber in die Hocke und krieche dann ins Büro. Dabei achte ich darauf, dass das große braune Ledersofa immer zwischen uns bleibt. Danach bin ich so leise wie … also, jedenfalls mucksmäuschenstill, und weder Mrs. Smith noch der geheimnisvolle Mann kriegen irgendwas mit.

Jetzt muss ich nur noch lauschen, wie Mrs. Smith alles erzählt, was Veronica Brooks zugestoßen ist. Die Zwölftklässlerin mit weißblondem Haar und fiesen Methoden beim Lacrosse-Spielen scheint sich nämlich in Luft aufgelöst zu haben. Und wenn jemand darüber Bescheid weiß, dann ist es Mrs. Smith. Meine Freunde und ich waren uns einig, dass wir ihr nachspionieren müssen, um die Sache aufzudecken. Natürlich habe ich mich freiwillig für diese Mission gemeldet. Das Ganze kam mir nicht anders vor als meine Aktion in Marokko, wo ich mich gegen Mitternacht aus meinem Zimmer und durch die Gärten des schicken Hotels bis in die Bar geschlichen habe, um die Papageien dort aus ihren Käfigen zu befreien. (Allerdings hat mich in jener Nacht meine Mutter ertappt. Da läuft es diesmal schon besser!)

Hinter dem Sofa versteckt und immer noch flach auf dem Bauch liegend, wage ich es, um die Ecke zu spähen. Von hier aus kann ich Mrs. Smith sehen, aber nur wenig von dem Mann. In einer Hand hält er ein Stück Papier mit ausgefranstem Rand. Es sieht zerknittert und gefaltet aus, als hätte jemand halbherzig Origami damit geübt. Außerdem sehe ich seine Füße, die in Segelschuhen stecken. Trotz der frostigen Februartemperaturen trägt er keine Socken. Den Rest von ihm verschluckt der riesige Sessel.

Obwohl ich bislang so viel Glück hatte, erfahre ich nichts Neues von Mrs. Smith. Sie murmelt nur irgendwas ins Telefon, während der geheimnisvolle Mann immer ungeduldiger wird. Er tippt so heftig mit einem Bleistift auf die Sessellehne, dass der ihm schließlich aus der Hand fliegt und nur Zentimeter von meinem Gesicht entfernt am Boden landet. Ich halte die Luft an. Falls er sich danach bückt, sind wir Nase an Nase. Aber der geheimnisvolle Mann pflegt Sachen anscheinend eher auf die lässige Tour aufzuheben. Er streckt nur einen seiner Segelschuhe aus und zieht den Stift damit zu sich heran. Als er das tut, rutscht sein Hosenbein nach oben und ich bekomme irgendwas Buntes auf seiner ansonsten blassen Wade zu sehen. Vielleicht ein blauer Fleck in Dreiecksform? In dem schwachen Licht ist das schwer zu sagen. Mrs. Smith murmelt noch eine Weile vor sich hin, bevor sie den Hörer auflegt und ihre Aufmerksamkeit wieder auf den Mann richtet.

»Können wir jetzt wieder auf das Thema zurückkommen?«, fragt er und wedelt mit dem Papier. Weiß er etwa nicht, mit wem er es zu tun hat? Mrs. Smith schätzt Gefühle wie Ungeduld nicht besonders. Eigentlich schätzt sie überhaupt keine zur Schau gestellten Gefühle. Dieser Typ muss daher eindeutig ein Idiot sein. Jetzt reißt sie ihm das Blatt aus der Hand.

»Ich habe keine Ahnung, was es ist«, faucht sie. »Das habe ich schon gesagt. Mehrmals.«

»Da stehen wir kurz davor, endlich Ghosts Identität zu enthüllen, und ausgerechnet jetzt sind Sie nicht in der Lage, den Hinweis zu dechiffrieren? Was für ein Zufall.«

»Wollen Sie mir vielleicht irgendwas unterstellen?«

»Sollte ich das?«

»Wie können Sie es wagen«, sagt sie. »Ich habe diesem Job mein Leben gewidmet, und das wissen Sie.«

»Sie waren beste Freundinnen!«, schreit der Mann. »Da sollten Sie wissen, was die Hinweise bedeuten. So läuft das.«

»Das war vor langer Zeit«, sagt Mrs. Smith leise. »Dinge ändern sich.«

»Begreifen Sie, dass Ihre Karriere am Ende ist, falls dieser Beweis in falsche Hände gerät?«

Mrs. Smith seufzt. »Wir wissen nicht einmal, was sie gefunden hat, wenn überhaupt. Sie ziehen voreilige Schlüsse.«

»Die Leute von der Regierung glauben es jedenfalls«, erklärt der geheimnisvolle Mann. »Sie sitzen mir im Nacken. Sie wollen Ergebnisse. Sie wollen Ghost.«

Ich habe keine Ahnung, wovon sie reden, aber ich versuche, mir den genauen Wortlaut zu merken, damit ich den Mädchen später berichten kann. Mrs. Smith holt tief Luft und ballt die Hände zu Fäusten. Eine Sekunde lang frage ich mich, ob sie vorhat, diesem Kerl ins Gesicht zu boxen. Die Geschichte würde mich nur durchs Herumerzählen berühmt machen!

»Jetzt hören Sie mir mal zu, alter Freund«, giftet sie. »Ich habe seit einem Jahrzehnt nicht mehr mit Teflon zusammengearbeitet. Wir schreiben uns nicht mal Weihnachtskarten. Zu erwarten, dass ich nach all der Zeit einfach weiß, was sie vorhat, ist grotesk.«

Teflon? Ein Deckname. Das wird ja immer mysteriöser. Die Mädchen werden es lieben.

»Dann sollen wir uns diese Gelegenheit, Ghost zu schnappen, entgehen lassen, nur weil Sie beide vor zehn verdammten Jahren eine Meinungsverschiedenheit hatten?«

»Das reicht!«, schreit Mrs. Smith und ich zucke zusammen. »Ich trage jetzt die Verantwortung, nicht Sie. Und mir gefällt die Idee nicht, das Mädchen für eine aussichtslose Sache zu benutzen. Das ist gefährlich!«

»Teflon ist untergetaucht und keiner außer ihr weiß, wo der Beweis sich befindet. Wenn es Ihnen also nicht gelingt, den Hinweis, den sie Ihnen hinterlassen hat, zu entschlüsseln, dann haben Sie keine andere Wahl, als das Mädchen zu benutzen. Also finden Sie was über Teflon raus und schicken Sie sie los. Ich werde wegen Ihrer Unfähigkeit nicht alles den Bach runtergehen lassen.«

Mrs. Smith schickt einen drohenden Blick in seine Richtung. Er ist ganz klar zu weit gegangen. »Verschwinden Sie aus meinem Büro«, knurrt sie. »Sofort. Und das nächste Mal vereinbaren Sie gefälligst einen Termin.«

Eine Pause entsteht. Ich wage kaum zu atmen.

»Ich rate Ihnen, finden Sie einen Weg aus diesem Chaos«, sagt er. »Ihre Vorgesetzten werden nicht so nett sein wie ich.«

Ich bin so gebannt von diesem hitzigen Wortwechsel, dass ich den Film, der jetzt rechts von Mrs. Smith auf die Wand projiziert wird, nicht gleich bemerke. Zuerst ist das Bild noch verschwommen, aber dann wird es rasch scharf. Mir tritt kalter Schweiß auf die Stirn. Ich stopfe mir eine Faust in den Mund, um nicht aufzuschreien. Das kann nicht sein. Doch da ist es, eindeutig. Ein Mädchen. Mit weißblondem Haar. Sie ist mit den Handgelenken an einen Stuhl gefesselt. Aus zwei winzigen Löchern in ihrem Hals quillt dunkelrotes Blut auf ihre blasse Haut, als hätte ein Vampir sie gebissen. An ihrem Kinn pulsiert eine lange Narbe. Ihre blauen Augen sind genau auf mich gerichtet, was unmöglich ist.

»Hilf mir«, flüstert sie. Höre ich sie tatsächlich oder lese ich das nur von ihren Lippen ab? »Hilf mir. Bitte. Ich brauche Hilfe. Wirklich.«

Und dann legt Veronica Brooks ihren Kopf in den Nacken und

lacht, als wäre das hier die komischste Sache der Welt. Und im Hintergrund lacht noch jemand. Dieses Lachen kommt mir irgendwie bekannt vor, aber mir bleibt keine Zeit, länger darüber nachzudenken, denn jetzt läuft ihr Blut übers Gesicht und in den Mund. Ihre Haut verwandelt sich in irgendwas Schuppiges und Ekliges. Sie lacht weiter wie eine mordlustige Hyäne. Als das Lachen endlich erstirbt, sieht sie mich wieder an. Aber das ist nicht mehr Veronica, sondern ein hasserfülltes und furchterregendes Wesen mit schwarzen, leeren Augenhöhlen und einer Stimme, so kratzig wie Glasscherben.

»Ich sehe dich, Abigail Hunter«, sagt es und hinter seinen Lippen werden verrottete Zähne sichtbar. »Du solltest lieber schnell von hier verschwinden. Bevor man dich erwischt!«

Und das genügt, um mich, das Batman-Pyjama tragende heimliche Ninja-Mädchen, auf der Stelle in Ohnmacht fallen zu lassen.

3

Das Kapitel, in dem ich für jemanden, der eigentlich clever sein sollte, ein hohes Maß an Dummheit unter Beweis stelle.

Als ich die Augen aufschlage, denke ich einen Moment, ich wäre in meinem aufgeräumten schuhschachtelgroßen Kinderzimmer in New York. Doch dann erblicke ich Schwester Willow, eine ältere grauhaarige Dame mit tiefen Falten um Augen und Mund. Schwester Willow wäre niemals zu Hause in meiner Schuhschachtel.

»Wie geht es uns denn, Kindchen?«, fragt sie. Ihre Stimme klingt so süß wie warmer Honig und ich lasse sie einfach über mich fließen. Die Bettwäsche hier auf der Krankenstation ist sauber und duftet nach Frühling. Ich kuschle mich noch ein wenig tiefer hinein. Am liebsten würde ich einfach wieder in den hübschen Traum zurückkehren, in dem Quinn Gardener mich gebeten hat, doch seine Freundin zu sein. Aber Schwester Willow greift nach meiner Hand.

»Aber, aber, Kindchen, Zeit zum Aufwachen«, gurrt sie. »Mrs. Smith möchte kurz mit dir sprechen.«

Mrs. Smith! Unwillkürlich jaule ich auf. Quinn ist auf der Stelle verschwunden.

»Keine Sorge«, sagt Schwester Willow. »Ich glaube nicht, dass sie zu streng mit dir sein wird. Obwohl das natürlich Konsequenzen haben muss.«

Hören Sie mal, Schwester Willow. Sie leben hier in der gemütlichen Abgeschiedenheit Ihrer Krankenstation. Sie haben ja keine Ahnung, wie hart es da draußen für eine Unsichtbare aus der Siebten ist. An meiner alten Schule hatte ich nie Angst vor dem Direktor. Er tat mir sogar fast leid. Ständig wischte er sich mit einem Stofftaschentuch den Schweiß von der Stirn und quiekte. Mrs. Smith ist aus einem ganz anderen Holz geschnitzt. Sie wird niemals laut. Muss sie auch nicht. Ihre bloße Anwesenheit ist schon furchterregend genug.

Vielleicht schmeißt sie mich von der Schule. Okay, das wäre ein möglicher Vorteil, den ich noch nicht bedacht habe. Meine Mutter wird mich dann natürlich umbringen, aber das sagt man ja nur so, oder? Mir bleibt allerdings keine Zeit, mich an der Vorstellung eines Schulverweises zu erfreuen, weil plötzlich Mrs. Smith drohend vor mir aufragt. Das perfekte Gegenteil von Schwester Willow.

Mrs. Smith ist zierlich und schlank, mit dichten blonden Locken und blauen Augen, die nichts preisgeben. Keiner weiß, wie alt sie ist. Vierzig? Fünfzig? Oder ein hundert Jahre alter Vampir? Sie trägt einen adretten kakifarbenen Hosenanzug und dazu zehn Zentimeter hohe Stilettos. Am Aufschlag ihrer Jacke blitzt eine Anstecknadel der Smith School. Sie blickt über den Rand ihrer Schildpatt-Brille auf mich herab.

»*Abigail*«, sagt sie mit weicher, tiefer Stimme. »Wie fühlst du dich heute Morgen?«

In einer perfekten Welt würde ich schlagfertig meine Anwesenheit um zwei Uhr nachts hinter ihrer Bürocouch erklären. Irgendwas von wegen Schlafwandeln oder Albträumen von einer Zombie-Apokalypse. Eben alles, um mich als trauriges kleines Heimkind darzustellen und nicht als ein Mädchen, das irgendwo aus- und einbricht. Aber trotz meiner offensichtlichen Klugheit ist meine Zunge wie gelähmt.

»Ähm. Also. Ich. Ah. Puh. Ähm.«

»Na schön«, sagt sie, »dann wenden wir uns einer anderen Frage zu, ja? Was könntest du während deines heimlichen Ausflugs in mein Büro gehört haben?« Dabei schwebt sie so graziös am Fußende meines Krankenbetts wie ein Schmetterling auf einem zarten Blumenstängel. »Woran erinnerst du dich?«

Erinnern?

Das Bild dieser zunächst Veronica-ähnlichen Kreatur taucht vor meinem inneren Auge auf. Ich schlucke und deute auf das Wasserglas. Mrs. Smith reicht es mir, ohne mich jedoch aus den Augen zu lassen. Ich werde hier verhört. Das ist zwar nicht so schlimm wie Chinesische Geschichte bei Mr. Chin oder Folter mit Stromschlägen, aber ich gerate trotzdem ins Schwitzen.

»Es ist in Ordnung«, sagt sie. »Du kannst ruhig die Wahrheit sagen.«

Ich nippe an meinem Wasser und beschließe, es auf die Mitleidstour zu versuchen. »Ich konnte nicht schlafen und habe gesehen, dass bei Ihnen noch Licht brannte. Da dachte ich, keine Ahnung, dass wir vielleicht darüber reden könnten, wie sehr ich meine Mutter vermisse. Aber ich bin gestolpert und hingefallen. Dabei muss ich mir den Kopf angeschlagen haben. Und ich habe definitiv nichts gehört.«

Wie unglaublich lahm diese Antwort ist, kann ich in den Augen von Mrs. Smith erkennen. Und in Wahrheit warf ich als Batman-Pyjama tragendes heimliches Ninja-Mädchen nur einen einzigen Blick auf die blutige Veronica und fiel auf der Stelle in Ohnmacht. Oberpeinlich.

Sie legt ihre Finger um mein Handgelenk und drückt, aber nur ganz sanft. »Sag mir, was du gehört hast, Abigail.«

Eine Menge Schweißperlen laufen mir über den Rücken. »Ich schwöre, dass ich nichts gehört habe!«, stoße ich hervor. »Ich habe mich als Mutprobe in Ihr Büro geschlichen und bin über den Teppich gestolpert!« Im Zweifelsfall auf lahmen Ausreden beharren.

Sie lässt meine Hand los. »Ist gut«, sagt sie. »Entspann dich. Ich verstehe.« Was nicht das Gleiche heißt wie Glauben, ganz sicher nicht. Jetzt beugt sie sich nah zu mir und tätschelt meinen Kopf, als wäre ich ein Hund. Dabei kann ich ihr Parfum riechen. Ein leicht blumiger Duft, viel zu fröhlich für sie.

Ich verkrieche mich noch tiefer unter der Decke. Mrs. Smith richtet sich wieder auf und streicht unsichtbare Falten auf ihrer Hose glatt. Schon an der Tür, sagt sie: »Eine Sache noch.«

»Ja?« Gleichzeitig ziehe ich die Decke bis zu meiner Nasenspitze hoch.

»Wie hast du es trotz Alarmanlage aus dem abgeschlossenen Wohnheim geschafft?«, fragt sie.

Ach, das ist leicht. Diese Frage kann ich beantworten. Ich bin sogar ein wenig stolz, was ich eigentlich sofort als Beginn meines Niedergangs erkennen sollte. Doch leider tue ich das nicht, sondern nenne ihr auch noch die Details.

»Bettlaken«, sage ich. »Zusammengeknotet und um das Tischbein meines Schreibtischs gebunden. Den Tisch habe ich vors

Fenster geschoben, damit er nicht wegrutscht. Keine große Sache. Außerdem wohne ich doch nur im ersten Stock.«

Ein arktischer Windstoß begleitet Mrs. Smiths Lächeln.

»Nicht mehr«, sagt sie.

4

Wohnheim McKinsey House, dritter Stock.
***Jawohl,* dritter Stock.**

Die Smith School ist ein geschniegeltes Gelände mit efeubewachsenen Gebäuden, sanft hügeligen grünen Wiesen, sehr gepflegten Gärten, akkuraten Steinmauern und Brunnen als Inspirationsquellen. Außer im Februar. Da ähnelt sie einem Eiswürfel.

An der Smith haben wir unsere eigenen Sitten. Zwölftklässler heißen Seniors, Elftklässler Juniors und Zehntklässler Sophomores. Das ergibt ja auch Sinn, nicht wahr? Aber darunter wird es total unverständlich. Die aus der Neunten sind Upper Middles, die Achten Middles und die Siebtklässler Lower Middles. Aber um welche Middle, also Mitte, es sich da handelt, sagt einem keiner.

Trotzdem wissen wir aus der Siebten sehr genau, dass unser eigentlicher Status – egal, wie sie uns nennen – »unsichtbar« ist. Schnell lernt man, sich unsichtbar zu machen, um im Dschungel der Hierarchie an der Smith School zu überleben. Es gibt im ganzen Universum keine niedrigere Lebensform als Lower Middle an der Smith School. Ich meine, sogar Küchenschaben beherrschen diesen coolen Trick, ein paar Monate ohne Kopf zu überleben, und das ist in jedem Fall mehr, als man uns zugesteht.

Der dritte Stock des McKinsey House hat viele Namen. Unter anderem die Arktis, Sibirien, die Sahara und der Mond. Die Gründe dafür: Die Zimmer hier wurden seit 1812 nicht mehr renoviert, in den Duschen gibt es nie heißes Wasser und nachts rasseln und fauchen die Wasserleitungen so laut, dass man schwören könnte, von einer Horde wütender Schlangen angegriffen zu werden. Der dritte Stock ist eine Strafe. Träume kommen zum Sterben hierher. Gestern wohnte ich noch im ersten Stock. Jetzt hause ich hier oben. Das habe ich jetzt davon, dass ich einen auf Batman gemacht habe.

Charlotte liegt auf meinem Bett, Izumi sitzt auf der Kommode. Auf einem Internat verbringt man Tag und Nacht mit seinen Freunden, deshalb sollte man sie sorgfältig auswählen. Wir drei mochten uns sofort, obwohl wir rein äußerlich ein seltsames Trio sind. Ich bin groß und dünn mit dunklen Augen und Haaren, die sich gegen jeden Versuch wehren, sie zu bändigen. Meine Haut ist zu jeder Jahreszeit ziemlich dunkel, was ich, wenn man sich meine Mom ansieht, eindeutig von meinem Vater haben muss. Aber dazu äußert sie sich nicht.

Im Gegensatz dazu sieht Charlotte aus, als käme sie direkt aus einem Ralph-Lauren-Prospekt. Noch dazu hat sie einen Stammbaum, der quasi bis zu den ersten Siedlern zurückreicht, die auf dem Schiff Mayflower nach Amerika kamen. Ihr Familienname steht an einem der riesigen Bürogebäude in New York, früher bin ich auf dem Schulweg immer daran vorbeigekommen. Ich habe schon miterlebt, wie sie sich durch Lächeln und Schmollen Privilegien gesichert hat, von denen wir Normalsterblichen nicht mal zu träumen wagen.

Izumi ist klein und kräftig. Oder zumindest beschreiben Erwachsene sie so. Sie nennt sich selbst stolz einen Panzer. Beim Rugby ist sie gefürchtet und Mathe hat sie mit der Zwölften. Außerdem ist ihre Mutter die japanische Botschafterin und ihr Vater irgendein Genie in Sachen Risikokapital. Wenn man dem Internet glauben darf, hat er mehr Geld als Gott.

Gerade ist abendliche Studierzeit und wir sollten unsere Hausaufgaben machen. Tun wir aber nicht.

»Hübsches Zimmer«, sagt Charlotte, deutet auf meine neue Umgebung und verzieht das Gesicht.

»Das passiert eben, wenn man aus dem Fenster springt«, stellt Izumi trocken fest.

»Ich bin nicht gesprungen«, knurre ich. »Ich habe mich runtergelassen. Für euch, Leute.«

»Du hast dich freiwillig gemeldet«, erinnert mich Charlotte.

Sie war übrigens der erste Mensch, der mir am Ankunftstag an der Smith begegnet ist, als ich Kartons in mein Zimmer schleppte. Sie lag damals mit einer Ausgabe des Romans *Anna Karenina* auf dem Gesicht in der großen Eingangshalle des Wohnheims. Direkt hinter ihr, ebenfalls am Boden, lag noch ein Mädchen. Allerdings verdreht wie eine Artistin aus dem Cirque du Soleil an einem schlechten Tag. Während ich versuchte, um Charlotte herumzugehen, streckte sie den Arm aus und packte mich am Knöchel.

»Tu's nicht«, flüsterte sie.

»Hä?«

»Das ist Veronica. Stör sie nicht in der Haltung der verdrehten Eidechse. Die ist wirklich schwer. Wenn du sie störst, wird sie gemein. Aber wahrscheinlich wird sie sowieso gemein zu dir sein.«

Ich ging neben Charlotte in die Hocke. »Ich habe mal ein Mädchen gesehen, das hatte sich beide Beine um den Hals geschlungen und lief auf ihren Händen«, flüsterte ich.

»Im Yoga?«, fragte Charlotte.

»Nee«, sagte ich. »In der Khao San Road in Bangkok.«

»Du warst schon mal in Bangkok?«

»Ich war schon an allen möglichen Orten«, sagte ich und verdrehte die Augen. Damals wusste ich das noch nicht, aber mein Reisepass mit lauter Stempeln von exotischen Destinationen war mein Ticket, um von den Mädchen ernst genommen zu werden. Ihre Familien gehen seit Generationen auf Privatschulen und sie haben reiche, wichtige Eltern, aber ich war schon in Timbuktu. Und zwar in echt.

»Von hier oben habe ich eine bessere Aussicht«, erzähle ich meinen Freundinnen, als sei das Exil in Sibirien keine große Sache.

»Auf was?«, fragt Izumi.

Auf nichts! »Auf das Lacrosse-Feld«, behaupte ich.

Sie wirft mir einen skeptischen Blick zu. »Du benimmst dich seltsam.«

»Ich saß auch mindestens zehn Minuten lang mit Schwester Willow und Mrs. Smith auf der Krankenstation fest.«

»Ich kann gar nicht glauben, dass sie dich nicht sofort von der Schule geworfen hat.«

»Ich weiß.« Trotz des Umzugs fühle ich mich, als sei ich noch mal davongekommen. Aber irgendwas wird noch passieren, das ist unvermeidlich. Schließlich haben wir es hier mit Mrs. Smith zu tun.

Charlotte rollt sich in meine Richtung.

»Können wir jetzt bitte über gestern Nacht sprechen?«, bettelt sie.

Stimmt. Ihnen fehlt noch der vollständige Bericht meines misslungenen Versuchs, Mrs. Smith auszuspionieren. Beim Mittagessen habe ich vor den McKinsey-Mädchen schon das eine oder andere zum Besten gegeben, aber sie wollen natürlich die ganze Geschichte. Den ganzen Tag lang warten sie schon auf diesen Moment, vor dem mir eher graust.

»Ich klettere also aus dem Fenster«, sage ich.

»Ja«, sagt Izumi ungeduldig. »Den Teil kennen wir. Die Bettlaken. Und jetzt wohnst du auf dem Mond.«

»Mit atemberaubender Aussicht«, füge ich hinzu.

»Erzähl weiter.«

»Ich schaffe es über den Hof –«

»Keine Hunde?«

»Ich habe es so getimt, dass Betty und Barney gerade auf der anderen Seite des Gebäudes waren.« Betty und Barney sind die riesigen Dobermänner, die nachts über das Gelände der Smith School for Children patroullieren. Manche Hunde sind süß und liebenswert. Betty und Barney gehören nicht zu dieser Sorte.

»Wow«, sagt Charlotte. »Du bist gut.«

»Ich überquere den Hof und betrete das Hauptgebäude.«

»Und die Tür?«

»War noch angelehnt.«

»Wie gut.«

»Ich hätte das Schloss auch knacken können. Das hat Jennifer mir beigebracht.«

Hier an der Smith nennen wir unsere Eltern beim Vornamen, als ob wir mit ihnen auf einer Stufe stünden. Das ist unsere Rache, weil wir supersauer sind, dass sie uns hierher abgeschoben haben. Inzwischen nenne ich meine Mutter sogar am Telefon Jennifer. Sie seufzt dann zwar, hat mich aber noch nicht aufgefordert, es zu lassen, was nur bedeuten kann, dass die wegen der ganzen Internatssache noch ein schlechtes Gewissen hat und ich die Situation ausnutzen muss, solange es geht.

»Jennifer ist cool«, sagt Charlotte. Es wundert mich immer, dass Charlotte mit ihrem Mayflower-Stammbaum und Izumi mit ihrer Botschafter-Mom und dem megareichen Dad meine arbeitslose alleinerziehende Mutter cool finden.

»Ich schätze, sie ist okay«, meine ich achselzuckend. »Jedenfalls schleiche ich mich durch den großen Flur.« Jetzt springe ich sogar von meinem Schreibtischstuhl auf, um meine Eskapaden richtig nachzuspielen, auch wenn das in meinem sehr winzigen neuen Zimmer eine Herausforderung darstellt. »Da höre ich Mrs. Smith in ihrem Büro. Ich glaube ja, dass diese Frau nie schläft. Egal, sie unterhält sich da drin mit irgendeinem Typen. Der hat ihr ganz schön die Hölle heißgemacht. Sie richtig angeschrien.«

Charlotte setzt sich auf. »Er hat Mrs. Smith angeschrien?«

»Ich weiß«, sage ich. »Schockierend.«

»Erschreckend! Wer macht denn so was? Wer traut sich das?« Sie erschauert allein bei dem Gedanken. »Hast du ihn gesehen? Wer war es? Und was ist dann passiert?«

Tja, dann sah ich die Projektion der blutigen Veronica an der Wand, die sagte, ich solle abhauen, und ich fiel in Ohnmacht, wenn ihr es genau wissen wollt. Aber das kann ich den Mädchen nicht erzählen, sonst glauben die mir gar nichts mehr. Ich wäre erledigt. Jeder wüsste, dass Abigail Hunter den Druck nicht ausgehalten und den Verstand verloren hat. Also tue ich, was jedes Mädchen an meiner Stelle tun würde. Ich lüge.

»Und dann bin ich gestolpert und hingefallen«, sage ich. Zu meinem Glück beißen sie sich daran fest.

»Und du hast dir den Kopf angeschlagen«, sagt Charlotte.

Ja.

»Und bist aufgeflogen«, fügt Izumi hinzu.

O ja.

»Und kamst auf die Krankenstation.«

Stimmt.

»Aber hast du irgendwas über Veronica erfahren?«, fragt Charlotte ungeduldig.

Tja, dann wollen wir mal eben zusammenfassen, was wir bereits über Veronica wissen. Erstens, dass sie Zwölftklässlerin und auf Eisprinzessinnen-Art hübsch ist. Ihr einziger Makel ist eine Narbe an der linken Seite ihres Kinns. Zweitens ist Veronica clever. Sie belegt in allen Fächern die Kurse für die Besten und ist Chefin des Debattierteams, das auf Bundesebene mitmischt. Doch das ist nicht alles. Sie ist auch Kapitänin der Fußball-, der Eishockey- und der Lacrossemannschaft. Und was noch mehr nervt: Sie ist Aufsichtsschülerin. Das bedeutet, sie wohnt mit uns Unsichtbaren im McKinsey House (in einem Zimmer, das größer ist als unser Apartment in New York). Es gehört zu ihren Pflichten, uns auf Grundlage ihrer altersbedingten Weisheit und Erfahrung sanft zu leiten. Wenn wir Probleme haben, gehen wir zu ihr. Nur dass wir das eben nicht tun, weil sie so fies ist, dass selbst die fiesen Mädchen Angst vor ihr haben.

Hier kommt ein Beispiel, das Veronicas Charakter beschreibt, damit keiner glaubt, ich würde übertreiben. Jeden Morgen gibt es eine Schulversammlung mit Anwesenheitspflicht, die, soweit ich weiß, in der Geschichte der Menschheit noch niemals ausgefallen ist. Während der Schulversammlung sitzen die Schüler auf festen Plätzen in der Aula. Veronica und ich sitzen beide am Gang, sie hinten und ich vorne. In der ersten Schulwoche tappte ein leider dämliches Mädchen namens Doreen diesen Gang entlang. Veronica sah sie kommen und streckte blitzschnell ihren Fuß raus, über den Doreen stolperte. Sie knallte richtig hin, mit wegfliegender Brille, verrutschter Schuluniform und peinlicher Verrenkung am Boden. Während ein paar Schüler herbeieilten, um ihr aufzuhelfen, starrte Veronica mir direkt ins Gesicht. Dazu lächelte sie, als wollte sie sagen: *Siehst du, wozu ich imstande bin, wenn ich will?*

Natürlich hätte ich mich am liebsten zu einer Igel-Kugel zusammengerollt und wäre verschwunden, aber ich konnte den Blick nicht abwenden. Als hätte sie mich verhext. Ich will nicht behaupten, sie wäre ein Vampir oder so, weil ich an solchen Unsinn nicht glaube und ihr das auch nicht tun solltet. Trotzdem, ihr müsstet Veronica mal sehen. Was nicht geht, weil sie spurlos verschwunden ist.

Jedenfalls heißt es in der Gerüchteküche (oder in unserem Fall auf den manikürten Pfaden, die kreuz und quer über den Campus verlaufen): Veronica Brooks war am Montagnachmittag noch da. Montagnacht hörte man laute Schreie aus einem der leeren Klassenzimmer, die an die Große Halle grenzen. Feuerwehrautos und Krankenwagen brausten durchs Haupttor und kamen mit quietschenden Reifen an der großen runden Auffahrt zum Stehen. Leute rannten rein und raus.

Und dann, während eine schmale Mondsichel unheimliche Schatten auf die Gebäude warf, verschwanden die Einsatzfahrzeuge wieder in der Nacht. Die Kids aus dem Hauptwohntrakt, der auf der Großen Halle thront, starrten aus den Fenstern wie die kleinen Mädchen in dem Bilderbuch *Madeline*, als ihr Hund vermisst wird. Natürlich hörten oder sahen wir vom McKinsey House rein gar nichts. Aber warum sollten die aus dem Hauptgebäude lügen?

Bei der Schulversammlung am Dienstag blieb Veronicas Platz leer, doch keiner der Verantwortlichen hielt es für nötig, das zu kommentieren oder die Sirenen und Blaulichter der vergangenen Nacht anzusprechen. Stattdessen verlief alles wie immer. Der Fachbereichsleiter für Englisch kündigte einen Schreibwettbewerb für alle Schüler der höheren Klassen an. Mrs. Cartwright, die Dekanin für Schülerangelegenheiten, wies mal wieder darauf hin, dass der Zutritt zu den Katakomben streng verboten ist. Der Madrigal-Chor gab bekannt, dass neue Sänger am Dienstag nach dem Unterricht im Black Box Theater vorsingen könnten. Und der Kapitän des Basketballteams der Jungs erinnerte daran, dass wir am Samstag zum Spiel gegen den Erzfeind, die Meadows School, kommen sollten. Anschließend schlurften wir alle zum Unterricht, wobei unterwegs mindestens zweihundert Gerüchte über das mysteriöse Verschwinden der Veronica Brooks erdacht und in Umlauf gebracht wurden.

Hier eine kleine Auswahl: Sie wurde von Außerirdischen entführt. Ein Vampir hat sie gebissen. Sie wurde zum Zombie. Sie ist an der Pest erkrankt. Weil sie Cola getrunken und dazu Mentos gegessen hat, ist sie explodiert. Sie hat Mrs. Cartwright gesagt, sie solle sich um ihren eigenen Dreck kümmern. Sie hat jemanden geschlagen. Sie hat die Bronzebüste des Schulgründers Channing Smith aus der Eingangshalle geklaut. Und schließlich noch mein persönlicher Favorit – sie ist wegen dem Essen der Mensa tot umgefallen.

Tatsächlich wissen wir also nichts über Veronica.

5

Der Anbau. Wo Toby Pommes klaut und das Unvermeidliche sich ereignet.

Als die Glocke im Studiersaal läutet, machen wir uns auf den Weg zum Anbau, also zu der kleinen schäbigen Cafeteria, in der sich alle Schüler der Smith in der Stunde zwischen Studier- und Schlafenszeit treffen. Seniors und Juniors kriegen die hübschen Sessel und Sofas an der Vorderseite, während wir anderen uns an den ungemütlichen Holztischen in den dunklen Ecken drängeln, wo der Gestank von fettem Essen und alten Socken hängt.

Wir ergattern eine Nische im hinteren Teil mit Blick auf den Eingang. Auf dem Tisch haben wir ein Tablett mit Cola, Pommes mit Käsesoße und Snickers. Eigentlich sind wir nicht mit Quinn und Toby, beide Middles, verabredet, aber das hindert sie nicht daran, zu uns zu kommen.

Quinn Gardener ist ein Junge, der es tatsächlich schafft, Hosen mit kleinen Walen drauf zu tragen, ohne wie ein Idiot auszusehen. Er ist groß, schlaksig und sein zerzaustes dunkles Haar hängt ihm ins Gesicht. Außerdem hört er sich Musik aus den Achtzigern an, von Bands wie Talking Heads, und trägt Segelschuhe ohne Socken. Übrigens stammt er aus dem schmucken Dorf Greenwich, Connecticut, und ist der Smith doppelt verbunden, weil seine Mutter und sein Großvater schon hier zur Schule gegangen sind. Bei so einem Stammbaum müsste er schon auf das große hässliche Porträt von Channing Smith in der Großen Halle pinkeln, um von der Schule zu fliegen.

Leider kann er die Augen nicht von Charlotte lassen, was meinem immer noch lädierten Kopf nicht gerade guttut. Da ich kein Fan von Zurückweisung bin, behalte ich mein Kopfweh lieber für mich. Die Jungs rutschen in unsere Nische und Toby stürzt sich sofort auf die Pommes.

»Hey«, sage ich.

»Was denn?« Toby sieht mich mit perfekt einstudierter Unschuldsmiene an.

»Charlotte, du siehst gut aus«, sagt Quinn. »Die Farbe steht dir total.«

Izumi gibt ein Würgegeräusch von sich.

»Genau«, stimmt Charlotte ihr zu. Sie erwidert Quinns Gefühle nicht. Einen Jungen in Walhosen kann sie nicht mögen, sagt sie. Dafür mag sie Xavier, einen Upper Middle, der nichts von ihrer Existenz weiß. Xavier trägt keine Hosen mit Walen drauf.

»Kauf dir selber Pommes«, sage ich und haue Toby auf die Finger.

»Geizhals.«

»Blödmann.«

»Könnt ihr beiden mal die Klappe halten?«, fragt Izumi in höflichem Ton.

»Hast du irgendwas mit deinen Haaren gemacht?«, fragt Quinn Charlotte. Ich schwöre, man kann dabei fast die Sternchen und Herzchen sehen, die um Quinns liebeskranken Kopf kreisen. Charlotte verdreht die Augen. Ich esse Pommes.

»Leute, habt ihr schon gehört, dass Ceci Lyons letzte Nacht in den Katakomben erwischt wurde?«, wirft Toby ein. Toby Caine, der üblicherweise in Quinns Kielwasser herumschwimmt, hat schokoladenbraune Haut, braune Augen und ist immer absichtlich nachlässig gekleidet, damit jeder sieht, dass der ganze Quatsch an der Smith ihn nicht interessiert. Man sieht ihn nie ohne seine Lederjacke. Es geht das Gerücht um, sein Vater – Drexel Caine, Wissenschaftler und Eigentümer von DrexCon, dem beliebtesten Videospielentwickler weltweit, und Mitglied im Stiftungsrat der Smith – habe Tobys zwölften Geburtstag schlichtweg vergessen. Sechs Tage danach tauchte die sehr teure Jacke aus irgendeinem Laden in London auf, ohne Entschuldigung. Toby legt Wert auf die Tatsache, dass er diese Jacke nur ironiehalber trägt. Mehr ist er nicht bereit über seinen Vater zu sagen. Wichtiger ist aber, dass Toby Dinge zu wissen scheint, die sonst niemand weiß. Wir sind nach diesen Leckerbissen so süchtig wie Katzen nach Katzenminze. Jetzt lehnen wir uns alle vor.

»Ceci Lyons aus der Elften?«, frage ich.

»Ja.«

Ceci Lyons ist eine von Veronicas Freundinnen. Diese fiesen Mädels erwischt es ja echt eine nach der anderen.

»Das gibt's nicht«, sage ich.

»Gibt's doch«, sagt Toby.

»Wie?«, fragt Charlotte. Toby zuckt mit den Achseln. Falls er Einzelheiten kennt, verrät er sie uns nicht.

»Und?«, hakt Izumi nach.

»Sie ist weg«, flüstert Toby mit leuchtenden Augen.

»Wow, das ging aber mal schnell«, sagt Quinn.

Das Allererste, was wir als Schüler hier an der Smith in unserer allerersten Schulversammlung gesagt kriegen, ist: »Geht nicht in die Katakomben.« Natürlich hatte ich keine Ahnung, was das bedeutete. Katakomben? Wo sind wir denn hier? Im Alten Rom? Ich glaube nicht. Ich war nämlich schon mal in Rom und da tragen die Leute keine Hosen mit Walen drauf.

Schließlich erfuhr ich, dass die Katakomben tatsächlich ein Labyrinth aus spinnenverseuchten unterirdischen Gängen sind, das sich unter den älteren Schulgebäuden erstreckt. Aber »Katakomben« klingt natürlich viel besser als »gruseliger Keller«.

Wer sich in den Katakomben erwischen lässt, wird sofortig der Schule verwiesen. Das bedeutet, wir werden auf der morgigen Schulversammlung wieder daran erinnert, nicht da runterzugehen, weil sonst schlimme Sachen passieren. Ceci Lyons wird symbolisch aufgespießt, um uns abzuschrecken.

Wir legen gerade eine Schweigeminute für Ceci Lyons ein, als mein Handy pingt. Alle unsere Telefone liegen auf dem Tisch, als würden wir eine Runde Smartphone-Mau-Mau spielen. Handys sind genau wie alle anderen technologisch höher als Papier und Bleistift entwickelten Geräte während der Schulzeit verboten. Deshalb klammern wir uns von dem Augenblick, in dem der Unterricht endet, bis zum Schlafengehen an sie wie an einen Rettungsring auf der Titanic. Obwohl offensichtlich ist, dass ich eine Nachricht bekommen habe, greifen alle gleichzeitig nach ihren Handys. Dabei sitzen doch fast alle, mit denen wir kommunizieren, im selben Raum wie wir.

»Ich bin's nicht«, sagt Charlotte und wirft ihr Handy zurück auf den Tisch.

»Ich auch nicht«, sagt Quinn. »Deine Handyhülle gefällt mir, Char.«

Diesmal macht Charlotte ein Würgegeräusch.

»Meins ist es auch nicht«, fügt Izumi hinzu.

»Das ist meins«, sage ich und öffne die Nachricht. Da steht Folgendes:

Disziplinarmaßnahme u. a. wegen folgender Verfehlungen: unerlaubtes Entfernen aus dem Wohnkomplex, Anwesenheit in der Großen Halle nach Schulschluss, Eindringen in das Büro der Direktorin, Lauschen, Missachtung des Verhaltenskodex gemäß dem Handbuch für Smith-Schüler.

»Was ist denn mit dir los, Abby?«, fragt Izumi. »Du hast gerade eine total seltsame Farbe gekriegt.«

»Stimmt«, meint Charlotte. »Irgendwie grünlich.«

Langsam drehe ich das Display zu ihnen. »Das Unvermeidliche ist gerade passiert«, stöhne ich. Meine Freunde geben das Handy von einem zum anderen und schütteln mitfühlend die Köpfe.

»Deine Mom wird explodieren«, bemerkt Charlotte.

»Worin besteht denn die eigentliche Strafe?«, fragt Quinn. »Da sind nur die Vergehen aufgelistet, aber nicht die Folgen.«

Wie auf Kommando pingt das Telefon wieder. Eine weitere Nachricht.

Gemäß Abschnitt 11 A des Schülerhandbuchs wirst du: sechzig Stunden Sozialdienst leisten, und zwar in der Küche, bei der Badreinigung und als Nachhilfe für Tucker Harrington III. in Chinesischer Geschichte – dreimal wöchentlich, bis er die Abschlussprüfung bestanden hat. Jegliche Beschwerden sind direkt bei Mrs. Smith einzureichen.

Am Tisch herrscht erst einmal Schweigen. Schließlich pfeift Quinn durch die Zähne. »Wow, diese Sache mit Tucker ist echt grausam.«

Charlotte sieht mich mitleidig an. »Ja«, sagt sie. »Das ist sogar noch schlimmer, als von der Schule zu fliegen. Dann erlebt man die Demütigung wenigstens nur privat. Aber Tucker Harrington? Im Ernst? Da solltest du dich beschweren.«

»Macht ihr Witze?«, sagt Toby. »Es hätte auch schlimmer kommen können.«

»Wie denn?«, fragen wir im Chor zurück. Tucker Harrington hat einen IQ von zwölf und ist gleichzeitig überdurchschnittlich boshaft. Er ist nur hier, weil sein Großvater den Eislaufplatz bezahlt hat.

»Tja«, meint Toby achselzuckend. »Keine Ahnung.«

»Vielleicht hätte ich ihr einfach die Wahrheit sagen sollen«, murmle ich. »Die Story, dass ich mir den Kopf angeschlagen hätte, war keine Meisterleistung.«

Charlotte sieht mich scharf an. »Was sagst du da?«

Hoppla. »Nichts?!«

»Du meinst, die *Story*, du hättest dir den Kopf angeschlagen, hätte nichts getaugt«, sagt sie. »Genau diese Story hast du uns auch erzählt.«

»Genau«, hakt Quinn ein, weil er sich keine Gelegenheit entgehen lässt, Charlotte zuzustimmen. Toby leckt sich ungerührt das Salz nacheinander von allen zehn Fingern. Witzig, sonst lässt er keine Chance aus, an mir rumzunörgeln.

»Also was ist *wirklich* passiert?«, fragt Izumi.

Das ist wirklich ein schrecklicher Abend. Erst die Sache mit Tucker und jetzt das hier? Okay, ich habe also gelogen. Eigentlich würde ich mich lieber verbrennen lassen, als das vor Quinn Gardener zuzugeben, aber mir bleibt wohl nichts anderes übrig.

»Na schön. Vielleicht ist das im Direktorat nicht ganz so gelaufen, wie ich es erzählt habe.« Charlotte zieht ihre rechte Augenbraue fast bis zum Haaransatz hoch. Izumi starrt mich grimmig an. Die Jungs picken eingetrockneten Käse vom Teller und ignorieren uns ansonsten. Veronicas Verschwinden und unsere Bemühungen, die Wahrheit ans Licht zu bringen, interessieren sie nicht im Geringsten. Ich rette mich in eine Nacherzählung meines Einbruchs. Als ich an die Stelle mit Veronica und meiner Ohnmacht komme, lacht Toby, als hätte ich gerade was Saukomisches gesagt. Sein Gelächter erinnert mich an irgendwas Wichtiges, aber bevor ich darauf komme, woran genau, beugt Charlotte sich über den Tisch und boxt ihn.

»Wofür war das denn?«, fragt er.

»Dafür, dass du ein Idiot bist«, sagt sie.

»Ich? Wie wär's mit ihr?« Dabei bohrt er seinen Zeigefinger in meinen Oberarm. Ich schubse ihn weg. Doch bevor in unserer Nische ein richtiger Kampf ausbricht, läutet die Glocke, um anzuzeigen, dass wir in unsere jeweiligen Wohnheimzimmer zurückmüssen.

Auf dem Weg zum McKinsey begegnen wir Tucker und seiner Truppe von Schwachköpfen.

»Hey Fans!«, schreit Tucker mit einem fiesen Grinsen. »Schaut mal!« Dann stößt er einen Mitschüler aus der Lower Middle in den teilweise zugefrorenen Meditationsbrunnen der Smith School, gestiftet von der Familie Cavanaugh.

Das reicht. Ich will hier nur noch weg.

6

Flucht aus dem Gefängnis. Ich meine, aus der Smith School for Children.

Wenn man die jüngsten Ereignisse bedenkt, dann ist zwei Uhr morgens eine Zeit, zu der die Dinge für mich nicht gerade gut laufen. Trotzdem werfe ich mir meinen Rucksack über die Schultern und ziehe die Träger straff.

»Bist du dir sicher, dass Abhauen die beste Idee ist?«, fragt Charlotte mich zum tausendsten Mal.

»Du könntest mit Mrs. Smith reden«, schlägt Izumi vor.

»Über Tucker Harrington III.?«, sage ich.

»Ich verstehe schon, dass er dir wie ein unüberwindliches Hindernis vorkommt«, sagt sie. »Aber wo willst du hin? Paris? Mailand? Barcelona? Gibt es überhaupt einen Ort, wo du noch nicht warst?«

»Ich habe gerade mal zehn Dollar«, gebe ich zu bedenken. »Deshalb will ich nach Hause und Jennifer anflehen, dass sie mich von der Schule nimmt. In Anbetracht der Sache mit Tucker macht sie es vielleicht.«

Charlotte fragt noch mal meine Fluchtausrüstung ab.
»Geld?«
»Ja.«
»Handy?«
»Ja.«
»Taschenlampe?«
»Ja.«
»Reisepass?«
Ich verdrehe die Augen.
»Man kann nie wissen«, meint sie und wackelt mit dem erhobenen Zeigefinger.
Ich haue durchs Fenster ab. Anscheinend ist Mrs. Smith die Tatsache entgangen, dass ein Mädchen *vier* Bettlaken ebenso zusammenknoten kann wie zwei. Natürlich steigt die Wahrscheinlichkeit, dass ich zu Tode stürze, mit jedem Laken exponentiell an, aber daran denke ich lieber nicht. Ich hole tief Luft, packe das erste Laken und lasse mich langsam nach unten. Meine Freundinnen beugen sich aus dem Fenster und sehen mir nach.
»Viel Glück!«, ruft Charlotte.
»Danke.«
»Fall nicht runter«, sagt Izumi.
»Werd ich nicht.«
»Konzentrier dich!«
»Hört auf, mich abzulenken!«
»Ruf uns an, wenn du unten bist.«
»Nein.«
»Dann schick eine Nachricht. Das hier macht mir echt Angst.«
»Was glaubst du, wie ich mich fühle?«
»Schreib uns von unten eine Nachricht.«
»Gut!«

»Halt endlich die Klappe!«, ruft Charlotte. »Und schrei nicht so! Oder willst du erwischt werden?«

Zu diesem Zeitpunkt bin ich praktisch schon unten, aber ich schreibe ihnen trotzdem, weil ich es versprochen habe. Dann schleiche ich Richtung Wohnheim der Mädchen aus der Zwölften, hinter dem die Landstraße verläuft (natürlich jenseits der imposanten Steinmauer). Es ist eiskalt hier draußen. Februar ist wohl nicht der ideale Monat, um aus einem Internat abzuhauen. Als ich den kleinen zugefrorenen Bach neben dem Wohnheim überquere, könnte ich schwören, hinter mir Schritte zu hören, wie ein schnelles Echo. Doch als ich über meine Schulter spähe, ist da nichts. Wahrscheinlich bilde ich mir das Geräusch nur ein, mein Herzen hämmert eh so wild, dass ich nichts anderes wahrnehmen kann. Ich will gar nicht darüber nachdenken, was Mrs. Smith mit mir macht, falls sie mich entdeckt. Dann werde ich wahrscheinlich für den Rest meines Lebens tagsüber Toiletten schrubben und abends dem ganzen dementen Eishockeyteam Nachhilfe geben müssen.

Aber diesen Gedanken schiebe ich beiseite und konzentriere mich lieber darauf, wie ich von der Smith School nach New York komme. Viel Geld habe ich nicht dabei und falls ich mir ein Taxi hätte bestellen wollen, dann hätte ich das vorher tun müssen. Außerhalb des Schulgeländes gibt es kein Netz. Hier gibt es nur Kühe, und zurücklaufen kann ich jetzt auch nicht mehr. Wenigstens habe ich vor meinem Aufbruch die nächste Bushaltestelle gegoogelt. Aber das macht die gut drei Kilometer Fußmarsch bis dorthin auch nicht schöner. Manche Leute mögen es ja, auf dem Land zu sein. Die meisten von ihnen besitzen einen Führerschein.

Endlich erreiche ich eine Betonbank neben einem Schild, das

mir meine Ankunft an der Bushaltestelle bestätigt. Ich setze mich in der Dunkelheit und konzentriere mich darauf, nicht zu erfrieren. Gleichzeitig arbeite ich schon mal an dem Vortrag, den ich Jennifer halten will, wenn ich zum Frühstück in unserer Wohnung aufkreuze. Sobald ich ihr das mit Tucker Harrington erklärt habe, wird sie ihren Fehler einsehen und mich zu Hause bleiben lassen.

Um halb vier Uhr morgens sitze ich im Bus nach Stamford, Connecticut. Dort werde ich in den Pendlerzug zum Grand Central Terminal springen und anschließend die U-Bahn nach Downtown nehmen. Am Ende sollte ich mit fünfundsiebzig Cent zu Hause eintreffen.

Plötzlich werde ich müde und lehne den Kopf an die Scheibe. Nach einem kompletten Schultag hatte ich noch knapp zwei Stunden verpflichtendes Volleyballtraining. An der Smith muss jeder eine Sportart betreiben, weil das den Charakter formt. Sie erzählen uns auch, Mannschaftssport sei wichtig. Ehrlich gesagt sehe ich nicht, wie es einen besseren Menschen aus mir machen soll, dass ich ins Schwitzen gerate, weil ich einem blöden Ball nachjage.

Mitten in meiner Einschlafphase setzt sich ein Mann auf den freien Platz neben mir. Er trägt einen schmutzigen Tweedmantel und eine dunkle Wollmütze. Auf Nase und Oberlippe hat er Schweißperlen stehen, und ich wundere mich, warum er Mütze oder Mantel nicht auszieht. Er riecht ein bisschen muffig, als hätte er in einem Heuhaufen geschlafen.

Als mein Sitznachbar die Arme verschränkt, kann ich einen Blick auf ein Tattoo auf seinem Unterarm erhaschen. Ein Dreieck mit Segmenten in verschiedenen Farben. So was habe ich schon mal gesehen. Ich zermartere mir das Hirn, wo das gewesen sein könnte. An der Smith sind Tattoos verboten, also vielleicht zu Hause in New York?

Während ich die Möglichkeiten durchgehe, mache ich mich mit meinen Ellbogen breit. Wenn ich diesen Typen oft genug anstoße, muss er doch merken, dass sein Körper die unsichtbare Grenze zu meiner Privatsphäre verletzt, und sich wegsetzen. Nur passiert genau das nicht. Er wirft mir sogar einen kalten, neugierigen Blick zu. Und verknotet seine extralangen Beine im Lotussitz. Dann stützt er auch noch die Hände in Gebetsform auf, sodass ich praktisch am Fenster klebe. Ich hüstle laut und gekünstelt und ramme ihm dabei den Ellbogen ordentlich in die Rippen.

»Hast du 'n Problem?«, schnauzt er. Seine frostigen Augen und die perfekten Zähne passen überhaupt nicht zu einem Mantel, bei dem man eher an vergammelte Zähne und einen wässrigen Blick denkt. Die Wirkung ist supergruselig.

»Nein?«, sage ich. Es klingt wie eine Frage.

»Was gibt's dann?« Er spricht mit Akzent. Mit britischem? Schweizerischem? Jennifer wüsste das. Sie erkennt einen Akzent mit verbundenen Augen auf fünfzig Meter Entfernung.

»Ich habe nur geniest«, erkläre ich. »Entschuldigung.«

Der Mann nickt kaum merklich. Es scheint ihn nicht zu überraschen, dass ich mitten in der Nacht allein in einem Bus mit lauter leeren Plätzen sitze. Was mich zu der Frage bringt: Was macht der Lotus-Mann ausgerechnet neben mir?

Seine manikürten Fingernägel glitzern im grellen Licht, als er sich übers Kinn streicht. Mein Herz schlägt schneller. Das sauber rasierte Gesicht, die perfekten Koteletten – mit diesem Mann stimmt doch etwas nicht.

»Wohin willst du?«, fragt er. Ich fühle mich wie in einer Prüfung und winde mich unbehaglich unter seinem bohrenden Blick. *Trau keinem Fremden!*, schreit es in mir. Der Bus biegt in die Haltebucht vor dem Bahnhof von Stamford, wo nur ein paar schwache Straßenlaternen die Dunkelheit stören.

»Entschuldigen Sie«, sage ich und stehe auf. »Das ist meine Haltestelle.« Ich werfe mir den Rucksack auf den Rücken und versuche, an dem verknoteten Mann vorbei auf den Gang zu steigen. Aber in letzter Zeit bringt mir die Nacht eben kein Glück. Der Mann streckt eines seiner Beine aus und versperrt mir damit den Weg.

»Wo ist es?«, knurrt er. »Wir wissen, dass sie es hat. Also was hat sie damit angestellt?«

Ohne zu überlegen, trete ich gegen sein Bein, sodass sein Knie in einem sicher schmerzhaften Winkel nach außen gedrückt wird.

»Au!«, schreit er. »Du kleines …«

Aber da springe ich schon über ihn hinweg und lande auf dem Gang. Er packt mich mit beiden Händen um die Taille. Daraufhin bohre ich ihm meine ungeschnittenen Fingernägel ins Fleisch. Er jault wieder auf und lockert seinen Griff so weit, dass ich mich losreißen kann.

Die Fahrerin, die Ohrstöpsel trägt und vor sich hin singt, bemerkt gar nicht, dass dieser Irre mir nachjagt. Ich sprinte an ihr vorbei und raus auf den Gehsteig. Lotus-Mann ist mir dicht auf den Fersen. So schnell ich kann, stürme ich in den Bahnhof von Stamford. Mein Rucksack haut mir dauernd auf die Wirbelsäule, aber ich habe keine Zeit, ihn zurechtzurücken.

Auf der anderen Seite des großen, verwaisten Wartebereichs befindet sich die Damentoilette, deren Tür von einem gelben Schild der Putzleute aufgehalten wird. Dorthin renne ich. Lotus-Mann folgt mir. Ich trete das gelbe Schild weg, rase in die Kabine und knalle die Tür zu. Das schwache Schloss wird den Typen nicht lange aufhalten. Falls ich also irgendwas unternehmen will, sollte ich es sofort tun. Da erspähe ich ein kleines Fenster. Das wird eng, aber mir bleibt keine Wahl.

Die Toilettentür klappert, als Lotus-Mann sich dagegenwirft. Ich klettere auf das Waschbecken und schmeiße meinen Rucksack durchs Fenster. Es zeigt zum Bahnsteig, wo eine Handvoll Leute auf den Pendlerzug Richtung Stadt wartet. Ich werde nicht gleich sterben, wenn ich da rausspringe. Vielleicht breche ich mir nur einen Knöchel. Oder zwei. Die Tür gibt schon fast nach, dem Geräusch nach zu schließen, wirft sich Lotus-Mann mit der Schulter dagegen. Ich winde mich durch die kleine Öffnung. Von außen sieht das bestimmt aus, als würde ich aus einem winzigen Fenster geboren.

Endlich rutsche ich ganz durch und falle voll aufs Gesicht. Ich will nicht lügen. Es tut weh. Keiner der wartenden Passagiere schaut hoch, ihre Gesichter bleiben vom unheimlichen Lichtschein ihrer Smartphones erleuchtet. In der Toilette gibt das Schloss nach und Lotus kracht hinein. Es dauert eine Sekunde, bis er begreift, wohin ich verschwunden bin. Er ist groß genug, um den Kopf einfach durch das Fenster zu strecken.

»Komm hierher zurück«, faucht er. »Sonst wird es dir noch leidtun.«

Mir tun inzwischen schon so viele Dinge leid, dass ich gar nicht weiß, wo ich anfangen soll. Meine Nase blutet. Lotus-Mann versucht, sich auch durch das Fenster zu schieben. Einen langen Arm und eine Schulter schafft er, aber er kann da einfach nicht durchpassen, auch wenn er ansonsten in der Lage ist, sich wie eine Brezel zu verknoten. Um mich zu kriegen, muss er außenrum laufen, und das macht ihn richtig wütend.

Gleichzeitig tauchen die hellen Scheinwerfer eines einfahrenden Zuges auf. Ich *habe* Glück. Ich *bin* ein heimliches Ninja-Girl. Und ich bin total verloren, falls Lotus-Mann es in den nächsten sechzig Sekunden bis hier draußen schafft. Seine Augen scheinen alles zu registrieren, was ich denke, bis auf die Ninja-Sache wahrscheinlich. Er zieht seinen Arm durchs Fenster zurück und verschwindet.

Mit einem erschöpften Zischen gleitet der Zug in den Bahnhof und die Türen öffnen sich. Die Passagiere steigen nacheinander ein.

»Vier Uhr zweiundvierzig Expresszug nach Grand Central! Kein Zwischenhalt. Nur Express! Bitte halten Sie Ihre Fahrkarten bereit!«

Ich drängle mich unter die Leute und steige ein. Auf der Digitalanzeige für Gleisnummer und Ziel des Zuges steht 4:41. Noch eine Minute.

Ich sehe Lotus mit flatternden Mantelschößen um die Ecke rasen. Seine Mütze hat er verloren, dafür ist jetzt dichtes weißes Haar zu sehen. 4:42.

»Komm schon«, murmle ich. »Türen schließen!« Der Zug ist voll. Eine Reihe Pendler in schicken grauen Anzügen und polierten Schuhen starren mich an. Ich wische mir mit dem Ärmel das Blut von der Nase und zucke mit den Achseln. Keiner fragt, ob ich okay bin. Dann ertönt ein Signal. Die Türen beginnen, sich zu schließen. *Ja!*

Doch dann sehe ich von meinem Platz nahe bei den Türen den Rücken des Lotus-Mannes, der einen Wagen weiter in den Zug springt. Ich reiße mir den Rucksack herunter und schmeiße ihn zwischen die sich schließenden Türen. Ein Alarm ertönt. Nachdem ich die Türen noch ein Stückchen weiter aufgedrückt habe, quetsche ich mich durch die Lücke. Ein letzter Schubs und ich falle draußen auf den Bahnsteig. Der Zug fährt an und nimmt meinen Rucksack mit. Lotus-Mann sieht mich im Vorbeifahren mit einem Blick an, aus dem der pure Zorn spricht. Ich will mich gerade freuen, weil ich am Leben bin und entwischt und alles, als sich eine Hand auf meinen Mund legt und mir schwarz vor Augen wird.

7

Was weißt du denn schon?
Eigentlich nichts.

Ich liege flach auf dem Rücken. Zuerst denke ich, ich wäre noch auf der Krankenstation und hätte wegen der Kopfverletzung eine Reihe bizarrer Albträume. Aber es riecht hier nicht wie auf der Krankenstation und ich bin mir ziemlich sicher, auf Beton zu liegen und an eine weiße Decke zu starren. Als ich versuche, mich auf die Seite zu drehen, schießt ein Schmerz von meinem Kopf bis in die Zehenspitzen. Ich stöhne und blinzle ein paarmal, um wieder scharf zu sehen. Alles scheint von einer Art Heiligenschein umgeben zu sein. Mein Kopf tut so weh, als wäre ich im Nacken von einem Baseballschläger getroffen worden. Vielleicht bin ich das ja. Auch beim zweiten Versuch gelingt es mir nicht, mich zu drehen.

»Nicht bewegen«, sagt eine Stimme. Blitzartig fällt mir wieder ein, dass ich dem Lotus-Mann entkommen bin. Wie kann es sein, dass er mich doch erwischt hat? Er war doch im Zug! Ich habe ihn gesehen! Oder hatte er einen Partner? Daran habe ich nie gedacht. Ich greife mir mit den Händen an die Schläfen, in der Hoffnung, den Druck zu verringern.

»Wenn du dich bewegst«, meldet sich die Stimme wieder, »machst du es nur schlimmer.« In welcher Hinsicht? Schlimmer für meinen Kopf? Meine Überlebenschancen? Jetzt ist nicht der richtige Zeitpunkt für sparsame Andeutungen. Schließlich schaffe ich es auf Hände und Knie, doch meinen Kopf kann ich unmöglich heben. Mir ist viel zu schlecht.

Vor mir befinden sich Füße. Schuhe. Damenschuhe. Stilettoabsätze, um genau zu sein, dazu Füße und Beine von jemandem, der mir nur zu vertraut ist. Das muss ein schlimmer Albtraum sein. Jawohl. Das ist die einzig mögliche Erklärung. In meinem Traum ist Mrs. Smith die Hauptperson, die wegen meines verschwommenen Blicks wie ein Engel aussieht, was echt seltsam ist.

Sie hebt mein Kinn an, damit wir einander besser ansehen können. Die nächste Welle der Übelkeit droht, mich zu überwältigen. Es fühlt sich an, als sei ich gerade aus einem wilden Fahrgeschäft auf dem Jahrmarkt ausgestiegen. Karussells mochte ich noch nie besonders.

»Abigail«, sagt sie. »Du bist in Sicherheit. Du bist nur ohnmächtig geworden und hast dir den Kopf angeschlagen.« Damit muss ich jetzt wirklich aufhören. »Versuch, dich zu konzentrieren. Dir ist nichts passiert.« Ein Glas Wasser taucht in meinem Blickfeld auf. Ich hocke mich auf meine Fersen und greife danach. Meine Hand zittert so stark, dass ich Wasser über meine ganze Hose verschütte. Beim ersten Schluck muss ich würgen. Der zweite geht schon leichter runter. Ich trinke alles aus und wische mir mit dem Ärmel den Mund ab.

»Wo bin ich?«, frage ich mit krächzender Stimme.

»Dir ist nichts passiert«, sagt sie wieder. Das beantwortet meine

Frage nicht, doch bevor ich die wiederholen kann, taucht eine weitere Person neben ihr auf. Die vermisste Veronica Brooks.

»Du lebst!«, stoße ich unwillkürlich hervor. Veronica wirft mir einen mörderischen Blick zu. Ich lasse mich wieder zu Boden sinken. »Aber ich habe dich in Mrs. Smiths Büro gesehen. Da warst du in einem schrecklichem Zustand und hattest Vampirbisse oder so was und hast mir gesagt, ich soll weglaufen und …« Ich verstumme, als mir klar wird, wie albern ich klinge.

»Nur damit das klar ist«, sagt Veronica zu Mrs. Smith, »ich habe das hier total satt.«

»Ich weiß«, meint Mrs. Smith seufzend. »Aber es ist nötig. Das weißt du. Es geht hier nicht um uns, sondern um eine größere Sache. Nicht wahr?«

»Ich schätze schon«, sagt sie, klingt aber nicht überzeugt.

»Kann mir mal jemand sagen, was ich hier mache?«, frage ich leise. »Oder vielleicht erst mal, wo *hier* überhaupt ist.«

Mein Kopf hämmert. Ich würde nichts lieber tun, als wieder in mein Bett zu kriechen und dort acht oder neun Jahre liegen zu bleiben. Mrs. Smith und Veronica nehmen jeweils einen meiner Arme und ziehen mich auf die Füße. Das ist übel für meinen Kopf. Alles verschwimmt im Nebel und mein ganzer Körper wird schlaff. Aber sie lassen mich nicht fallen.

Wie ein armseliges Häufchen werde ich auf einer beigefarbenen Wildledercouch abgeladen. Dann versuche ich es noch mal mit blinzeln, um meinen Blick scharf zu stellen. Langsam wird der Raum für mich sichtbar. Er ist fensterlos, hat eine niedrige Decke und ist komplett weiß gestrichen. Die Lampen sind so grell, dass man darin eine Operation vornehmen könnte, wobei ich hoffe, dass das heute nicht auf dem Programm steht. Neben der Couch stehen noch ein paar Sessel und ein Beistelltisch, quasi ein gemütliches Wohnzimmer in der Kommandozentrale irgendeiner futuristischen Militärpolizei. Mitten im Raum befindet sich ein rechteckiger Stahltisch, an dem acht weiße Lederstühle stehen. Eine Vielzahl für mich nicht identifizierbarer Gerätschaften liegt auf dem Tisch verstreut. An einer Wand bilden neun große Flachbildschirme ein Rechteck. An der gegenüberliegenden Wand hängen etwa fünfzehn runde Uhren, die jeweils mit den Namen ausländischer Städte versehen sind. Am hinteren Ende des Raums ist eine Tür. Und neben der steht Toby, der auf seine Schuhe starrt und sein Gewicht von einem Fuß auf den anderen verlagert.

Das ist ja ein echt seltsamer Tag.

Mrs. Smith setzt sich neben mir auf die Couch. »Wahrscheinlich hättest du gern eine Erklärung«, sagt sie.

»Ja, bitte«, sage ich. Aber statt mir die zu geben, dreht sie sich zu Veronica um.

»Kannst du Abigail etwas zu essen bringen?«, fragt sie. »Sie sieht aus, als würden ein paar Kalorien ihr guttun.«

Veronica schneidet eine Grimasse, als hätte sie gerade einen Käfer verschluckt, bevor sie durch die Tür verschwindet, neben der Toby weiter in den Anblick seiner Schuhbänder versunken ist. Da kommt mir ein Gedanke: Ich bin hier, weil Toby mich verpfiffen hat. Wut flammt in meinem Bauch auf, doch das ergibt keinen Sinn, weil Toby ja gar nicht wusste, dass ich aus der Smith türmen wollte. Es sei denn, eines der Mädchen hätte es ihm gesagt, aber meine Freundinnen sind keine Verräterinnen. Also, wie bin ich vom Bahnsteig hierhergekommen? Bringen sie einen als Strafe an diesen Ort, wenn Nachhilfe für Schwachköpfe und Toilettenschrubben nicht mehr reichen?

»Ich werde dir jetzt einige Dinge erzählen, die dich vielleicht überraschen werden«, beginnt Mrs. Smith. »Dies ist nicht der normale Lauf der Dinge, wie du dir sicher schon gedacht hast, aber in Anbetracht der Umstände blieb uns keine andere Wahl.«

Ich sehe nicht mehr ganz so verschwommen, aber Mrs. Smith trägt immer noch einen Heiligenschein. Sie steht von der Couch auf und beginnt, auf und ab zu gehen. Immer wieder marschiert sie bis zum Stahltisch, wirbelt dort herum und kommt zurück. Ich nehme inzwischen meine übliche Abwehrhaltung eines Igels ein und rolle mich zu einem festen Ball zusammen.

»Kann ich meine Mutter anrufen?«, flüstere ich.

Mrs. Smith bleibt vor mir stehen. »Abigail«, sagt sie. »Es gibt Zeiten, in denen unsere großartige Nation unter beträchtlichem Druck steht. Dann greifen wir auf eine Elitetruppe zurück, die gegen die vielen bösen Kräfte kämpft, die uns bedrohen. Manchmal ist das Center alles, was uns noch vom Chaos trennt.«

»Das was?«

»Das Center. Unsere Organisation.« Bilde ich mir das ein oder hält sie mich für total bescheuert, weil ich das nicht weiß? »Hörst du mir überhaupt zu, Abigail?«

»Ja.« Was nicht das Gleiche ist wie zu verstehen, was sie sagt.

Veronica kehrt mit einem Teller mit Toast zurück, den sie mir praktisch an den Kopf wirft. Doch Mrs. Smith bemerkt es nicht, weil sie wieder auf und ab geht.

»Niemand verdächtigt *jemals* ein Kind«, sagt sie. »Kinder können praktisch überallhin, ohne je Verdacht zu erregen. Das ist das Fundament unserer Organisation. Wir trainieren junge Menschen, damit sie zur Sicherheit dieses großartigen Landes beitragen können.«

Der Toast bleibt mir im Hals stecken. Ich muss ziemlich lächerlich aussehen, wie ich so würge und huste.

Mrs. Smith seufzt. »Wie James Bond«, erklärt sie. »Nur ohne Martinis und schnelle Autos. Klingt das nachvollziehbar?«

Hat Mrs. Smith das gemeint, als sie im Willkommensbrief von einem »spannenden Jahr« sprach? »Sie machen Witze, oder?«

»Mrs. Smith macht niemals Witze«, sagt Toby. Er lebt! Ich weiß nicht, was er hier treibt, aber ich kann einfach nicht glauben, dass ich ihn jemals für einen Freund gehalten habe, auch wenn wir einander nie wirklich mochten.

»Eine Spionschule für Mädchen«, sagt Veronica. »Du kannst dich geschmeichelt fühlen, dass wir dir überhaupt davon erzählen.«

Ich fühle mich eher geplättet als geschmeichelt. Während ich auf der Couch herumrutsche, verschütte ich noch mehr Wasser über meine Hose. Veronica beobachtet mich angewidert.

»Erzähl uns von dem Mann, der dich fangen wollte«, sagt Toby unvermittelt und tritt mit leuchtenden Augen vor.

»Lotus-Mann?«

»Wer?«

»Keine Ahnung«, sage ich. »Ich habe ihn Lotus-Mann genannt. Er konnte seine Beine so brezelartig verknoten.« Ich schaue zu Mrs. Smith. »Wenn das eine Spionschule für *Mädchen* ist, was macht er dann hier?«

Mrs. Smith lächelt in Tobys Richtung, und zwar mit einem warmen, echten Lächeln, das mir noch mehr Angst macht als ihr übliches eisiges. Toby lächelt zurück. Damit ist klar, ab sofort gelten andere Regeln.

»Toby hilft uns bei einigen technischen Aspekten unserer Mission. Er ist der Mann vor Ort. Oder der Junge.«

»Er? Toby? Echt jetzt?«

Ihr Lächeln schwindet. »Du klingst skeptisch.«

Ja. Aber ich bin nicht blöd. »Nein«, stottere ich. »Ich verstehe. Klar. Toby. Richtig.«

»Lotus-Mann?«, hakt Toby nach.

Ich fühle mich zerstreut wie eine Handvoll Murmeln auf Dielenboden und kann nicht klar denken.

»Hatte er dunkles Haar? Eine Narbe auf der Wange? Trug er eine Mütze? War er bewaffnet? Wie alt würdest du ihn schätzen? Hast du irgendwo an ihm ein dreieckiges Tattoo gesehen?«

»Was? Nein. Ja. Keine Ahnung. Er hatte manikürte Fingernägel, blaue Augen und sein Mantel roch übel. Er war mager. Er fragte mich, wo *es* sei und was sie damit getan habe, was auch immer das bedeutet. Und ja, er hatte ein Tattoo. Woher weißt du das?«

Toby sieht aus, als würde er im nächsten Moment vor Aufregung platzen. »Das bedeutet, Teflon hat wirklich, was wir vermuten!«

Doch Mrs. Smith bringt ihn mit einer erhobenen Hand zum Schweigen. »Toby, wir wissen nichts darüber. Vorläufig kennen wir nur dieses Gerücht und nutzlose Indizien.« An mich gewandt sagt sie: »Waren das die exakten Worte des Mannes?«

»Ich weiß nicht«, sage ich. »Doch. Ich denke schon. Vielleicht. Sind alle an der Smith in diese Sache eingeweiht?« Ich kann das alles nicht glauben. Es klingt einfach zu lächerlich, aber trotzdem. »Bin ich etwa die Letzte, die davon erfährt?«

»Nein«, sagt Mrs. Smith. »Die Schule ist genau das, was sie zu sein scheint. Eine der besten Prep Schools von Neuengland für aufstrebende Schüler, für die künftigen Führungskräfte unseres Landes in Wirtschaft und Politik. Nur sehr wenige Schüler werden für den Geheimdienst rekrutiert. Und selbst diejenigen erhalten nur so viele Informationen wie unbedingt nötig.«

»Wollen Sie damit sagen, die Spione wissen nicht, wer die anderen Spione sind?«

Mrs. Smiths Augen werden schmal. Meine Schultern verspannen sich sofort. »Wie ich gerade sagte, nur so viele Informationen wie unbedingt nötig.«

»Und die wissen, dass Sie das hier machen? Die Leute, die die Schule leiten?«

»*Ich* leite diese Schule, Abigail«, zischt sie. »Der Mann im Bus hat dich also gefragt, wo sie es *versteckt* hat? War er so konkret?«

»Nein«, sage ich. »Von verstecken hat er nichts gesagt. Er hat gefragt, was sie damit *gemacht* hat.«

»Sehr interessant«, murmelt Mrs. Smith. »Vielleicht hat sie wirklich etwas gefunden.«

»Das hat sie!«, ruft Toby und springt in seinen abgerockten Tennisschuhen herum, als stünde er unter Strom.

Da muss ich einfach fragen: »Und was bitte habe ich mit alldem zu tun?«

Toby vertieft sich wieder in den Anblick seiner Schuhbänder. Veronica steht rechts neben der Couch, die Hände locker hinter dem Rücken und die Füße eine Handbreit auseinander. Diese lässige, aber doch irgendwie militärische Haltung lässt mich frösteln. Ein fieses Mädchen ist schon gefährlich genug. Aber eine fiese Spionin klingt unendlich viel schlimmer. Mrs. Smith kommt zur Couch zurück. Ohne Wärme oder Zuneigung tätschelt sie mein Bein.

»Wir brauchen deine Hilfe«, sagt sie. Veronica schneidet eine Grimasse. Meine Verwirrung fühlt sich an wie ein zu eng geschnürtes Korsett in viktorianischer Zeit und ich schnappe nach Luft. Alle beobachten mich scharf.

»Ich möchte wirklich mit meiner Mom sprechen«, flüstere ich. »Kann ich Jennifer bitte anrufen?«

»Nicht unbedingt«, sagt Toby.

»Nein«, stößt Veronica hervor.

»Ehrlich gesagt«, meint Mrs. Smith, »ist deine Mutter der Grund, warum du hier bist.«

8

Das Kapitel, in dem schwache Hysterie an die Stelle der Verwirrung tritt.

Mrs. Smiths letzte Äußerung bleibt im Raum stehen. Ein sehr unfeiner Schluckauf steigt in meiner Kehle auf. Mit all meiner Willenskraft gelingt es mir, ihn zu unterdrücken. Dafür fühlt sich mein Kopf jetzt an, als müsse er jeden Augenblick explodieren.

»Bist du okay?«, fragt Toby von der anderen Seite des Raums.

Ob ich okay bin? Was für eine bescheuerte Frage ist das denn? Natürlich bin ich nicht okay! Man sollte das Wort »okay« in meiner Gegenwart nicht mal sagen, okay? Du meine Güte!

»Ja«, krächze ich. »Jennifer?«

Mrs. Smith beginnt wieder, auf und ab zu marschieren. »Deine Mutter ist dem Center verbunden«, sagt sie. »Und das schon seit einiger Zeit und in unterschiedlichen Funktionen.«

Jetzt entkommt mir der Schluckauf doch. Ich kann nichts dagegen tun. Jennifer arbeitet für irgendeinen mysteriösen Spionagering? Das ist doch Irrsinn. Sie ist meine *Mutter*! Sie vergisst, sich die Zähne zu putzen oder wo sie das Auto geparkt hat. Gerne auch, wann sie mich irgendwo abholen soll. Sie hört Musik aus den Achtzigern (aber nicht so hippes Retrozeug wie Quinn). Und sie denkt nie daran, Erlaubniszettel oder Hausaufgaben und ähnliches zu unterschreiben. Das gibt's einfach nicht. Ich habe meine Mom wirklich lieb, aber … echt jetzt?

»Kann nicht sein«, sage ich.

»Kann es doch«, bestätigt Mrs. Smith.

»Ich fühle mich nicht so gut.«

»Du siehst auch nicht so gut aus«, meint sie. *Ach, vielen Dank.*

Mrs. Smith fährt fort. »Wir haben einige Fragen an deine Mutter, sind im Moment aber nicht in der Lage, sie zu lokalisieren.«

Veronica tritt mit einem hübschen Grinsen einen Schritt vor. »Sie ist irgendwie verschwunden«, erklärt sie. »Also, weg. Nicht mehr auf dem Radar. Spurlos verschwunden. Verschollen.«

»Das reicht, Veronica«, sagt Mrs. Smith kurz angebunden. »Manchmal klappt es bei der Spionagearbeit mit der Kommunikation nicht so … gut. Wir wissen, dass Jennifer Hunter in New York war. Und dann war sie es nicht mehr. Und es ist von äußerster Wichtigkeit, dass wir sie sprechen. Sie könnte im Besitz von etwas sein, das Leute wollen. Und folglich schwebt sie möglicherweise in schrecklicher Gefahr.«

In schrecklicher Gefahr? Das klingt nicht gut.

»Haben Sie sie angerufen?«, frage ich.

Alle starren mich an. Die Luft im Raum wird dünn und ich rutsche unbehaglich auf meinem Platz herum. Habe ich was Falsches gesagt?

»Vielleicht macht sie einfach nur Urlaub? Irgendwo, wo es keinen Handyempfang gibt?« Dabei weiß ich sehr gut, dass meine Mutter so was nie tun würde, ohne mir Bescheid zu sagen. Seit ich an der Smith bin, schreibt sie mir mindestens siebenmal täglich, um sich nach meinem Wohlbefinden zu erkundigen, auch wenn ich nur selten antworte. Aber wenn ich jetzt so überlege, habe ich in den letzten Tagen auch nichts von ihr gehört. Das schlechte Gewissen erfasst mich wie eine Welle. Das war mir noch gar nicht aufgefallen.

»Nein«, sagt Mrs. Smith. »Wir denken nicht, dass sie Urlaub macht.« Veronica grinst noch breiter. Toby weicht meinem Blick weiterhin aus. »Aber wie ich schon sagte, die Situation ist dringend, insbesondere im Lichte dessen, was dir letzte Nacht zugestoßen ist. Du hast großes Glück, dass Toby uns über deine Pläne informiert hat. Auch wenn er das ein bisschen spät getan hat.«

Also hat mich doch eines der Mädchen ans Messer geliefert! Aber welches? Schlechtes Gewissen, Erschöpfung und Verwirrung müssen einem Wutausbrauch Platz machen. Ja, mir ist schon klar, dass ich dankbar für meine Rettung sein muss, aber das heißt ja nicht, dass ich nicht gleichzeitig wütend sein kann.

»Leider war es uns nicht möglich, gleichzeitig den Verdächtigen zu ergreifen und dich zu beschützen, weshalb wir ihm nun auch keine Fragen zu seiner Rolle in der ganzen Sache stellen können«, sagt Mrs. Smith.

»Entweder du oder der Lotus-Mann«, fügt Toby hinzu.

Im darauffolgenden Schweigen frage ich mich, ob sie jetzt ein Dankeschön dafür erwarten, dass sie mich dem Lotus-Mann vorgezogen haben. Mir scheint das allerdings eine zweifelhafte Ehre zu sein.

»Jennifer wird aber nichts passieren, oder?«, flüstere ich.

»Das hoffen wir natürlich«, sagt Mrs. Smith. Aber sie sagt es so beiläufig, dass es mir nicht gerade Hoffnung macht. Ich erinnere mich an den Tag vor gerade mal sechs Monaten, als Jennifer mich an der Schule zurückließ. Sie und Mrs. Smith schüttelten einander so förmlich die Hände wie zwei Leute, die sich das erste Mal sehen. Aber das kann doch nicht stimmen, oder? Wenn meine Mutter dem Center »verbunden« ist, was auch immer das bedeuten mag, würde sie Mrs. Smith kennen, zumindest flüchtig. Ich wünschte, ich hätte diesen Toast nicht gegessen. Er versucht mit aller Macht, meine Kehle wieder raufzukommen.

»Ich werde alles tun, was Sie von mir verlangen«, sage ich. »Was auch immer nötig ist, um zu helfen.«

»Das wissen wir, Abby«, erwidert Mrs. Smith kühl, was mir zeigt, dass ich vermutlich ohnehin nie eine Wahl hatte. »Die Einzelheiten unseres Plans werden wir später besprechen. In der Zwischenzeit werden Veronica und Toby dich darüber informieren, wie du den Tag im Lichte deiner neuen … Situation im Detail bestreiten kannst.« Damit stolziert sie zur Tür hinaus, als hätten wir nur eben über meine Sechs in Chinesischer Geschichte im letzten Halbjahr geplaudert, und nicht, als hätte sie mir gerade offenbart, dass so ziemlich alles, was ich bisher für wahr gehalten habe, eben das nicht ist.

So sitze ich dann also bei Veronica und Toby. Gemäß den vielen Uhren an der Wand ist es hier gerade viertel nach sechs Uhr morgens und in London fast Zeit fürs Mittagessen, während in Sydney gleich die abendliche Studierzeit anbrechen würde. Toby lässt sich auf die Couch plumpsen. Veronica starrt mich wütend an.

»Ich mag dich nicht«, sagt sie stumpf.

»Jetzt komm schon, Ronny«, sagt Toby.

Ronny? Der unsichtbare Toby aus der Lower Middle hat gerade das beliebteste Mädchen der Schule Ronny genannt? Und ihr das auch noch ins Gesicht gesagt?

»Sei nicht so hart zu ihr.« Er wendet sich mir zu. »Veronica ist die Topagentin des Centers im Außeneinsatz. Sie hatte gerade einen Auftrag zu erfüllen, als ihr dachtet, sie wäre verschwunden.«

»Aber sie sah doch total zerschunden aus«, platzt es aus mir heraus. »Das habe ich gesehen. Die Vampirbisse in diesem Video oder was das war.« Kaum habe ich den Satz zu Ende gesprochen, weiß ich schon, dass das ein Fehler war. Veronica starrt mich jetzt mit praktisch glühenden Augen an.

»Hast du tatsächlich ›Vampirbisse‹ gesehen?« Dabei macht sie mit den Fingern Anführungszeichen in die Luft und ahmt meinen Tonfall perfekt nach. Sie ist so was von gemein.

»Nein«, stammele ich. »Ich dachte nur …«

»Liest du all diese dämlichen Vampirbücher, die für so naive *Kinder* gedacht sind wie dich?«

»Ja, aber ich glaube nichts da…«

Sie unterbricht mich. »Und ob du das tust. Du und deine Freundinnen. Dann sitzt ihr im Anbau und redet über die süßen Vampirjungs, stimmt's? Die ja so geheimnisvoll sind. Bla, bla, bla.«

»Also –«

»Und wer hört sich euer Gelaber an?«

Jetzt geht Toby dazwischen. »Ronny, nicht.«

»Wer sitzt da mit euch rum? Isst eure Pommes und hört sich euer Mädchengelaber an?«

Mein Blick geht zu Toby und plötzlich wird mir klar, dass das sein Lachen war, als ich in Mrs. Smiths Büro die übel zugerichtete Veronica sah.

»Aber ich verstehe nicht«, sage ich.

»Er hat das gemacht, weil er es *konnte*«, sagt sie kalt. »So was tut Toby aus Spaß.«

Ich fühle mich seltsam betrogen. Toby studiert wieder seine Schuhbänder.

»Aber«, fährt Veronica fort, »hier gilt es, eine Lektion zu lernen: Keine voreiligen Schlüsse, denn die sind meistens falsch. Verstanden?«

Ich nicke und kann keinen von beiden ansehen. Es ist zu demütigend. Wie konnte er das tun?

»Sprich es nach«, befiehlt sie.

»Keine voreiligen Schlüsse«, wiederhole ich.

»Na, bist du nicht ein kluges Kind?« Dann dreht sie sich so plötzlich von mir weg, als sei ich gar nicht da.

Ich versuche, mich auf der Couch wieder ganz klein zu machen.

»Toby, gib du ihr die übliche Belehrung, ja? Ich packe das hier nicht mehr.« Damit geht Veronica und knallt die Tür hinter sich zu.

Im Raum wird es totenstill. Toby fühlt sich sichtlich unwohl.

»Hör mal«, sagt er schließlich. »Tut mir echt leid. Ich wollte das nicht, du weißt schon, dass du in Ohnmacht fällst und alles.«

»Doch, wolltest du«, sage ich.

»Es tut mir leid«, wiederholt er.

»Egal. Was sollst du mir sagen?« Ich will das hier hinter mich bringen, damit ich vielleicht kotzen gehen oder mich wenigstens in den Cavanaugh-Meditationsbrunnen stürzen kann.

Toby gewinnt die Fassung wieder und richtet sich auf. »Okay«, sagt er, »pass auf. Wenn du in die Schule zurückkehrst, benimm dich normal. Sag zu keinem etwas darüber, was du hier heute gehört hast. Das schließt auch diese Mädchen ein, mit denen du immer abhängst.«

Na, das wird leicht. Weil ich nämlich sowieso nie wieder mit diesen Mädchen reden werde. Nichts von dem hier wäre passiert, wenn sie meinen Fluchtplan nicht ausgeplaudert hätten.

Toby wirft einen Blick auf seine Armbanduhr. »Jetzt ist es halb sieben. Wenn du dich beeilst, kannst du wahrscheinlich noch für eine Viertelstunde zurück ins Bett. Wir treffen uns heute Abend wieder, um über den Plan zu sprechen. Um elf Uhr. Hier.«

Jetzt kommen wir wieder auf die Frage zurück, die ich gestellt habe, sobald ich die Augen aufgeschlagen hatte, an deren Beantwortung aber bisher keiner besonders interessiert war. »Und wo genau ist *hier*?«

»In den Katakomben natürlich«, sagt Toby.

9

Die Katakomben. Die überhaupt nichts vom antiken Rom haben.

Ich gehe tatsächlich für fünfzehn Minuten ins Bett und schlafe anscheinend sogar ein, denn ich fahre erschrocken hoch, als Charlotte mir ins Gesicht pikt.

»Hey!«, schreit sie. »Jetzt mach die Augen auf! Was machst du überhaupt hier? Du wolltest doch abhauen?!«

»Hab's mir anders überlegt«, murmle ich.

Izumi hopst auf meinem Bett auf und ab. »Du hast was?«

»Es mir anders überlegt! Ich konnte Jennifer das nicht antun«, sage ich. »Sie wäre so enttäuscht, wenn man mich rausschmeißen würde.«

»Und das hat dich echt gekümmert?«

»Ja!«, schnauze ich. Welche von beiden hat mich verpetzt? Sie tun so überrascht, mich zu sehen, aber eine verstellt sich nur. Warum sind sie sonst auch in mein Zimmer gekommen? Eigentlich wäre ich ja gar nicht hier. Ich starre sie wütend an. Sie merken es nicht mal.

»Also, jedenfalls stehst du jetzt besser auf«, erklärt Charlotte. »Wir sind schon spät dran fürs Frühstück.«

Ich bewege mich durch den Tag wie eine Ameise in zähflüssigem Honig. Jeder Schüler, der mir begegnet, könnte ein Spion sein. Durch meinen Kopf schwirren Informationsfetzen und Anspielungen. Worum geht es hier überhaupt? Wer sind diese Leute? Wo ist Jennifer? Haben die einen Plan? Werde ich ihn heute Abend erfahren? Die Fragen türmen sich, aber weit und breit sind keine Antworten in Sicht. In Physik meint Mr. Roberts, ich sähe nicht gut aus, und bietet an, mir eine Tasse Tee zu besorgen. Er ist der totale Nerd und gerät völlig aus dem Häuschen, wenn es um Schwerkraft, Newton und solches Zeug geht, aber wenigstens ist er nett. Und harmlos. Anders Mr. Chin. Als ich in Chinesische Geschichte an meinem Tisch einschlafe, schmeißt er mich raus. Mr. Roberts entdeckt mich auf dem Flur, schaut irritiert drein und lässt mich dann in seinem Büro auf den Beginn der nächsten Unterrichtsstunde warten. Ich schlafe im Sessel ein und Spucke tropft mir aus dem Mund. Doch Mr. Roberts ist so freundlich, es nicht zu erwähnen. Im Grunde genommen ist der ganze Tag eine einzige Katastrophe.

Gegen elf Uhr klettere ich wieder an zusammengeknoteten Bettlaken außen an meinem Wohnheim herunter, weil ich keine Ahnung habe, wie ich sonst aus dem abgeschlossenen und mit einem Alarm gesicherten Gebäude kommen soll, und mir niemand eine Alternative angeboten hat. Ich bin von Kopf bis Fuß schwarz angezogen, weil mir das vernünftig erscheint.

Nachdem ich den Hunden des Todes entkommen bin, betrete ich das Hauptgebäude. Genau wie in der Nacht, als ich Mrs. Smith folgte.

Wie lange das schon her zu sein scheint! Und wie harmlos das war! Junge, Junge, wir hätten, was Veronica angeht, gar nicht weiter danebenliegen können, oder?

Als ich heute Morgen mit Toby aus den Katakomben kam, landeten wir in dem riesigen offenen Kamin in Mrs. Smiths Büro. Zuerst verließen wir die strahlend weiß gestrichenen Räumlichkeiten des Centers und betraten einen schmalen dunklen Gang, der aussah, als hätte man dort seit der Jurazeit nicht mehr Staub gesaugt. Spinnweben klebten sich an mein Gesicht und meine Beine, und die unheimlichen Schatten, die Tobys Taschenlampe erzeugte, ließen mich immer wieder zusammenzucken.

»Kümmer dich nicht um die Spinnen«, meinte Toby. »Die spinnen hier unten irrsinnig schnell alles ein. Damit müssen wir einfach leben.«

Ich war zu beschäftigt damit, über den unebenen Boden zu stolpern und so zu tun, als existiere Toby nicht, um auf die Bemerkung auch nur zu reagieren. Dort unten herrschte eine Atmosphäre wie in einem Spukhaus auf dem Rummel. Es hätte mich nicht im Geringsten gewundert, wenn ein Gruselclown hervorgesprungen wäre und mich gefressen hätte. Eine Weile schlängelten wir uns weiter und passierten mehrere mit Nummerncodes gesicherte Türen, bis wir schließlich zu einer Leiter kamen, die über uns in der Dunkelheit verschwand. Toby nahm die Taschenlampe zwischen die Zähne und fing an, hinaufzusteigen. Die ganze Situation war so absurd, dass ich kicherte.

»Was?«, fragte er und hielt den Kopf so schräg, dass der Lichtstrahl direkt in meine Augen leuchtete.

»Hey«, sagte ich, »lass das. Du blendest mich.«

»Sorry. Worüber lachst du denn? Die meisten Leute in deiner Situation lachen nicht.« Dann kletterte er weiter.

»Die meisten Leute?«, fragte ich.

»Normalerweise heulen sie«, sagte er. »Mrs. Smith sagt, das ist der Schock. Du hast nicht geheult.«

Nein. Aber ich wollte eigentlich. »Sind alle Leute in diese Sache eingeweiht?«

»Mrs. Smith hat dir diese Frage schon beantwortet«, sagte Toby.

Wir mühten uns weiter. Wie lang war diese Leiter bloß? Wo war der Aufzug? Toby war nicht sehr mitteilsam, dabei fand ich, er war mir was schuldig, weil er dem Begriff »Mistkerl« eine ganz neue Dimension gegeben hatte.

Endlich erreichten wir eine Luke, wie es sie in U-Booten gibt. Toby drückte sie mit seiner Schulter auf. So gelangten wir in einen winzigen Raum, der kaum Platz genug für uns beide bot. Die Steinmauern waren unverputzt, der Boden sandig. Aufrecht stehen konnten wir nicht, und es war viel zu eng. Ungefähr so wie in der U-Bahn in New York. Mein Ellbogen bohrte sich in sein Rückgrat und er stand auf meinem Fuß. Wir murmelten beide Entschuldigungen. Ich begann zu schwitzen.

»Wo ist denn jetzt die Tastatur?«, murmelte Toby und strich mit den Händen über die Mauer, während seine Taschenlampe Kreise aus Licht darauf warf. »Die finde ich nie. Ah, jetzt. Hier ist sie.« Er klappte eine Abdeckung auf, unter der eine kleine Tastatur zum Vorschein kam, drückte einige Zahlen und eine Mauer begann sich zu heben. Herrliches, kostbares Licht fiel zu uns herein. Ich blinzelte ein paarmal.

»Jetzt komm schon.«

Ich folgte Toby aus der Gruft in Mrs. Smiths Allerheiligstes. Es dauerte einen Moment, bis ich begriff, dass wir aus dem offenen Kamin geklettert waren. Rasch klappte Toby eine weitere Tastatur auf, die unter einem falschen Stein im Kaminsims verborgen war, und schon schloss sich die Wand hinter uns wieder.

»Wow«, sagte ich.

»Tja«, sagte Toby, »so kommt man raus und rein.«

»Was würde gegen eine Tür sprechen?«

»Zu offensichtlich.«

»Toll«, sagte ich.

»Stimmt.«

»Erfahre ich die Codes auch?«

Toby zog ein kleines Stück Papier aus der Hosentasche, auf das mit Bleistift viele Zahlen gekritzelt waren.

»Sie werden jeden Monat geändert«, sagte er und gab mir das Papier. »Das sind die aktuellen. Auswendig lernen und vernichten.«

Ich kicherte wieder. Das war eigentlich das perfekte Stichwort für die Titelmelodie des Films *Mission Impossible*.

»Was?«, fragte er genervt.

»Nichts«, sagte ich. Ich spürte, wie mir die Tränen in die Augen traten. »Ich werde es aufessen, sobald ich fertig bin.«

Toby runzelte die Stirn. »Das hier ist kein Witz, Abby. Hier geht es darum, die Welt zu retten. Vielleicht könntest du das langsam mal ernst nehmen.«

Ich starrte ihn an. *Die Welt retten?*

»Wovor denn?«, hakte ich nach. »Aliens? Roboter? Zombies?«

»Nein«, sagte er und sah auf einmal erschöpft aus. »Vor schlechten Menschen, so richtig schlechten Menschen.«

Wäre ich weniger müde und hungrig und verärgert gewesen, dann hätte ich vielleicht nach einer genaueren Erklärung gefragt, aber so marschierte ich stattdessen ohne ein weiteres Wort davon.

Was mir jetzt irgendwie leidtut. Ich hätte ihn fragen sollen, welche Bleistiftziffern zu welcher Tastatur gehören, denn wenn ich mich recht erinnere, gibt es mindestens fünf davon zwischen dem Center und mir. Ganz zu schweigen von den gut versteckten Abdeckungen.

Ich schleiche durch die Haupthalle und halte mich wieder im Schatten. Keine Ahnung, wie ich mich rechtfertigen soll, falls ich erwischt werde.

Oh, ich wollte nur eben in den Kaninchenbau runter, um mir von dem Mädchen, das wir alle für tot gehalten haben und das mich durch und durch hasst, sowie von unserer furchterregenden Direktorin den Spionageplan zu holen. Damit kann ich dann helfen, meine Mutter zu finden und die Welt zu retten, auch wenn ich noch nicht genau weiß, wovor.

Klar. Das funktioniert bestimmt.

Als ich bei Mrs. Smiths schwerer Bürotür angekommen bin, drücke ich sie geräuschlos auf. Bis auf den Schein der Schreibtischlampe ist es dunkel im Raum. Und trotz all der Regeln für Ordnung und Sauberkeit an der Smith ist Mrs. Smiths Schreibtisch das reinste Durcheinander.

Ob dieser Raum videoüberwacht wird? Ob ich gerade beobachtet werde? Nur zu meinem eigenen Vergnügen mache ich das Peace-Zeichen und Daumen hoch. Dann trete ich hinter den imposanten Schreibtisch. Von hier sieht die Welt anders aus. Man kommt sich vor, als stünde man auf der Brücke eines Schiffs. Ich setze mich auf ihren Stuhl. Der ist unbequem. Nicht gepolstert und mit einer harten Lehne versehen. Kein Wunder, dass sie lieber auf und ab marschiert.

Die Papiere bilden hohe Stapel. Ich entdecke eine Akte, auf der mein Name steht. *Abigail Hunter*. Die muss ich öffnen. Das würde doch jeder tun, oder? Darin finde ich mein Schulfoto vom letzten Jahr und eine Zusammenfassung all der spannenden Dinge, die in meinen bisher zwölf Lebensjahren passiert sind. Viele sind das nicht. Ich blättere auf die nächste Seite. Es handelt sich um meine Bewerbung, die meine Mutter ohne meine Zustimmung oder mein Wissen ausgefüllt und abgeschickt hat. Die meisten Felder sind leer und es gibt keinen persönlichen Aufsatz, der gemäß Bewerbungsvorschriften eigentlich verpflichtend wäre. Für eine Akte ist das Ganze ziemlich dünn. Wieder frage ich mich, was ich hier eigentlich soll? Die haben nie ein Bewerbungsgespräch mit mir geführt und die allerwichtigste Frage gestellt, mit der man bei solchen Gelegenheiten immer konfrontiert wird: Mit welcher bereits verstorbenen Persönlichkeit der Weltgeschichte würdest du gern zu Abend essen? Ich bin ein wenig enttäuscht, dass mir das entgangen ist, denn ich hätte Sherlock Holmes gesagt. Auch wenn ich mir nicht sicher bin, ob literarische Figuren auch gelten.

Neben der Akte liegt eine Bleistiftzeichnung auf einem zerknitterten Stück Papier. Ich erkenne die ausgefransten Ränder. Es handelt sich um das Blatt, mit dem der Mann an jenem Abend vor Mrs. Smith herumgewedelt hat. Eine sehr detaillierte Bleistiftzeichnung einer Statue, die eine Frau darstellt. Und noch wichtiger: Das ist eine der Zeichnungen, die Jennifer macht, wenn sie telefoniert oder vor sich hin träumt. Unser Kühlschrank hängt voll mit halb fertigen Gesichtern, Blumen, Regenbögen und Katzen mit seltsam langen Schnurrhaaren. Wie kommt eine Kritzelei von unserem Kühlschrank hierher und was hat sie mit dem Gespräch zwischen dem Mann und Mrs. Smith zu tun? Bevor ich weitersuchen kann, rumpelt der Kamin und Toby erscheint.

»Oh«, sagt er erstaunt. »Ich dachte, du wärst vielleicht verloren gegangen, hättest meine Handschrift nicht lesen können oder wärst mit den Codes durcheinandergekommen oder so was.«

Ich springe hinter dem Tisch hervor, als hätte man mir einen Schlag mit einem Elektroschocker verpasst. »Nö. Ich, äh, wollte gerade runterkommen und hinter mich bringen, was auch immer wir da unten machen.«

»Bist du okay?«, fragt er. »Du siehst irgendwie komisch aus.«

»Ich bin vollkommen okay«, behaupte ich und eile vor ihm zum Kamin. »Gehen wir. Ich kann's kaum erwarten, loszulegen!«

»Tja, also jetzt weiß ich definitiv, dass irgendwas mit dir nicht stimmt«, sagt er. Aber er folgt mir die Leiter hinab in die Dunkelheit.

Wenigstens erreiche ich unser Ziel diesmal auf meinen eigenen Beinen und nicht in Rückenlage. Das ist schon mal ein Fortschritt. Auch wenn mich das allein noch nicht beruhigt.

»Als ich zum ersten Mal hier runterkam, war ich total erschrocken«, sagt Toby. Ja. Das kann ich durchaus nachvollziehen.

Wir durchqueren den ganzen Raum, gehen an der Couch vorbei, auf der ich heute Morgen saß, und durch eine andere Tür, die mir noch gar nicht aufgefallen war. Dahinter befindet sich ein kleinerer Raum mit einem Tisch. An dem sitzen Mrs. Smith und Veronica.

»Du hast es geschafft«, sagt Mrs. Smith, als habe das infrage gestanden.

»Du hast da Spinnweben in den Haaren«, sagt Veronica. Sie ist so nett. Ich möchte wetten, dass wir eines Tages noch die besten Freundinnen werden. Wahrscheinlich nie.

Dann ermahne ich mich selbst, das nicht so wichtig zu nehmen. Schließlich bin ich hier, um rauszufinden, was mit Jennifer ist. Nur deshalb. Alles andere zählt nicht.

10

Das Kapitel, in dem man mir ein Angebot macht, das ich nicht ablehnen kann.

Mrs. Smith steht auf. »Danke, dass du dich uns anschließt«, sagt sie, als ob dieses Treffen freiwillig wäre. »Ich dachte, wir bringen dich möglichst rasch auf den neuesten Stand.«

Toby macht sich an einem Laptop auf dem großen Stahltisch zu schaffen. Plötzlich schieben sich die neun Bildschirme an der Wand zu einem riesigen Bild von etwas zusammen, das wie ein Flugplan aussieht. *Jennifer Hunter, 18. Februar*, vor vier Tagen also. Genau zu dem Zeitpunkt blieben ihre täglichen Nachrichten an mich aus. Vom John F. Kennedy Flughafen nach Charles De Gaulle in Paris. Ein Platz in der Businessclass. Gratis W-LAN. Essen à la carte.

»Frankreich?«, frage ich.

»Es ging um Ghost«, sagt Veronica.

»Ghost?« Ich klinge wie ein dementer Papagei.

»Ghost ist ein gefährlicher Mann«, erklärt Mrs. Smith. »Er wird auf der ganzen Welt von jedem gesucht.«

»Was hat er denn getan?«, frage ich.

»Getan?« Mrs. Smith starrt mich an. »Es geht darum, was er *tut*. Er ruiniert Menschen.«

Aufgeregt stehe ich an einer Seite des Tischs.

»Setz dich, Abigail. Du machst mich ganz nervös.«

»Entschuldigung«, murmle ich und setze mich.

»Jennifer ist geradezu besessen von Ghost«, sagt Veronica. »Das war sie schon immer.«

»Man könnte ihn ihren Erzfeind nennen«, fügt Mrs. Smith hinzu.

»Im Ernst?« Anscheinend kenne ich meine Mutter nicht gut genug. Ich wusste gar nicht, dass sie einen Erzfeind hat.

»Ja«, sagt Mrs. Smith.

Ich habe schon Schwierigkeiten mit der Vorstellung, dass Jennifer jemanden hasst oder auch nur wütend auf irgendwen ist. Klar, sie mag es nicht, wenn ich in der Schule Ärger kriege oder feuchte Handtücher im Badezimmer auf dem Boden liegen lasse oder eine fast leere Milchpackung in den Kühlschrank stelle, aber so was löst eher Verärgerung als Wut bei ihr aus.

Was hat dieser Ghost bloß angestellt, um sich ihren Zorn zuzuziehen? Das müssen ganz schön schlimme Dinge gewesen sein.

»Also warum hindert ihr ihn denn nicht daran, was auch immer er tut?«, frage ich.

Toby schnaubt. »Denkst du, das wäre so einfach? Glaub mir, wir haben schon alles versucht.«

»Aber Ghost ist einzigartig«, führt Mrs. Smith aus und tastet nach dem Büroschlüssel, der wie immer um ihren Hals hängt und im harten Licht glitzert.

»Wir wissen nicht mal, wie er aussieht«, fügt Veronica hinzu.

»Jennifer suchte schon jahrelang nach ihm, bis du alles verdorben hast.«

Mrs. Smith winkt ab. »Veronica ist zu empfindlich«, sagt sie, als ob das alles erklären würde. »Jennifer war die wichtigste vom Center auf Ghost angesetzte Agentin, aber nach deiner Geburt sollte sie sich weniger dringenden Fällen widmen. Eltern sind naturgemäß … gefährdeter.«

In ihrer Stimme höre ich einen mir bisher unbekannten Unterton. Als würde sie Jennifer Hunter, ehemals Spy Girl und nicht Spy Mom, am liebsten eine Ohrfeige verpassen.

»Aber hinter unserem Rücken hat Jennifer ihre Suche fortgesetzt. Sie hörte nie auf, nach Ghosts Schwachstelle zu suchen. Nach einer Möglichkeit, ihn in die Knie zu zwingen.«

Kennt ihr das, wenn man die letzten Puzzleteile legt und plötzlich das ganze Bild erkennbar wird? Die blauen und weißen Teile ergeben auf einmal Wolken und Himmel und die langen Striche auf braunem Hintergrund Schnurrhaare eines Kätzchens. Alles ergibt dann einen Sinn. Genau diese Erfahrung mache ich gerade, nur nicht mit einem Puzzle, sondern mit meinem Leben.

Ich war schon überall. Hinten in meinem Pass sind Extraseiten eingeheftet. Ich war an Orten, deren Namen ich nicht mal aussprechen kann. Mein kleiner roter Rollkoffer hat Dellen und Risse. Ich dachte mir nichts dabei, wenn Jennifer mich mitten in der Nacht weckte, um einen Flug zu erwischen, von dem ich vorher noch nie gehört hatte. Ihren Lebensunterhalt verdiente sie, wie sie sagte, als Kurierin für wichtige Dinge, und so war es für mich völlig normal, um die halbe Welt geschleppt zu werden. Sie zerrte mich aus dem Bett, um nach Marrakesch, Calgary, Tokio und Kapstadt zu reisen. Und wir flogen weiter nach Los Angeles, Athen und Ljubljana (das übrigens die Hauptstadt Sloweniens ist). Und warum nicht auch noch nach Stockholm, Kansas City und Prag, wenn wir doch sowieso schon unterwegs waren?

Kamen wir irgendwo an, gab es Termine, so eine Art Treffen, immer im Freien. Jennifer ließ mich dann auf einer Bank oder unter einem Baum zurück, wo ich wartete, bis sie ihre Sache erledigt hatte. Sie blieb dabei immer in Sichtweite, allerdings so weit entfernt, dass ich nie hören konnte, was geredet wurde. Üblicherweise handelte es sich um nur zwei- oder dreiminütige Gespräche und manchmal wurde auch ein Umschlag oder ein Päckchen übergeben, danach spielten wir sofort wieder Touristen.

Aber falls stimmt, was Mrs. Smith sagt, dann beförderte Jennifer nicht einfach wichtige Dinge durch die Welt. Nein, dann war meine Mutter auf der Suche nach Ghost, einem Weltklassebösewicht. Und ich als ahnungslose Komplizin immer mit dabei. Welche Mutter macht so was?

»Wir wissen aus unseren geheimdienstlichen Quellen, dass Jennifer einen Mann namens Peter Rhodes treffen wollte«, erklärt Mrs. Smith. Auf dem Bildschirm erscheint ein Foto eines Mannes mit Glatze und Knopfaugen. »Peter Rhodes behauptete, über Informationen zu verfügen. So was behaupten Leute andauernd. Das ist nicht ungewöhnlich. Rhodes sollte Jennifer am Eiffelturm treffen. Aber innerhalb von fünf Stunden passierte das.« Ein neues Foto. Diesmal liegt Rhodes auf einer Bahre. Zugedeckt mit einem weißen Laken und mit einem Zettel am großen Zeh. Widerlich.

»Man hat ihn in der Seine gefunden«, sagt Toby. »Aber nicht beim Schwimmen.«

»Wir wissen, dass Jennifer nach New York zurückgekehrt ist«, sagt Mrs. Smith. »Aber seither fehlt jede Spur von ihr. Und das ist ungewöhnlich.«

»Sie sollte nicht mal mehr über Ghost *nachdenken*«, regt sich Veronica auf.

Bei all diesen neuen Informationen, die mein Verstand verarbeiten muss, wundert es mich, dass kein Rauch aus meinen Ohren kommt. »Im Grunde genommen wisst ihr also weder, wo sie ist, noch, was sie in Paris gemacht hat. Und jetzt könnt ihr sie nicht finden.«

»Wir reden hier von Jennifer Hunter«, sagt Toby. »Wenn sie abtrünnig geworden ist, wird niemand sie finden.«

»Toby«, tadelt Mrs. Smith ihn.

»Sorry«, murmelt er, aber ich habe ihn genau verstanden.

»Abtrünnig?«, frage ich leise. Abtrünnig bedeutet, dass jemand keinen Anweisungen mehr gehorcht und daher weder kontrollierbar noch verantwortlich ist. Mir dreht sich der Magen um.

»Das Center verfügt über ein umfangreiches Netz weltweiter Kontakte«, sagt Mrs. Smith. »In diesem Netzwerk kursieren Gerüchte, wonach Peter Rhodes Jennifer etwas Wichtiges gegeben hat, das mit Ghost zu tun hat. Wir müssen herausfinden, was das war. Inzwischen sind auch schon eine Reihe anderer Institutionen an dieser Information interessiert. Leider ist die Welt voller mieser Typen, die versuchen, einander zu übertrumpfen. Daher ist es von so entscheidender Bedeutung, dass wir Jennifer als Erste finden.«

Zur Definition von »abtrünnig« gehören auch Begriffe wie »Deserteur« und »Unberechenbarkeit«. Eine leise Stimme in meinem Hinterkopf fragt, wieso Jennifer sich nach Jahren anscheinend treuer Dienste für das Center so plötzlich von diesen Leuten abgewandt hat. Aber ich hüte mich, diese Frage laut auszusprechen. Stattdessen frage ich, wie sie meine Mutter finden wollen, wenn sie im Verstecken so gut ist, wie Toby angedeutet hat.

»Das hast du falsch verstanden, Abigail«, sagt Mrs. Smith mit einem fiesen kleinen Lächeln. »Wir haben nicht die Absicht, sie zu suchen. Sie wird zu uns kommen.«

»Was?«, frage ich, und meine Stimme scheint gleich mehrere Oktaven in die Höhe geklettert zu sein.

»Wenn Jennifer untergetaucht ist, wird nichts sie zum Auftauchen bringen, außer ...«

»Außer ...«, echot Veronica mit einer Spur Schadenfreude.

»Außer dir«, vollendet Mrs. Smith ihren Satz.

»Mir?«

»Falls Jennifer etwas gegen Ghost in der Hand hat, wird der Jennifer kriegen wollen«, sagt Mrs. Smith. »So weit alles klar?« Irgendwie. Vielleicht. »Ghosts Feinde, von denen es in der Welt des Verbrechens zahlreiche gibt, werden Jennifer aus demselben Grund aufspüren wollen wie wir. Deshalb ist sie im Moment sehr begehrt. Aber Jennifer wird nur wegen dir auftauchen.«

Ich beginne zu verstehen, worauf es hinausläuft. Sie wollen mich benutzen. Als Köder.

Toby reißt mich aus meinen Gedanken. »Du läufst also ganz normal rum, lässt dich von den Bösewichten jagen und dann taucht Jennifer auf, um dich zu retten, sodass wir sie uns schnappen und sie befragen können.« Er sagt das, als sei das Ganze ein großer Spaß und er könne es kaum erwarten, damit loszulegen. Am liebsten würde ich ihm dafür eine runterhauen.

»Das ist also der Plan?«, frage ich. Für mich klingt es eher wie eine Hoffnung.

»Hast du etwa einen besseren?«, meint Mrs. Smith schnippisch. Sie wirkt selbst für ihre Verhältnisse ungewöhnlich angespannt. Abwehrend hebe ich die Hände.

»Okay«, sage ich leise. »Wo soll ich denn hin, also, als Köder?«

Mrs. Smith lächelt und ihre Schultern entspannen sich ein wenig. »Daran arbeiten wir gerade«, sagt sie. »Während wir Jennifers möglichen Aufenthaltsort eingrenzen, wird Veronica dir eine Einführung über unsere Arbeit im Center zu geben. Uns bleibt nicht viel Zeit, aber wenn wir sie mit Bedacht nutzen, ist das besser als nichts.«

Veronica scheint das vollkommen neu zu sein. »Was?«, fragt sie. »Warum kann das nicht Toby machen? Das ist total unfair.«

»Was fair und was notwendig ist, stimmt nicht zwingend überein«, erwidert Mrs. Smith. »Wir tun, was notwendig ist.«

Veronica ist über ihren Auftrag sichtlich stinksauer. Ich lasse den Kopf hängen und meine Wangen brennen. Von ganzem Herzen wünsche ich mir, Jennifer wäre hier. Ich wünschte, sie wäre hier, damit ich ihr sagen könnte, dass ich für den Rest meines Lebens nicht mehr mit ihr reden werde.

11

Spiontraining mit Veronica – Nacht Nummer eins.

Was um Himmels willen wird Veronica mir beim Spiontraining beibringen? Kung Fu? Wie man sich ordentlich tarnt? Wie sich ein Pass, eine Identität oder ein Fingerabdruck fälschen lässt? Wird sie mich fünfzehn Sprachen lehren, damit ich mich unter Leute mischen kann, als wäre ich eine Einheimische? Wirklich gern würde ich sie fragen, wer die anderen Spioninnen an der Schule sind, aber ich fürchte, sie wird mir antworten, dass ich nur die Informationen bekomme, die ich brauche, und mich anschließend mit Karate zerlegen, weil ich diese Frage überhaupt gestellt habe.

Jetzt folge ich ihr durch einen grell erleuchteten Flur. Zu beiden Seiten gehen davon Türen ab. Wir betreten Raum Nummer sieben. Das ist doch eine Glückszahl. Obwohl, in meinem Fall wahrscheinlich nicht.

Der Raum ist groß, der Fußboden aus Holz und die Wände mit weißem Schallschutzmaterial verkleidet, das nicht nur das Geräusch unserer Schritte schluckt, sondern auch das, als ich zu

Boden gehe. Denn plötzlich liege ich mit dem Gesicht nach unten da. So wie Doreen damals auf der Versammlung zu Schuljahresbeginn. Dieser Fuß ist schnell. Quasi eine Einmannarmee. Jetzt steht dieser Fuß auf meinem unteren Rücken und übt dort einen nicht unerheblichen Druck aus. Ich stöhne.

»Wenn du für das Center arbeiten willst«, erklärt Veronica, immer noch grimmig, »musst du einige Lektionen lernen. Lektion Nummer eins: Wachsamkeit. Deine Umgebung ändert sich ständig. Wenn du nicht aufpasst, landest du auf der Schnauze. Oder Schlimmeres.«

Meine Wachsamkeit meldet mir ganz deutlich, dass meine Milz reißen wird, wenn Veronica noch fester auf mich tritt. Da möchte ich mir Schlimmeres gar nicht ausmalen.

»Wachsamkeit«, keuche ich.

»Sprich deutlich, Ahnungslose!«

Das geht nicht, weil ich kaum atmen kann. Außerdem habe ich nie gesagt, dass ich für das Center arbeiten will! Um nichts von dem hier habe ich gebeten, und nach gerade mal zwölf Sekunden von Veronicas Training bin ich mir bereits ziemlich sicher, dass ich dabei mies abschneiden werde.

Wegen des Sauerstoffmangels wird mir schon leicht schwindelig. Und so, wie ich das sehe, habe ich zwei Alternativen. Entweder bleibe ich hier liegen und ersticke oder ich kriege sie von meinem Rücken runter. Deshalb lege ich meine Hände jetzt wie für Liegestützen neben mich. Ich bin zwar nicht besonders kräftig, aber groß, sodass ich schon eine gewisse Hebelwirkung erzeugen kann. Ich zähle bis drei, dann drücke ich die Arme durch.

Veronicas Fuß verschwindet und ich rolle mich zur Seite, wo ich zusammengekauert liegen bleibe. Nur für den Fall, dass sie mir als Fortsetzung ins Gesicht tritt.

»Wachsamkeit«, wiederhole ich so deutlich, wie ich kann.

Veronica umkreist mich. Ich bleibe in meiner Embryohaltung.

»Aufstehen!«, sagt sie. Ich rapple mich auf.

»Dein Job besteht darin, abzublocken. Wehr ab, womit auch immer ich dich bewerfe.«

»Warte!«, schreie ich. »Warum muss ich denn was abwehren, wenn ich ein Köder bin? Muss der nicht, du weißt schon, einfach nur still halten und warten, dass was passiert?«

Veronica nimmt sich einen Moment Zeit, um entsetzt dreinzublicken. Eindeutig war das die falsche Bemerkung. Wieder mal. »Lektion Nummer zwei«, knurrt sie. »Die Dinge laufen nicht immer wie geplant.«

»Tja, darauf bin ich auch schon gekommen«, erlaube ich mir anzumerken.

»Du bist hoffnungslos«, meint sie und seufzt theatralisch. »Hinsetzen!« Sie lässt sich neben mir auf den harten Holzboden plumpsen. »Hör mir genau zu. Oft werden Köder gefressen. Dein Job besteht darin, spontan zu reagieren.«

Hat sie gerade »gefressen« gesagt?

»Ich habe zwei Nächte lang Zeit, um dir genügend grundlegende Fähigkeiten zu vermitteln, damit du nicht alles total verbockst«, fährt sie fort. »So ein Wunder kann nicht mal ich vollbringen, und das glaubt auch keiner, aber so ist es nun mal. Also tue ich mein Bestes und hoffe, es reicht. Wird es nicht, aber egal. Und jetzt steh auf. Wir haben zu tun.«

Veronicas Vorstellung von aufmunternden Worten erfüllt mich nicht gerade mit Zuversicht, aber ich stehe trotzdem auf. Weil ich gar nicht wissen will, was passiert, wenn ich es nicht tue.

Wie sich herausstellt, wäre ich besser am Boden geblieben. Denn Veronicas Hände sind so schnell wie ihre Füße, was mich eigentlich nicht überraschen sollte. Sie trifft mich an der Brust, im Nacken, da, wo mein Bauch weich ist. Sie schlägt mich auf Oberschenkel, Schienbeine, Handflächen. Jeder Treffer fühlt sich an wie ein Bienenstich und in der Summe treiben sie mir Tränen in die Augen. Ich tue mein Bestes, um sie abzuwehren und mich mit meinen eigenen Händen zu schützen. Aber ich bin zu langsam.

Während es mir wieder und wieder misslingt, mich zu verteidigen, denke ich daran, dass nichts von alldem passieren würde, hätte Jennifer mir die Wahrheit gesagt. Über ihren Job, die Reisen, diese Schule, Mrs. Smith. Eine lange Liste, und mit jedem Punkt, den ich hinzufüge, werde ich ein bisschen wütender. Hat sie mich ins Internat gesteckt, damit sie ungehindert nach Ghost suchen kann? War ich ihr nur eine Last? Sie hat zwar gesagt, sie wolle mich in Sicherheit wissen, doch ich dachte, sie meinte damit in Sicherheit vor meinen eigenen, manchmal nicht sehr guten Entscheidungen. Jedenfalls werde ich gerade von Veronica vermöbelt. Das gehört definitiv nicht in die Kategorie Sicherheit. Inzwischen bin ich so wütend, dass mein Zorn tatsächlich die stechenden Schmerzen von Veronicas blitzschnellen Schlägen ausblendet.

Oder vielleicht hat der Schmerz ja auch nachgelassen, weil Veronica nicht mehr trifft. Vielleicht verrichten meine Hände, während mein Verstand kocht, ihre Abwehrarbeit wie auf Autopilot geschaltet. Aber natürlich bricht in dem Moment, als ich verstehe, wie es läuft, das ganze System zusammen und Veronica haut mir voll ins Gesicht.

Okay. Konzentration. Denk an … Quinn? Na schön, das könnte funktionieren. Ich liebe sein Haar, das ein bisschen zu lang ist und sich um die Ohren herum lockt. Ich liebe auch seine blaugrünen Augen und sein schiefes Lächeln. Mir gefällt, dass sein offizieller marineblauer Smith-School-Blazer immer aussieht, als habe er eine Nacht lang in die Ecke geknüllt rumgelegen. Seine Hemden machen auch keinen viel besseren Eindruck. Aber er mag Charlotte. Die Idee war ein Schuss in den Ofen. WUMM! Veronica hat mich mit dem Fuß am Oberschenkel getroffen und ich stolpere rückwärts gegen die gepolsterte Wand.

Okay, Abby, anscheinend ist es Zeit, von Quinn wegzukommen. Denk an New York. Denk an den Innenhof der Frick Collection. Der schöne, ruhige Museumshof mit dem in der Mitte plätschernden Brunnen und den auf der Wasserfläche schwimmenden Seerosen. Ja! Das ist gut. Das Museum of Modern Art mag ich auch. Und Shake Shack! Oh, das funktioniert gut. Tagelang könnte ich in Fantasien über dieses Schnellrestaurant schwelgen! Ich brauche eine Minute, bis ich merke, dass die Attacken aufgehört haben. Veronica steht in Habachtstellung da und mustert mich.

»Willst du wissen, warum ich dich nicht mag?«, fragt sie. Eigentlich nicht, aber ich wette, sie sagt es mir trotzdem. »Du wirst bevorzugt, weil du die Tochter von Jennifer Hunter bist.«

»Hä?«

»Du läufst durch die Gegend, als würde dir was zustehen, als sollte alles, was ihr gebührt hat, auch dir gebühren, nur weil ihr verwandt seid. Wir anderen müssen uns alles hart erarbeiten. Wir müssen uns Mrs. Smiths Respekt verdienen, während du ihn nur einstreichst.«

Moment mal! Bis gestern wusste ich nicht mal, dass Jennifer Hunter irgendwas anderes ist als meine Mutter. Gerade als ich sie darauf hinweisen will, fliegen Veronicas Hände auch schon wieder auf mich zu. Aber von einer neuen Welle der Wut angetrieben gelingen mir zwei hübsche Treffer auf Veronicas Solarplexus und ich kann sie nach hinten stoßen. Das ist noch nicht viel, aber immerhin.

»Schon besser, Ahnungslose«, sagt Veronica. Dazu grinst sie irgendwie komisch. Ich bin total verschwitzt. Alles tut mir weh. Keine Ahnung, wieviel Zeit inzwischen vergangen ist. Es könnten Minuten oder auch Tage sein.

»Warum sagst du das immer?«, frage ich.

»So nennen wir alle Neuen«, meint sie achselzuckend. »Ihr seid alle dermaßen naiv, wenn ihr hier runterkommt. Ihr glaubt, die Welt wäre sicher und gut und voller Happy Ends und Feenstaub. Aber da irrt ihr euch. Und wenn ihr erst mal erkannt habt, wie sehr ihr euch irrt, dann bekommt ihr eine Ahnung davon, wie es läuft. Morgen Nacht gibt's Lektion drei und vier. Sei pünktlich.«

Damit verschwindet sie und knallt die Tür hinter sich zu. Ich schätze, Nacht Nummer eins des Grundlagentrainings habe ich überlebt.

12

Der nächste Tag. An dem ich extrem müde und missmutig bin.

Um zwei Uhr morgens klettere ich an den Laken wieder ins McKinsey House zurück. Und zwar durch das offene Fenster von Tory Agnew im ersten Stock. Warum dieses Mädchen im Februar bei offenem Fenster schläft, ist mir schleierhaft, aber ich bin dankbar dafür. Diese Dankbarkeit bringe ich zum Ausdruck, indem ich mit einem lauten *Plumps* im Zimmer lande, über einen Haufen Klamotten stolpere und der Länge nach auf den Schreibtisch knalle, wo ein Stiftebehälter umfällt und sein Inhalt überall hinfliegt. Als ich mich an der Wand aufrichten will, reiße ich auch noch ein Alex-Morgan-Poster herunter. Es ist einfach schrecklich. Ich erstarre.

Aber zum Glück schläft Tory wie ein Stein. Sie zuckt nicht mal und ich schleiche unbehelligt auf den Flur und zurück in mein Zimmer. Ich hätte Veronica fragen sollen, wie sie aus dem McKinsey raus- und wieder reinkommt. So bestimmt nicht. Wahrscheinlich hat sie einen Schlüssel. Oder den Code. Oder vielleicht knurrt sie die Tür auch an und die geht aus Furcht einfach auf.

Als ich später in der Dunkelheit liege, rast mein Verstand wie ein Hamster auf zu viel Koffein in seinem Lieblingsrad. Meine Mutter, die Wunderspionin, hat etwas getan, was sie nicht tun sollte, und ist noch dazu vom Radar verschwunden. Die Smith School for Children ist in Wirklichkeit Mrs. Smith's Spy School for Girls. Veronica ist noch furchterregender, als ich dachte. Und Toby, tja, wer ist Toby eigentlich? Beim Blinzeln fühlen sich meine Augen wie verkrustet und aufgeschürft an. Schließe ich sie, sehe ich grelle Lichtblitze hinter meinen Lidern. Es dauert lange, bis ich in einen ruhelosen Schlaf falle.

Am nächsten Morgen erscheint es mir schon wie eine Herkulesaufgabe, eine Gabel voll Rührei an meinen Mund zu heben. Schließlich schiebe ich mein Frühstückstablett weg und lege den Kopf auf die Tischplatte.

»Was ist denn mit dir los?«, fragt Izumi und pikt mich mit ihrer Gabel.

»Sie ist schon den ganzen Morgen so«, sagt Charlotte. »Was für eine Langweilerin.«

»Ich bin müde«, stöhne ich.

Meine Freundinnen haben wenig Mitleid mit meiner Erschöpfung. Sie wissen ja auch nicht, dass Veronica mich die halbe Nacht lang verprügelt hat.

»Trink ein bisschen Tee«, sagt Izumi. Sie ist der festen Überzeugung, dass die Lösung jedes Problems mit Tee beginnt.

»Kaffee enthält mehr Koffein«, gibt Charlotte zu Bedenken. Eigentlich ist Kaffee nur für die höheren Klassen und die meisten Unsichtbaren mögen ihn sowieso nicht. Charlotte allerdings trinkt eine Menge davon, schwarz, aber sie schneidet dabei schreckliche Grimassen.

»Ich hasse Kaffee«, jammere ich.

»O nein«, jault Charlotte. »Da kommt Quinn. Versteckt mich.«

Ich hebe den Kopf und sehe Quinn mit Toby auf uns zukommen. Dabei starrt Toby mich mit einem preiswürdig verächtlichen Blick an. Wie soll ich mich bitte schön ganz normal benehmen, wenn er mich so anglotzt? Und weshalb wirkt er dermaßen munter? Er prostet mir mit einem Kaffeebecher zu. Na toll.

Ich stemme mich vom Tisch hoch. »Will sonst noch jemand Kaffee?«, frage ich schicksalsergeben. Ich kann nicht schon wieder in Chinesischer Geschichte einschlafen.

»O mein Gott«, schreit Izumi plötzlich, obwohl sie eigentlich nie schreit. Wir folgen ihrem Blick zum Eingang der Cafeteria.

»Veronica«, flüstert Charlotte. »Sie lebt!«

»O ja, und wie«, murmle ich und stakse los.

Veronica steuert direkt auf mich zu. Sie sieht munter und energisch aus. Ich muss unbedingt rauskriegen, wie sie das machen, denn es grenzt schon an ein Wunder, wenn ich diesen Vormittag überlebe, ganz zu schweigen vom Rest des schrecklichen Tags. Ich spüre Tobys Blick auf mir, während Veronica näher kommt, als würde er eine Warnung direkt an mein Gehirn senden. *Cool bleiben, Abby.*

Also versuche ich genau das. Ich steuere weiter auf den riesigen Kaffeespender an der gegenüberliegenden Seite des Speisesaals zu. Veronica geht links an mir vorbei, sucht aber keinen Blickkontakt. Sie scheint überhaupt keine Notiz von mir zu nehmen. Das empfinde ich einerseits als Erleichterung, andererseits bin ich seltsam enttäuscht. Ich kenne sie inzwischen schließlich. Ich bin eine von zwei Personen hier im Raum, die sie kennen.

Oder vielleicht sind es mehr? Woher soll ich das wissen? Mir sagt ja keiner was. Der Punkt ist, dass ein Blinzeln oder Nicken einfach nett gewesen wäre. Die Bestätigung dafür, dass wir das hier, was auch immer es sein mag, gemeinsam durchstehen. Das klingt vielleicht melodramatisch, aber ich bin heute Morgen nun mal irgendwie knatschig. Natürlich trete ich ihr trotzdem nicht ans Schienbein, aber die Vorstellung bringt mich zum Lächeln.

Veronica ist schon fast beim Tisch der beliebten Mädchen. Die wirken nicht verwundert, sie zu sehen. Da kommt mir ein erschreckender Gedanke. Was, wenn all diese Wichtigtuerinnen zu den Spioninnen gehören? So eine Art Engel für Charlie. Nur eben als fiese Version. Bei der Vorstellung erschauere ich. Veronica überlebe ich ja vielleicht, aber fünf oder sechs von ihrer Sorte? Unmöglich.

Erst als ich mir Kaffee eingießen will, merke ich, dass ich ein kleines Stück Papier in der Hand habe. Wie hat sie das geschafft? Mit dem Rücken zu den Tischen streiche ich es in meiner Handfläche glatt.

Büro. 1 Stunde

Ich vermute, damit ist Mrs. Smiths Büro gemeint. In einer Stunde sitze ich allerdings mitten in Chinesischer Geschichte – Ach, warum muss es ausgerechnet Chinesische Geschichte sein? Warum nicht Physik bei Mr. Roberts? Mr. Chin mag es noch nicht mal, dass wir im Unterricht atmen, und erst recht nicht, dass wir aufstehen und mittendrin gehen. Noch dazu ist er sowieso schon sauer auf mich, weil ich ja eingeschlafen bin. Ich stopfe den Zettel in meine Hosentasche und kehre mit überschwappendem Kaffeebecher an unseren Tisch zurück.

Exakt sechzig Minuten später hebe ich die Hand. Mr. Chin

starrt mich über den Rand seiner halbmondförmigen Brillengläser an. Unterbrochen zu werden mag er auch nicht.

»Ach, Abigail«, ätzt er, »Du musst ja wach sein, da deine Hand erhoben ist. Wie erfreulich für uns alle. Hast du eine Frage?«

»Darf ich bitte zur Toilette gehen?«, sage ich.

»Zur Toilette?«

»Ja. Es handelt sich quasi um einen Notfall.« Meine Klassenkameraden kichern und ich merke, dass ich knallrot werde.

»Ist das ein echter Notfall, Abigail, oder nur eine Ausrede, damit du dich aus dem Unterricht verdrücken und Smileys an deine Freunde verschicken kannst?«

»Äh, mein Handy befindet sich in meinem Zimmer, Sir«, sage ich leise. »Keine elektronischen Geräte während des Unterrichts.«

»Wie schön zu hören, dass du die Regeln kennst«, sagt er, »selbst wenn du anscheinend glaubst, die würden für dich nicht gelten. Vielleicht hast du vor, ein Nickerchen zu halten, so wie gestern?«

»Nein, Sir«, murmle ich. »Ich muss nur auf die Toilette.« Das ist ja schrecklich. Vielleicht sollte ich einfach unter meinen Tisch kriechen und so tun, als wäre ich unsichtbar.

Der Minutenzeiger der Wanduhr rückt weiter. Jetzt stecke ich nicht nur in Schwierigkeiten, sondern werde mich auch noch verspäten.

»Denkst du, die Herrscher der Ming-Dynastie kümmert es, dass du auf die Toilette musst?«

»Nein, Sir.«

»Ich sage dir was«, erklärt Mr. Chin. »Nenn mir das Jahr, in dem die Ming-Dynastie begann, und du darfst gehen.«

Alle Augen sind auf mich gerichtet. Weiß ich die Antwort auf diese Frage? Na klar. Schließlich habe ich einen Nachmittag im

Historischen Museum in Hongkong verbracht. Und während Jennifer mit irgendeinem Typen tuschelte, habe ich eine Menge über China gelernt.

»1368«, sage ich. »Und sie endete 1644.«

Mr. Chin schaut auf mich runter und es fühlt sich an, als wären wir noch nicht fertig. »Wer saß 1644 auf dem englischen Thron?«

»König Charles I.«, sage ich. »Aus dem Hause Stuart.« Ich war nämlich auch im Museum of London.

»Sehr gut, Abigail. Du kannst gehen.«

Ich stürme zur Tür hinaus, bevor er es sich noch mal anders überlegt und mich darüber auszuquetschen beginnt, welche Dynastie auf die Ming folgte. Ich glaube zwar, es war die Qing, aber ganz sicher bin ich mir nicht.

Die Große Halle ist das ursprüngliche Schulgebäude der Smith, errichtet 1890, als die Schule gegründet wurde. Hier gibt es hohe Decken und Fenster mit Bleiverglasung. Meine Schritte hallen wider, als ich zu Mrs. Smiths Büro eile.

Ich klopfe leise, weil ich mir immer noch nicht ganz sicher bin, ob ich tatsächlich hierherkommen soll. Vielleicht ist ja ein Büro unten in den Katakomben gemeint? Ich will gerade aufgeben, als die Tür aufschwingt. Ich trete ein. Die Luft ist so dünn, als hätte der Schritt über die Türschwelle mich fünftausend Meter in die Höhe befördert. Deshalb muss ich auch ein paarmal schlucken.

»Abigail«, sagt Mrs. Smith mit einem knappen Lächeln. »Ausgezeichnetes Timing. Mr. Roberts wollte gerade gehen.«

Mein Physiklehrer erhebt sich aus einem der Polstersessel vor ihrem Schreibtisch. Für einen Sekundenbruchteil könnte ich schwören, dass sein Gesicht wutverzerrt ist. Doch sofort zwinkert er mir freundlich zu.

»Abigail«, sagt er. »Fühlst du dich schon besser?«

»Ja, Sir«, sage ich.

Im Vorbeigehen tätschelt er mir den Kopf. »Nicht vergessen«, sagt er, »ohne Schlaf werden wir alle leicht ein bisschen verrückt.«

»Mr. Roberts!«, schnauzt Mrs. Smith.

Er dreht sich wieder zu ihr um und grinst. »Ich wünsche Ihnen noch einen schönen Tag, Frau Direktor.«

Knallt er im Rausgehen tatsächlich die Tür zu? Bin ich gerade in eine Auseinandersetzung geplatzt? Ich kann mir gar nicht vorstellen, auf Mr. Roberts wütend zu sein. Er ist so was wie ein riesiger Teddybär, der einem immer Tee und einfühlsame Ratschläge anbietet. Doch noch bevor ich mir eine Meinung darüber bilden kann, was hier wirklich vorgeht, zeigt Mrs. Smith schon auf einen der flauschigen Polstersessel. Darin versinke ich so tief, dass meine Füße den Boden nicht mehr berühren. Ich lasse sie ein bisschen hin und her baumeln.

»Du wirst morgen nach San Francisco fliegen«, sagt Mrs. Smith ohne Umschweife.

»Was?« Vielleicht hat Mr. Roberts recht und mein Schlafmangel macht mich schon verrückt. Denn ich meine gehört zu haben, dass ich nach Kalifornien reisen werde.

»Wir wissen aus sicherer Quelle, dass Jennifer irgendwann innerhalb der letzten zwei Tage am San Francisco International gelandet ist.«

»Warum sollte sie nach Kalifornien fliegen?«, frage ich.

»Um ihre Verfolger zu verwirren«, erklärt Mrs. Smith. »Das macht man so. Und keiner ist verwirrender als Jennifer Hunter.« Da ist wieder dieser Ton, wütend und verärgert. Toby hat gesagt, sie wären Partnerinnen gewesen, aber das habe mit meiner Geburt aufgehört. Vielleicht war Mrs. Smith darüber nicht so glücklich.

»Toll«, sage ich. »Verwirrung ist toll.«

»Du folgst ihr dorthin«, sagt Mrs. Smith. »Wir halten an dem Plan mit dir als Köder fest. Bronwyn wird dich in San Francisco treffen. Sie ist eine unserer Partnerinnen und wird deine Kontaktperson sein.«

Bronwyn ist der schnöseligste Name im ganzen Universum. Bis ich an die Smith kam, hatte ich ihn noch nie gehört. Jetzt kenne ich ungefähr sieben Leute, die so heißen.

»Woher werde ich wissen, wer Bronwyn ist?«, frage ich.

Mrs. Smith reicht mir ein Foto über den Schreibtisch. Darauf ist ein Mädchen zu sehen, mit dunklen Haaren und Augen, eindeutig älter als ich, wobei ich das immer schrecklich schlecht schätzen kann. Noch dazu ist das Foto nicht besonders gut. Das Gesicht ist von der Kamera abgewandt und die langen Haare fallen wie ein glänzender Vorhang über die Schulter. Beneidenswert schönes Haar.

»Bronwyn wird ein schwarzes Jackett mit einer roten Blume im Knopfloch tragen. Ihr trefft euch bei der Gepäckausgabe und das Codewort lautet ›Schildkröte‹.«

Rote Blume. Gepäckausgabe. Schildkröte. Check.

Mrs. Smith lehnt sich auf ihrem Stuhl zurück. »Bedenke, dass dein Job bei dieser Aktion minimal ist, Abigail«, sagt sie. »Tu, was Bronwyn dir sagt. Improvisiere nicht und triff keine eigenen Entscheidungen. Verstanden?«

»Ja«, sage ich.

»Wie lief es gestern mit Veronica?«, fragt sie.

Das erscheint mir wie eine Fangfrage, weil Veronica ihr sicher schon mitgeteilt hat, wie furchtbar es war. Deshalb antworte ich ausweichend.

»Es war interessant.« Immerhin habe ich ja etwas gelernt. Darauf, irgendwann Kung-Fu-Ninja-Meisterin mit schwarzem Gürtel zu werden, mache ich mir keine Hoffnungen. Mir ist auch klar geworden, dass ich es nicht mag, wenn Leute mich schlagen. Dass ich darüber bisher noch nie nachgedacht habe, mag daran liegen, dass mich vorher auch noch nie jemand geschlagen hat.

Mrs. Smith begutachtet mich, als wäre ich ein Stück Fleisch, das sie fürs Abendessen in Betracht zieht.

»Das kann ich mir vorstellen«, sagt sie schließlich. »Wir sind hier fertig. Toby erwartet dich unten in den Katakomben. Er hat ein paar Dinge, die dir auf deiner Reise nützlich sein könnten.«

»Aber was ist mit Mr. Chin?«, wende ich ein. »Er denkt wahrscheinlich schon, ich sei in der Toilette ertrunken.«

»Mach dir über Mr. Chin keine Gedanken«, sagt sie. »Um den kümmere ich mich.«

Diese Schule ist wirklich in keiner Hinsicht normal. Das will ich nur mal festhalten.

13

Die Katakomben. Wo ich wieder mal meine Fähigkeiten unter Beweis stelle.

Ich sehe zu, wie Mrs. Smith die Tastatur unter dem Stein aufklappt und der komplette hintere Teil des Kamins zur Seite fährt, sodass der niedrige dunkle Tunnel sichtbar wird. Daran werde ich mich wohl nie gewöhnen.

»Gehe ich recht in der Annahme, dass du den Weg noch weißt?«, sagt Mrs. Smith und tritt mit dem anmutigen Lächeln einer perfekten Gastgeberin beiseite. Ich nicke nur, bücke mich und quetsche mich hinein.

»Stoß dir nicht den Kopf«, sagt sie noch, als die Wand sich bereits wieder schließt.

Ohne eine Taschenlampe stoße ich mir an der niedrigen Decke mehrmals den Kopf. Bis ich bei Toby angekommen bin, fühlt es sich an, als hätte ich eine Gehirnerschütterung. Das und die dauernden Ohnmachten können ja nicht gerade gesund sein.

Toby wirft einen Blick auf meine anscheinend gerötete Stirn und meint: »An den niedrigen Stellen musst du dich ducken,

Abby.« Er sitzt an dem großen Tisch vor den vielen Bildschirmen an der Wand und hat einen aufgeklappten Laptop vor sich.

»Du hast leicht reden«, sage ich und lasse mich auf einen Stuhl neben ihm fallen. »Findest du das eigentlich nicht seltsam?«

»Was?«

Ich deute auf die Umgebung. »Na das!«, rufe ich. »Das alles hier!«

Er schaut nur und zuckt mit den Achseln. »Nein. Das ist nicht seltsam. Wenn man undercover arbeitet, braucht man dafür einen abgelegenen Ort. Das funktioniert prima.«

Ich seufze. »Das habe ich auch nicht gemeint.«

Toby schiebt seinen Stuhl zurück und legt die Füße neben dem Laptop auf den Tisch. Dann sieht er mich von der Seite an. »Und du wusstest das mit deiner Mutter echt nicht? Das war nicht bloß Verstellung?«

Ich weigere mich, diese Fragen auch nur einer Antwort zu würdigen. Stattdessen benutze ich lieber diesen hochmütigen Blick, den Charlotte so perfekt beherrscht.

»Das ist so total verrückt«, sagt er. »Ich meine, du hast doch bei ihr gelebt! Wie konnte dir das nicht auffallen?« Anscheinend muss ich meinen hochmütigen Blick noch üben. Toby kommt richtig in Fahrt. »Alter, Jennifer Hunter war echt eine vom harten Kern. Sie war der Wahnsinn.«

»Hast du mich gerade Alter genannt?«

»Hä?« Seine Augen strahlen. Er sieht aus, als könnte er vor schierer Begeisterung jeden Moment von seinem Stuhl abheben.

»Ach egal«, sage ich. »Was bedeutet denn harter Kern überhaupt? Weißt du, ich hab kapiert, dass sie eine Spionin ist und diesen Ghost nicht mag, aber warum benehmt ihr euch alle so seltsam, immer wenn ihr über sie redet?«

»Bevor du auf die Welt kamst, war Jennifer die Beste«, erklärt Toby. »Als sie hier anfing, wusste noch keiner, was mal aus ihr werden würde.«

»Hey!« Ich springe auf. »Moment mal. Wenn du ›hier‹ sagst, dann meinst du damit, hier an der Smith? An der Spy School for Girls?«

Er nickt. »Klar. Hier. Sie war im ersten Jahrgang.«

Natürlich ist Jennifer eine Ehemalige der Smith School for Children. Ich bin so bescheuert, dass ich nicht mal das Offensichtlichste direkt vor meiner Nase erkenne.

Toby tippt irgendwas in seine Tastatur und plötzlich erscheint ein Foto auf dem Riesenbildschirm. »Guck dir das an«, sagt er. »Der Persephone-Club.«

Das Foto muss aus einem Jahrbuch sein. Ein Bild mit etwa zehn Mädchen, die sich in zwei Reihen aufgestellt haben und alle eine ältere Version derselben grässlichen Schuluniform tragen, die ich gerade anhabe. Sie sehen glücklich aus, lachen und haben die Arme umeinandergelegt. Eines der Mädchen in der ersten Reihe hält ein Schild mit dem Clubnamen hoch: Περσεφόνη. Das muss Persephone in griechischer Schrift heißen. Ich bin jedoch zu perplex, um danach zu fragen, denn genau in der Mitte, mit einem fetten Grinsen und schrecklicher Achtzigerjahre-Frisur steht Jennifer Hunter. Meine Mutter.

Ich lasse mich wieder auf den Stuhl fallen. Mein Blickfeld wird schmaler und meine Kopfhaut kribbelt. Auf dem Foto steht ein Mädchen direkt neben meiner Mutter. Auch sie hat eine voluminöse Frisur und lächelt fröhlich. Das ist Mrs. Smith, auch wenn sie sich irgendwann im Laufe der letzten dreißig Jahre von einer lächelnden Schülerin in die Eiskönigin verwandelt hat. Trotzdem. Mrs. Smith und Jennifer, Arm in Arm im selben Club. Mein

Kopf explodiert gleich. Vielleicht sollte ich Toby warnen, einen Schritt zurückzutreten und seine elektronischen Geräte abzudecken. Ich hole ein paarmal tief Luft und setze mich dann auf meine Hände, damit sie aufhören zu zittern.

Während ich das Foto anstarre, wird mir bewusst, dass es das erste ist, das ich je von Jennifer als Teenager gesehen habe. Und bis zu diesem Augenblick ist mir noch nie in den Sinn gekommen, woran das liegen könnte. Die Fotoalben in unserer Familie beginnen mit meiner Geburt und dokumentieren nur die Zeit danach. Diese letzten beiden Tage waren echt eine Übung in Demut für mich. Welcher Mensch interessiert sich denn nicht für Fotos von der eigenen Mutter, als die noch jung war?

»Was ist?«, fragt Toby.

»Nichts«, sage ich, weil ich mich zu sehr schäme, meine Gedanken zu äußern.

Neben den Mädchen steht auf dem Foto ein Mann mittleren Alters mit einer wuscheligen Mähne.

»Wer ist der Typ?«, frage ich.

»Das wirst du mir nicht glauben«, sagt er.

»Lass es drauf ankommen«, sage ich und sehe ihn giftig an.

»Mr. Roberts«, sagt er.

»Das gibt's nicht.« Klar, Mr. Roberts mag zwar als Nerd cool sein, aber bestimmt nicht so cool-cool wie der Kerl auf diesem Bild, selbst wenn man sich die Achtziger-Brille und die beunruhigend karierte Hose wegdenkt. Unser Mr. Roberts ist alt. Er hat eine Glatze und trägt muffige Pullover mit Lederflicken an den Ellbogen. Er kann stundenlang von elektrischen Strömen reden. Das ergibt irgendwie keinen Sinn.

»Doch«, sagt Toby. »Er war der Direktor, der das Programm gegründet hat. Es heißt, er habe eine geheime Operation mit Jennifer und Mrs. Smith durchgeführt und dabei diesen Kunstdieb gefasst, hinter dem die halbe Welt her war. Durch diesen Erfolg bekam er Geld und Einfluss. Alle Mädchen wurden von ihm handverlesen. Er war fantastisch. Mrs. Smith wurde seine Nachfolgerin, als er in den Ruhestand ging. Jetzt unterrichtet er nur noch.«

»Er hatte eine Menge Haare«, sage ich. »Also, was hat Jennifer vollbracht, das sie so berühmt machte?«

»Alle möglichen Sachen«, sagt Toby. Dieses Thema scheint ihn zu faszinieren. Er erschauert vor Bewunderung. »Wenn es irgendwo auf der Welt einen Brennpunkt gab, dann war sie dort. Russland, Syrien, Pakistan, Sudan, Somalia, Bosnien, wo auch immer.«

»Schön für sie«, murmle ich. Ich muss daran denken, wie Jennifer einmal mit mir nach Marrakesch reiste. Sie bewegte sich durch das lärmende Labyrinth der Medina, als gehöre ihr der Ort. Ich weiß noch, wie mich die Farben und Gerüche und die Art der Menschen irritierten und wie wenig meine Mutter davon zu bemerken schien. Das war ihr alles vertraut und keine große Sache für sie. Mir gelingt es gerade nur schlecht, meine Hände ruhig zu halten.

»Jennifer war die Topagentin des Centers«, sagt Toby und wippt nervös mit einem Fuß.

»Du redest von ihr, als wäre sie so eine Art Superheldin gewesen«, bemerke ich schnippisch.

»War sie auch«, sagt Toby völlig ernst. »Sie nannten sie Teflon, weil sie sich in die heikelsten Situationen begeben und da völlig unbeschadet wieder rauskommen konnte. Dieses Land wäre ohne Jennifers Einsätze total am Ende gewesen. Natürlich war sie nur die Hälfte des Teams. Lola, also ich meine, Mrs. Smith, war die andere. Sie hielt hier die Stellung, während Jennifer draußen im Einsatz war. Die beiden hatten dieses irre System zum Informationsaustausch, das keiner knacken konnte.«

»Und zwar?«

»Keine Ahnung«, sagt er und grinst glücklich, »aber an der Strategieschule in Florida lehren sie ihre Taktik inzwischen als Standardmethode. Ich hoffe auf eine Chance, da hinzugehen, wenn ich hier fertig bin.«

Es gibt also auch ein College für Spione? Bewirbt man sich da außer mit seiner Zeugniskopie mit einer Liste der Bösewichte, die man in der Zwölften schon erledigt hat?

»Also was ist passiert?«, frage ich, denn die Jennifer, die ich kenne und der ich alles erzähle, die mir aber offenbar nichts erzählt, ist ja ziemlich sicher keine Superheldin.

Toby blickt auf einmal wehmütig drein. »Es ist so, wie Mrs. Smith es gesagt hat. Eltern sind angreifbar. Nachdem du auf der Welt warst, änderte sich alles.«

Als Nächstes werden sie mir noch die Schuld am Klimawandel in die Schuhe schieben. Ganz sicher.

»Weißt du, das erste Mal in echt gesehen habe ich sie, als sie dich hergebracht hat.« Toby beugt sich zu mir vor und flüstert: »Man hat uns gesagt, wir sollen dich das nicht fragen, aber wie ist sie denn so?«

»Jennifer?«, frage ich dümmlich.

Er nickt und seine Augen leuchten erwartungsvoll.

»Keine Ahnung.« Ich zucke mit den Achseln. »Sie ist ganz normal. Backt echt gute Brownies und wenn wir unterwegs sind, will sie immer Spion spielen, was total nervt. Sie ist einfach eine Mom, glaube ich.«

An Tobys Gesicht kann ich ablesen, dass meine Antwort definitiv unbefriedigend ist.

»Also, es ist jedenfalls nicht so, dass sie dauernd rumläuft und Leute verdrischt oder so was. Ich meine, jetzt mal im Ernst«, schiebe ich deshalb hinterher.

»Nee, klar«, murmelt er. »Sorry.«

Mein Blick wandert zurück zu dem Foto auf dem Bildschirm. Ich erinnere mich an das steife, formelle Händeschütteln zwischen Jennifer und Mrs. Smith. Keiner der Frauen war auch nur im Geringsten anzumerken, dass sie einander kannten und, zumindest wenn man vom Eindruck auf dem Foto ausgeht, tatsächlich mal befreundet waren.

»O Mist«, sagt Toby und schaut auf seine Armbanduhr. »Wir sollten uns beeilen. Ich habe Unterricht.«

Okay, Toby, beeil dich und gib mir meine Spioninnenausrüstung, damit du nicht zu spät zu Mathe oder was auch immer kommst.

An der hinteren Wand schiebt er die Verkleidung beiseite, sodass ein Regal mit rollierenden Fächern sichtbar wird, in dem jede Menge Geräte liegen, die gewöhnlich aussehen, es aber vermutlich nicht sind.

Er nimmt ein iPhone, ein Paar Kopfhörer und einen Rucksack heraus. Dann legt er alles zusammen auf den Tisch. Nachdem er mich aufgefordert hat, wieder Platz zu nehmen, greift er nach dem iPhone. Er sieht es so bewundernd an, als wolle er es gleich um ein Date bitten.

»Ich liebe dieses Ding«, schwärmt er.

»Das sehe ich«, sage ich.

»Und ich habe es extra in eine besondere Hülle mit pinkfarbenem Leopardenmuster gesteckt, weil du ja ein Mädchen bist.«

Am liebsten würde ich sagen: *Hör mal, Toby. Ich habe mich nie gern als Disney-Prinzessin verkleidet und nicht mit Puppen gespielt. Ich mag kein Make-up und bürste meine Haare nur, weil*

Dreadlocks an der Smith explizit verboten sind. Also was denke ich wohl über ein iPhone in pinkfarbener Leopardenhülle?

»Wie nett«, sage ich stattdessen.

»Also«, fährt er, sichtlich zufrieden mit sich, fort. »Dieses kleine Kerlchen funktioniert genauso wie ein normales iPhone, aber es hat ein paar zusätzliche Features. Es ist durch ein Spracherkennungsprogramm geschützt, das, sobald ich es aktiviert habe, nur dich erkennt.«

Er legt das Handy vor mich hin. Ich nehme es mir und will es einschalten.

Da schreit Toby: »Leg es hin! Ziel nicht damit auf jemanden! Bist du wahnsinnig?«

Ich lasse es fallen wie eine heiße Kartoffel. »Was ist eigentlich mit dir los?«, schreie ich zurück. »Leg es mir doch nicht hin, wenn ich es nicht nehmen soll!«

»Du *kannst* es ja nehmen«, sagt Toby und fährt sich mit der Hand durch seine verschwitzten Haare. Er sieht aus wie ein Stachelschwein. An Quinn sehen sogar Stachelschwein-Haare gut aus. Toby wirkt dagegen nur chaotisch. Er schiebt mir das Handy wieder hin, aber ich habe einen relativ hohen IQ und die grundlegende Fähigkeit zu lernen, daher fasse ich es nicht mehr an. Ich betrachte es nur.

»Es ist noch ganz neu«, erklärt er. »Und ich bin mir nicht sicher, ob ich schon alle Programmfehler entfernt habe.«

»Toll«, sage ich. »Danke, dass du mir das verraten hast. Jetzt fühle ich mich gleich viel besser.«

Er tippt aufs Display und das grell orangefarbene Logo des Centers erscheint. Er tippt wieder drauf und vier Icons von Apps werden sichtbar. Eine Pistole, eine Spraydose, eine Trillerpfeife und ein altmodisch aussehendes Radio. Ich habe die Vermutung, dass es sich dabei nicht um lustige Spiele für meinen Flug nach Kalifornien handelt. Er greift wieder nach dem Handy und geht damit an die andere Seite des Raums. Dort dreht er sich um und zielt auf die Wand über meinem Kopf.

»Zuerst die Schuss-App«, sagt er. »Ein Hochgeschwindigkeits-Gummigeschoss. Es kann niemanden töten, weil du vor Ende deiner Schulzeit keine echten Waffen haben darfst, aber es kann jemand abschrecken. Damit verschaffst du dir ein paar Extrasekunden. Manchmal kommt es im Einsatz ja genau darauf an.«

Er tippt auf das Icon und ich höre ein Ping hinter mir. Das war echt Hochgeschwindigkeit. Ich habe nichts fliegen gesehen, trotzdem ist da jetzt ein kleines Loch in der Wand und neben meinen Füßen liegt ein winziges Gummigeschoss.

Toby lächelt. »Das ist so cool«, meint er. »Egal. Die Spraydose erzeugt einen Schwall richtig heißes Wasser. Damit kannst du auch ein paar Sekunden schinden.«

»Oder mir vor dem Essen die Hände waschen«, schlage ich vor. Toby sieht mich daraufhin böse an.

»Die Pfeife ist total klasse«, sagt er und wirft mir die Kopfhörer zu. »Benutz sie nur, wenn du die hier trägst. Okay? Wenn du es vergisst, wäre das echt übel. Die Pfeife erzeugt einen Ton mit einer Frequenz, die das menschliche Ohr schädigt, wenn man sich in der Nähe aufhält. Auch damit kannst du etwas Zeit schinden.«

Dieses ganze Gerede übers Zeitschinden macht mich nervös.

»Das Radio erzeugt eine direkte Verbindung zu uns hier«, sagt er und tippt auf das Icon. »Es ist immer aktiviert, egal, wo du dich aufhältst. Damit könntest du dich vom Mittelpunkt der Erde aus mit mir unterhalten. Du kannst mich sehen und ich dich, außer die Verbindung ist schlecht. Oder der Akku ist leer. Dann ist es nur noch wie ein Ziegelstein, den du vielleicht jemanden an den Kopf werfen könntest, um …«

»… Zeit zu schinden?«

Er lächelt. »Genau. Aber vielleicht versuchst du einfach, es rechtzeitig aufzuladen.«

»Okay. Verstanden. Kann ich es auch benutzen, um jemandem zu schreiben, Charlotte zum Beispiel?«

»Nein. Es verbindet sich nur mit uns hier.«

Mhm, das ist ja nicht so witzig.

Tobys Finger fliegen übers Display. »Hier«, sagt er. »Spracherkennung ist eingeschaltet. Fang immer mit dem Erkennungssatz ›Toby ist cool‹ an, danach gibst du dein Kommando ein.«

»Das soll jetzt ein Witz sein.«

»Nein. Was denn?«

»Toby ist cool?«

»Also, das bin ich doch, und du wirst schon noch sehen, wie cool ich bin, wenn du dieses Teil benutzt, um …«

»… Zeit zu schinden«, vollende ich seinen Satz. »Verstehe, verstehe. Also wenn ich Solitär spielen will, sage ich ›Toby ist cool. Solitär‹?«

»Ja, nur dass du nicht Solitär spielen solltest.«

»Warum nicht?«

»Weil das Ding aus irgendeinem Grund explodiert, wenn du Solitär spielen willst«, meint er achselzuckend. »Ist ein Programmfehler.«

»Damit meinst du aber nicht so was, das sich beseitigen lässt, indem man das Telefon aus- und wieder einschaltet, oder?«

»Nein. Das explodiert richtig. Bumm.«

Zögernd greife ich nach dem Handy. »Danke«, sage ich, »vermutlich.«

Er gibt mir auch noch einen schwarzen Plastikklotz, der etwa zehn Zentimeter lang ist. Ob da wohl Stacheln herausschießen, um meinen Feind aufzuschlitzen und so *Zeit zu schinden*? Oder schickt er eine Nachricht an die in ihrem Raumschiff über mir schwebenden Aliens, dass ich bereit bin, abgeholt zu werden? Fast traue ich mich nicht, danach zu fragen. Aber weil ich daran denken muss, dass manche von Tobys Spielsachen auch explodieren, gehe ich lieber auf Nummer sicher.

»Was kann das?«

»Es lädt das Telefon auf«, sagt er. »Wie eine Batterie, nur viel schneller.«

»Oh.« Ich muss echt meine Fantasie zügeln. Sofort.

Toby öffnet bereits den Reißverschluss eines Rucksacks. »Der ist aus praktisch unzerstörbarem Material«, sagt er. Dabei öffnet er immer mehr Reißverschlüsse, bis das Ganze schließlich flach und als riesiger Kreis aus Stoff daliegt. »Ich weiß nicht, wofür du ihn brauchen wirst, aber ich denke, der ist in jedem Fall cool. Hier, bitte.«

»Macht der mich unsichtbar?«

Toby runzelt die Stirn. »Nein.« Wie schade. Er beginnt, die Reißverschlüsse wieder zuzumachen. Ich bin nicht sehr gut beim Puzzeln, und bei dem einzigen Mal, als ich versucht habe, einen Origami-Frosch zu falten, sah das Ergebnis aus wie ein auf der Straße überfahrenes Tier. Deshalb sind die Chancen, dass ich dieses Ding richtig wieder zusammenzippe, denkbar gering. Ich gebe mir Mühe, aufzupassen, aber Toby macht es zu schnell. Schon lässt er den Rucksack vor mir auf den Tisch plumpsen.

»Verlier mein Zeug nicht«, sagt er.

»Werde ich nicht«, verspreche ich.

»Du verlierst öfter Sachen, Abby.«

»Tu ich gar nicht.«

»Und dein Rucksack? Auf dem Bahnhof?«

»Das war was anderes. Das diente zur Selbstverteidigung.«

»Egal. An dem Abend im Anbau hatte ich einen Tracer an dir befestigt, und den hast du verloren. Das war auch noch ein guter.«

Dann war es also Toby! Ich ziele mit dem Handy auf ihn und halte den Finger über das Pistolen-Icon. Er ist so anständig, besorgt zu gucken.

»Willst du damit sagen, dass keine meiner Freundinnen mich verraten hat?«, frage ich. Toby schüttelt den Kopf. »Und woher wusstest du, dass ich türmen wollte?«

Er zuckt mit den Achseln. »Wegen Tucker. Da hätte jeder normale Mensch sich überlegt, abzuhauen.«

»Danke, dass du mich hast auffliegen lassen«, schnaube ich.

»Ich hab dir immerhin das Leben gerettet«, sagt er ebenso aufgebracht. »Es war also die richtige Entscheidung.«

»Nein, war es nicht«, gifte ich. »Ich war entkommen. Lotus-Mann stand im Zug und ich war auf dem Bahnsteig!«

»Wenn du dich dann besser fühlst, red dir das ruhig weiter ein.«

»Mistkerl«, flüstere ich.

»Was?«, sagt er.

»Nichts«, sage ich. Wenn man in einer Auseinandersetzung mit Worten nicht gewinnen kann, hilft nur noch fies sein. »Und dann hängst du also nur die ganze Zeit hier unten rum und bastelst an elektronischen Geräten?«, frage ich. »Ich meine, du bist nie draußen im Einsatz, oder? Oder auf Missionen wie Veronica? Du bleibst einfach zu Hause, was?«

»Ich bin nie im Außeneinsatz«, sagt er leise und schließt die verborgene Wand vor seinen Geräten. Sein selbstgefälliger Gesichtsausdruck verschwindet komplett und ich fühle mich wie das exakte Gegenteil von besser. »Darf ich nicht.«

Er sieht mich nicht mal mehr an, bevor er ohne ein weiteres Wort den Raum verlässt. Während ich meine Geräte in den Rucksack stecke, fühle ich mich so einsam wie noch nie. Nach einer Minute folge ich ihm hinaus und mache mich auf den Weg zurück an die Oberfläche.

14

Spiontraining mit Veronica – Nacht Nummer zwei.

Als ich in den Katakomben den Raum mit der Unglückszahl sieben betrete, stoße ich auf Veronica in der Haltung der verdrehten Eidechse, genau wie bei unserer allerersten Begegnung. Allerdings verrenkt sie sich diesmal dermaßen, dass es aussieht, als säße ihr Kopf verkehrt herum auf dem Hals. Sie hält die Augen geschlossen. Gruselig.

»Hey«, sage ich. Kann sie in dieser Pose reden? Ist sie darin stecken geblieben? Soll ich Hilfe rufen? Sie antwortet nicht, beginnt aber, sich langsam zu entknoten. Nachdem sie sich aufgerichtet hat, holt sie ein paarmal tief Luft.

»Du bist drei Minuten zu spät«, stellt sie fest.

Tja, das liegt daran, dass Toby mir endlich den geheimen Code zum Entschärfen der Alarmanlage des McKinsey House gegeben hat, damit ich endlich mal durch die Vordertür rauskann. Nur habe ich den leider vergessen, sodass ich doch wieder das Fenster nehmen musste. Das hat Zeit gekostet. »Sorry«, murmle ich.

»Heute Abend«, erklärt sie, »werden wir an Lektion drei und vier arbeiten.«

Ich kann's kaum erwarten. Vielleicht nehmen wir durch, wie man ohne Schlaf auskommt oder wie ich fette Lügen vor meinen besten Freundinnen verberge?

»Lektion drei. Einfachheit. Mach es so einfach wie möglich. Verkomplizier nichts. Komplikation führt zum Scheitern.«

Ich nicke heftig, als hätte ich auch nur eine Ahnung davon, was sie meint.

»Ein Beispiel für einfach, aber effektiv ist die Schlange im Gras.«

Hä? Wie sind wir jetzt von der Einfachheit zu den Tieren gekommen? *WUMM*, befinde ich mich schon auf dem Rücken und starre an die Deckenverkleidung. Ich hasse Veronicas Fuß wirklich.

»Steh auf«, schnauzt sie mich an. Ich springe auf. »Jetzt pass auf.« Sie geht in die Hocke und stützt sich hinten auf den Handflächen ab. Dann verlagert sie das Gewicht auf die Hände und tritt mit unglaublicher Schnelligkeit mit dem rechten Fuß nach mir. Der Fuß meiner Albträume verhakt sich zwischen meinen Knöcheln. Als sie ihr Bein zurückreißt, gehe ich zu Boden. Schlange im Gras. Wow.

»Das kann ich nicht«, stöhne ich. »Unmöglich.«

»Doch, kannst du.«

»Niemals.«

Sie seufzt. »Wir können alles, wenn wir uns nicht selbst im Weg stehen. Versuch es.«

Ich will nicht, denn nicht mal im Training möchte ich mich mit ihr anlegen.

»Los«, befiehlt sie.

Bei meinem ersten Versuch falle ich nach hinten um. Beim zweiten trete ich ihr aus Versehen gegen das Schienbein. Der dritte gelingt noch schlechter, weil ich mich erst zwischen ihren Füßen verheddere und dann nach hinten umfalle. Es ist beschämend. Beim viertausendsten Versuch gelingt es mir, sie irgendwie umzuwerfen. Einfach bedeutet also nicht leicht. Veronica sieht aus, als würde sie vor meiner Unfähigkeit fast kapitulieren, doch dann trinkt sie einen Schluck Wasser und fängt sich wieder.

»Probieren wir noch was anderes«, schlägt sie vor. »Wir machen es nicht wirklich, weil ich nicht will, dass du am Ende blind bist. Es nennt sich die Krähe.«

Blind? Krähe? Mir schwirrt der Kopf.

»Jetzt komm, Abby. Nicht nachlassen!« Veronica steht mit hüftbreiten Beinen da. Den rechten Ellbogen hat sie bis zum Ohr gehoben, dann dreht sie sich mit dem Gesicht zur gepolsterten Wand und drischt den Ellbogen mit voller Wucht dagegen. *Wumm!* Dann wiederholt sie die Bewegung blitzschnell noch ein paarmal. *Wumm! Wumm! Wumm!*

»Idealerweise zielst du dabei auf die Augenhöhle deines Opfers«, sagt sie. »Aber falls du zu klein bist, um an den Kopf zu kommen, tut es auch jede andere weiche Körperstelle. Da steckt viel Power drin. Stell dir einfach eine Krähe vor, die nach ihrem Abendessen pickt.«

Die Vorstellung von der Augenhöhle finde ich ein bisschen eklig, das mit der Krähe funktioniert besser. Nach einer halben Stunde fühle ich mich einer gepolsterten Wand schon einigermaßen gewachsen. Wir sitzen auf dem Boden und trinken Wasser. Meine Muskeln schmerzen.

»Hast du das jemals an einem echten Menschen ausprobiert?«, frage ich leise.

»Ja«, sagt Veronica.

Ich will Einzelheiten. Möchte wissen, wie es sich angefühlt, was sie dabei gedacht hat. Hatte sie Angst? Oder Panik? Aber an ihrem Gesichtsausdruck kann ich ablesen, dass ich keine Details erfahren werde.

Veronica entlässt mich. »Ich gehe jetzt schlafen«, sagt sie. »Das solltest du auch tun.«

Ich folge ihr aus dem Trainingsraum, an der Couch, dem Stahltisch und den Uhren vorbei. Sie bewegt sich schnell durch die dunklen Katakombentunnel. Wahrscheinlich könnte sie das auch mit geschlossenen Augen. Erst als ich den Schein ihrer Taschenlampe schon nicht mehr sehen kann, fällt mir auf, dass sie mir Lektion Nummer vier nicht beigebracht hat.

»Warte!«, schreie ich und meine Stimme hallt von den steinernen Tunnelwänden wider. »Wie lautet die letzte Lektion?«

Ihr Lichtstrahl kommt auf mich zu und sie sieht so gespenstisch aus wie die Veronica, die an die Wand in Mrs. Smiths Büro projiziert wurde. Unwillkürlich weiche ich einen Schritt zurück und stoße mir dabei den Kopf.

»Autsch!«

»Nummer vier«, sagt sie. »Benimm dich normal. Ein normales Kind ist für Erwachsene unsichtbar.«

Ich könnte schwören, dass ihre Stimme traurig klingt, als sie das sagt.

15

Mrs. Smiths Büro. Wo sie mir Anweisungen gibt, wie ich das Unerklärliche erklären soll.

Am nächsten Morgen schleppe ich mich zu einer letzten Besprechung vor dem Flug nach Kalifornien in Mrs. Smiths Büro. Ich sehe aus wie ein Zombie. Erstaunlich, dass meine Mitschüler nicht schreiend vor mir weglaufen. Ich bin einfach nicht gemacht für Krähen, Schlangen, die Flucht vor Bösewichten oder Zeitschinden. In der Tasche habe ich das pinkfarbene iPhone. Das fühlt sich gut an. Wie eine Kuscheldecke, nur weniger flauschig.

Ich klopfe an und Mrs. Smith winkt mich herein und mustert mich skeptisch. Ich kann ihr das nicht verübeln. Wahrscheinlich hat keiner größere Zweifel an dieser Sache als ich. Außerdem beschäftigen mich viele Fragen. Zum Beispiel, wie Jenny wissen soll, dass ich in San Francisco bin. Und wie ich meine Freundinnen davon überzeugen soll, dass ich ganz plötzlich zur Hochzeit einer Cousine nach Kalifornien muss. Sie sind ja ziemlich schlau. Deshalb werden sie sofort durchschauen, dass ich lüge.

Die Smith School agiert *in loco parentis*. Das ist Latein und bedeutet »anstelle der Eltern«. Die Erwachsenen nehmen hier also die Elternrolle ein, die Mitschüler gelten als Geschwister. Das ist zwar sehr gemütlich, bedeutet aber auch, dass man unglaublich schwer mit einer Lüge durchkommt, schon gar nicht mit einer so fetten wie der Hochzeit einer erfundenen Cousine. Mrs. Smith sollte das eigentlich wissen. Sie war doch schließlich selbst mal Schülerin hier. Sie und Jennifer haben sich wahrscheinlich alles erzählt. Ich bekomme einen bitteren Geschmack im Mund. Jedes Mal wenn ich an sie denke, werde ich wütender auf Jennifer.

»Abigail«, sagt Mrs. Smith. »Hörst du mir überhaupt zu?«

Nein. Kein bisschen. »Natürlich«, sage ich.

»Du hast gesagt, du hättest Fragen«, sagt sie ungeduldig. »Und zwar?«

»Wie soll Jennifer, ich meine, meine Mutter – überhaupt wissen, dass ich in San Francisco bin? Sie hat auf keine meiner SMS geantwortet, und als ich versucht habe, sie anzurufen, war da nur dieses seltsame Tuten in der Leitung. Und was ist mit meinen Freundinnen? Die haben noch nie von Cousinen in Kalifornien gehört.«

Mrs. Smith schenkt mir ein schmallippiges Lächeln. »Hast du ernsthaft geglaubt, sie würde dir eine SMS schreiben?«

Immerhin höre ich heraus, dass diese Frage keiner Antwort bedarf.

Sie fährt fort. »Und was die Kenntnis von deiner Ankunft betrifft, haben wir die Nachricht von deiner Reise über unsere Netze verbreitet. Dabei haben wir uns natürlich auf Andeutungen beschränkt. Wir wollen schließlich nicht, dass alle Verrückten der Welt hinter dir her sind, oder?«

Alle Verrückten?

»Und Sie denken, sie weiß, dass ich komme?«, frage ich.

Mrs. Smiths Augen werden schmal. »Glaubst du wirklich, eine Mutter wie Jennifer Hunter weiß nicht zu jeder Sekunde des Tages, wo du dich aufhältst? Sie weiß, was du zum Frühstück isst. Sie weiß, wenn du auch nur überlegst, den Unterricht zu schwänzen. Sie weiß, dass du in Quinn Gardener verknallt bist.«

Moment mal, *was*? Das ist ja irre! Ich mache den Mund auf, um was zu sagen, aber es kommt kein Geräusch raus. Also klappe ich den Mund wieder zu, wie ein Goldfisch auf dem Trockenen.

»Manche Eltern sind wie Helikopter«, sagt Mrs. Smith leicht verkniffen. »Jennifer betreibt das Ganze noch auf einem anderen Niveau. Man kann nicht sagen, wie sie das macht, aber sie weiß, dass du kommst. Glaub mir.«

»Wird sie keinen Verdacht schöpfen?«

»Ich denke schon. Ja.«

»Und?«

»Das ist nicht unser Problem. Wir müssen sie aus der Deckung locken, und genau das wird uns gelingen.«

Mir gefällt nicht, wie das klingt. Überhaupt nicht. Aber bevor ich protestieren kann, ist Mrs. Smith schon beim nächsten Punkt. »Was die Lügen gegenüber deinen Freundinnen betrifft, das ist einfach. Ihr schwindelt doch sowieso alle dauernd. Hast du ihnen nicht erzählt, du wärst über den Teppich gestolpert?«

»Aber das war doch was anderes«, protestiere ich. Das habe ich gesagt, weil mir die Wahrheit zu peinlich war. Dann wurde ich ertappt und musste am Ende trotzdem alles erzählen. Vor Quinn. Das ist nichts, was ich wiederholen möchte.

»Das war also anders«, sagt Mrs. Smith.

»Ja«, beharre ich hartnäckig.

»Es wird mit der Zeit einfacher«, sagt sie ein bisschen netter.

Ich will nicht, dass es einfacher wird. Ich will es überhaupt nicht machen. Das Geheimnis der Spioninnenschule ist mir schon unangenehm genug. Aber Mrs. Smith ist nicht die Art Mensch, mit dem man sich mal ganz aufrichtig über sein schlechtes Gewissen austauschen möchte. Ich schaue auf meine Schuhspitzen.

Mrs. Smith springt schon wieder zum nächsten Thema. »Müssen wir die Einzelheiten deiner Reise noch mal durchgehen?«, fragt sie.

»Nein.«

»Hast du sonst noch eine Frage?«

»Meinen Sie grundsätzlich oder wegen dieser Reise?«

»Was meinst du denn, Abigail?«

»Nein«, murmle ich. »Keine weiteren Fragen.«

»Okay, gut. Dann sag mir, was du tust, wenn du in San Francisco angekommen bist.«

»Bronwyn treffen. Weitere Instruktionen bekommen. Nach Anweisung weitermachen.«

»Und?«, fragt Mrs. Smith weiter.

»Mich in regelmäßigen Abständen melden.«

»Und?«

»Tobys Spielsachen nicht verlieren.«

Mrs. Smith verdreht die Augen. Wirklich! »Mach dir nicht zu viele Sorgen um Tobys Spielsachen. Was noch?«

»Vorsichtig sein? Aufpassen? Nicht mit Fremden sprechen? Nicht zu viel rotes Fleisch essen?«

»Nichts auf eigene Faust«, sagt sie streng.

»Nichts auf eigene Faust«, wiederhole ich.

»Und ich empfehle dir, auf dem Flug ein wenig zu schlafen. Du hast einen langen Tag vor dir.« Das ist der erste Punkt, in dem ich ihr von ganzem Herzen zustimmen kann.

Als ich schon gehe, ruft sie meinem Rücken noch ein halbherziges »viel Glück« nach. Ich drehe mich nicht mehr um. Ich bereite mich mental schon mal darauf vor, die Mädels zu belügen.

Als ich am Cavanaugh-Meditationsbrunnen vorbeigehe, stoße ich – im wahrsten Sinne des Wortes – mit Mr. Roberts zusammen. »Entschuldigung!«

»Ach, das macht nichts«, sagt er und mustert mich. »Geht's dir gut, Abigail? Du siehst blass aus.«

Plötzlich verspüre ich das überwältigende Bedürfnis, Mr. Roberts alles zu erzählen und ihn um seinen Rat zu bitten. Ich bin verwirrt, besorgt und verunsichert, und keines dieser Gefühle ist mir vertraut.

»Mit geht's gut«, sage ich. »Ich muss zu einer Hochzeit nach San Francisco. Deshalb bin ich ein bisschen abwesend.«

Mr. Roberts lächelt. »Nach San Francisco, sagst du?«

Ich nicke. »Genau.«

»Da ist es schön. Du wirst dich bestimmt amüsieren. Probier mal das Sauerteigbrot. Es schmeckt köstlich.«

»Ja. Bis dann, Mr. Roberts.« *Jetzt muss ich meine Freundinnen anlügen gehen*, füge ich in Gedanken noch hinzu.

Charlotte liegt im Gemeinschaftsraum unseres Wohnheims mit einem riesigen Biologiebuch auf dem Boden. Sie hat es wie ein Zelt über ihr Gesicht gebreitet. Izumi schläft auf dem Sofa.

»Hi«, sage ich.

»Abby«, sagt Charlotte unter dem Buch hervor. »Wusstest du, dass der Blinddarm sinnlos ist? Der befindet sich nur am Ende des Dünndarms und tut nichts.«

»Ja«, sage ich. »Sinnlos. Ein bisschen wie Tucker.«

»Ich glaube, ich habe noch nie darüber nachgedacht«, meint sie.

»Solange er nicht aufplatzt, machen sich die meisten Leute keine Gedanken über ihren Blinddarm«, sage ich und lasse mich in einen Sessel fallen. Dabei rutscht mir das iPhone aus der Tasche und fällt auf den Boden. Blitzschnell hat die offenbar doch nicht schlafende Izumi es sich geschnappt.

»Das ist ja cool«, sagt sie und betrachtet es genauer. »Aber es sieht irgendwie seltsam aus.«

Ich erstarre. *Bitte drück nirgendwo drauf*, flehe ich in Gedanken. Was wenn es noch irgendwelche anderen Macken hat, die Toby nur vergessen hat zu erwähnen? Ich möchte nicht aus Versehen den Aufenthaltsraum des McKinsey House in die Luft jagen.

Charlotte nimmt das Biobuch vom Gesicht. »Worüber redet ihr denn da?«

»Abby hat ein neues Handy.« Izumi wedelt damit herum.

Das ist schlecht. Die Möglichkeit, dass eine von uns ein Auge verlieren oder unser Wohnheim in Flammen aufgehen könnte, wird immer wahrscheinlicher.

»Woher hast du es?«, fragt Charlotte und beugt sich vor, um besser sehen zu können.

»Ähm, meine Mom hat es mir geschenkt?«

Izumi ignoriert meine ausgestreckte Hand, was auch wieder gut ist, weil die so zittert. Jetzt will sie die pinkfarbene Hülle abmachen, um zu schauen, wie es darunter aussieht. Wenn ich ausflippe, werden die beiden wissen, dass irgendwas im Busch ist.

Dabei möchte ich es ihnen ja sagen. Die Worte stauen sich schon in meiner Kehle und möchten so gerne raus. Aber ich habe ein Versprechen gegeben.

»Hey, Leute!«, schreie ich plötzlich. »Wollt ihr mal was Verrücktes hören?«

Meine Freundinnen zucken erschrocken zusammen, und als sie das tun, schnappe ich mir das Handy und stopfe es rasch wieder in meine Tasche.

»Meine Güte, Abby, wir sind doch nicht taub«, beklagt Charlotte sich.

»Sorry, aber hört euch das an. Ich muss heute Nachmittag noch nach Kalifornien.« Ich könnte es subtiler formulieren oder es märchenhaft ausschmücken oder die Information so verpacken, dass sie leichter zu schlucken wäre. Stattdessen lasse ich diese Bombe platzen und warte ab, was passiert. Und zwar genau das:

»Du meinst den Bundesstaat?«, fragt Izumi. Sie setzt sich auf und sieht mich misstrauisch an. »Warum?«

»Jennifers Cousine heiratet«, sage ich. »Und Jennifer war doch vor Kurzem auf diesem großen Familientreffen. Danach hat sie beschlossen, dass ich da hinmuss. Also fliege ich eben.«

Charlotte legt den Kopf schräg. »Verrückt.«

»Absolut«, sagt Izumi.

»Sehr spontan«, sagt Charlotte.

»Jennifer ist so«, behaupte ich.

»Ich glaube, so was hast du mal erzählt«, stimmt sie mir zu.

»Das ist cool«, sagt Izumi. »Alles ist cooler, als hier zu sein.«

»Jawohl!«, verkünde ich.

»LA?«

»San Francisco.«

»Noch besser«, sagt Izumi. »So neblig und voller Atmosphäre. Da ist es immer wie in einem Film noir.«

Ich wünschte, das hätte sie nicht gesagt. Ich will nicht in einem Film noir sein, weil da am Ende die Mädchen immer tot sind. Mir wäre ein Disney-Film mit vertauschten Identitäten lieber, wo sich am Ende rausstellt, dass alle dachten, es wäre mein Leben, aber in Wirklichkeit stimmt das gar nicht. Man wird ja wohl noch träumen dürfen.

»Möchtest du dir mein blaues Kleid leihen?«, fragt Charlotte. »Das würde dir total gut stehen.«

Ich sehe sie verständnislos an. »Das wäre toll«, sage ich endlich. Kann es wirklich so einfach sein? Ich habe es fast schon geschafft! Charlotte legt sich das Biobuch wieder aufs Gesicht, doch Izumi lässt mich nicht aus den Augen.

»Was?«, frage ich.

»Ich hab nur was gedacht«, sagt sie.

»Und zwar?«

»Tja, das Timing dieser Hochzeit ist ziemlich mies.«

Ich beginne zu schwitzen. Izumi ist die Klügste in unserem Jahrgang, vielleicht sogar auf der ganzen Welt. Sie durchschaut mich komplett. Das weiß ich.

»Warum?«, frage ich leise und spüre die Spannung in meinen Schultern.

»Weil du dann den Test in Chinesischer Geschichte verpasst«, sagt sie. »Mr. Chin wird dich umbringen.«

Daran habe ich überhaupt nicht gedacht. Schularbeiten sind eigentlich mein geringstes Problem. Aber trotzdem sind sie eins.

»Ich bin sicher, er lässt mich den Test nachschreiben, wenn ich wieder da bin«, sage ich überzeugter, als ich mich fühle.

Izumis Augen verengen sich. »Wenn du meinst.«

Aber wenn ich jetzt so darüber nachdenke – was weiß ich schon?

16

Was es kostet, die Welt zu retten.

Mrs. Smith ist in einer wichtigen Besprechung und nicht verfügbar, also stöbere ich Toby in der Bücherei auf und schleppe ihn mit nach draußen zum Cavanaugh-Meditationsbrunnen. Diese Stelle habe ich ausgesucht, weil das laute Plätschern verhindert, dass uns jemand abhört. Ich finde meinen Verfolgungswahn selbst ein bisschen lustig, aber wir bleiben trotzdem dort.

»Was ist los?«, fragt er und sieht dabei besorgt aus. »Solltest du nicht schon unterwegs zum Flughafen sein?«

»Ich habe noch zwanzig Minuten«, sage ich. »Kriegen wir einen notenmäßigen Ausgleich wegen der Tätigkeit für das Center?«

»Ich habe keine Ahnung, was du damit meinst«, sagt er.

»Morgen hätte ich eine Prüfung in Chinesischer Geschichte«, zische ich. »Aber da werde ich gerade in San Francisco rumsitzen und den Köder spielen.«

»Seit wann machst du dir denn Sorgen um nicht bestandene Prüfungen, Abby?«, fragt er. Vermutlich meint er das nicht sarkastisch, sondern eher als aufrichtige Frage. Ich habe mich noch nie groß um Noten gekümmert. Bis jetzt war ich der Meinung, die würden sich immer irgendwie ergeben. Warum also mache ich mir Gedanken wegen dieses versäumten Tests?

»Warum hast du mich wirklich hier rausgeschleppt?«, fragt er.

Weil ich keine Ahnung habe, was vor sich geht, und mich ein bisschen fürchte. Ich beschließe, ihm nur den ersten Teil zu erzählen und das mit der Furcht für mich zu behalten. Ich verschränke die Arme und stelle die Füße hüftbreit auseinander, wie Veronica das immer macht. »Ich brauche Informationen.«

»Tja, Mr. Chin wird es als durchgefallen werten. Was soll ich dazu sagen? Er ist von Natur aus griesgrämig.«

»Der Test ist mir egal!«, schnauze ich im Flüsterton.

»Du hast mich doch gerade danach gefragt!«, giftet Toby zurück. »Was willst du denn nun?«

»Ghost«, sage ich. »Der, den ihr alle so schrecklich fürchtet. Ich weiß ja nicht, ob ihr vielleicht immer so seid, aber erklär mir doch bitte mal, wie ein einzelner Bösewicht so wichtig sein kann.«

»Das ist schwer zu erklären«, sagt er. »Er treibt schon lange sein Unwesen, aber richtig außer Kontrolle sind die Dinge erst, seit Mrs. Smith die Schulleitung übernommen hat.«

»Du weißt doch, dass Mr. Roberts uns immer nach Beispielen aus dem wirklichen Leben fragt, wenn wir unsere Antworten in Physik erklären sollen.«

»Klar.«

»Also, wie wär's, wenn du das für Ghost versuchst? Erklär mir, was er tut.«

»Okay«, sagt Toby. »Lass mich mal überlegen. Stell dir ein riesiges Rad vor, bei dem jede Speiche eine andere Form von Kriminalität darstellt, so was wie Drogen, Waffenhandel, Menschenschmuggel, Cyber-Terrorismus, normalen Terrorismus und all die anderen Verbrechen, die du aus dem Fernsehen kennst. Es gibt sogar eine Speiche für Leute, die Kinder verkaufen. Ghost bildet die Mitte, also die Nabe, dieses Rads. Er ist der Kerl, der die Sache am Laufen hält. Er verbindet alle miteinander und hilft ihnen, zu kriegen, was sie brauchen, um ihre Verbrechen zu begehen. Für ihre Privilegien bezahlen sie ihn. Erinnerst du dich noch an die allererste Schulversammlung, als Mrs. Smith davon sprach, dass wir alle Potenzial hätten und es ihr Job sei, uns dabei zu helfen, es auszuschöpfen?«

In Wirklichkeit erinnere ich mich nicht, weil ich damals viel zu panisch überlegt habe, wo ich mich hinsetzen soll. Ich nicke trotzdem.

»Nun, alles, was Ghost tut, beutet Menschen aus, auf die keiner aufpasst. Sie werden ihr Potenzial niemals ausschöpfen, weil Ghost sie daran hindert. Er benutzt Menschen und wirft sie dann weg. Oder Schlimmeres. Deshalb fühlt sich jeder Schraubenschlüssel, den wir in dieses Rad werfen, an, wie ein Schritt zur Rettung der Welt.«

Mein ganzer Körper kribbelt. Das nenne ich mal ein Motivationsgespräch!

»Und Abby?«

»Ja?«, flüstere ich.

»Dein Wagen wartet. Du willst doch den Flug nicht verpassen.«

Er hat recht. Ich bin ein Schraubenschlüssel zwischen den Speichen des bösen Rads und muss die Welt retten.

Als ich ins Flugzeug steige, halte ich nach Spionen Ausschau. Wer von den Leuten schaut mich komisch an? Bis ich an meinem Platz angekommen bin, habe ich schon das Gefühl, von jedem hier beobachtet zu werden. Das kann nicht gesund sein. Also mache ich es mir bequem und versuche zu schlafen. Sonst könnte man mich in San Francisco noch für einen Zombie halten und in Quarantäne stecken. Ich schließe die Augen und versuche, die Schultern zu entspannen. Ich zähle Schäfchen. Vorwärts und rückwärts. Ich rufe mir Tobys Worte wieder und wieder in Erinnerung. Nichts funktioniert. Schließlich gebe ich auf und hole mein Turbo-iPhone heraus. Toby sagt, ich kann das Kommunikationsnetzwerk auch im Flugzeug nutzen, obwohl die Flugbegleiter etwas anderes behaupten.

»Ihre Regeln gelten für uns nicht«, sagte er. Was auch immer das bedeutet.

»Toby ist cool«, flüstere ich ins Handy. »Zeig mir die Apps des Centers.« Schon erscheint das orangefarbene Logo. Ich tippe darauf und sehe sogleich die Symbole Pistole, Spraydose, Trillerpfeife und Radio. Nachdem ich auf das Radio getippt habe, werden weitere Optionen sichtbar: Chat, Text, Video und Paniktaste. Paniktaste? Davon hat er mir gar nichts gesagt. Ich frage mich, ob ich den neben mir schnarchenden Typen direkt per Video in Tobys Gehirn übertragen könnte. In letzter Zeit sind Sitznachbarn für mich ein heikles Thema. Ich entscheide mich für Text, denn ich will Toby fragen, ob auf diesem Handy vielleicht zufällig auch irgendwelche Filme versteckt sind, aber als ich seinen Namen eingeben will, öffnet sich eine Liste mit Kontakten. Die war vorher noch nicht da. Es sind auch keine Namen wie Jane, John, Paul oder Tante Rosa. Fehlanzeige. Da stehen Namen wie Polar Nord, Jericho und Heller Stern. Decknamen. Mein Mund wird ein bisschen trocken, aber vielleicht liegt das auch am Sauerstoffmangel im Flugzeug.

Was hat Toby gesagt, wie sie Jennifer früher genannt haben?

Teflon. Und da steht sie auch schon. Ordentlich zwischen Sonnenschein und Union einsortiert. Ich klicke darauf und automatisch taucht sie im Adressfeld auf. Ich starre aufs Display. Da nichts aufpoppt, um mich davon abzuhalten, tippe ich: Hi Mom. Nur das. Was soll ich denn sonst schreiben? Danke, dass du mir erzählt hast, dass du eine berühmte Spionin bist? Ein Knoten aus Wut füllt meinen ansonsten leeren Magen. Sie ist meine Mutter! Es gehört sich einfach nicht, dass sie loszieht und sich in solche Wahnsinnsschwierigkeiten bringt! Außerdem hat sie mich mein ganzes Leben lang angelogen. Okay, vielleicht nicht aktiv angelogen, aber sie hat definitiv wichtige Details weggelassen, und mal ehrlich, wo ist denn da der Unterschied? Ich balle die Hände zu Fäusten und kämpfe mit den Tränen.

Veronicas Lektion Nummer eins war Wachsamkeit. Nicht dass ich Veronica zwingend vertraue, weil sie mich nicht mag und wahrscheinlich nicht unbedingt mein Wohl im Sinn hat. Aber vielleicht hilft es mir, wenn ich mir ganz wachsam bewusst mache, wie es sein könnte, Jennifer zu sein? Ich lockere meine Finger, die das Handy krampfhaft umklammern und versuche, mich in meine Mutter hineinzuversetzen. Was passiert, wenn es etwas gibt, dem ich schon mein ganzes Leben lang nachjage und das ich plötzlich kriegen könnte? Wie weit wäre ich bereit zu gehen, um mein Ziel zu erreichen? Jennifer hat Ghost im Visier. Gibt es irgendwas, das sie nicht tun würde, um ihn zu schnappen?

Mrs. Smith glaubt, wenn ich in Gefahr bin, wird Jennifer zuallererst mich beschützen. Deshalb werde ich als Zielscheibe durch San Francisco latschen, damit die bösen Jungs mich jagen können, und darauf warten, dass meine Mutter zur Rettung herbeieilt.

Aber was, wenn sie das nicht tut? Wenn es ihr wichtiger ist, Ghost zur Strecke zu bringen, als mich zu retten? Was, wenn ich Jennifers Preis für die Rettung der Welt bin?

Ich drücke auf *Senden*. Meine Worte wirbeln durch den Cyberspace. Geduldig warte ich auf die unvermeidliche Fehlermeldung. Doch die erscheint nicht.

17

Das Kapitel, in dem ich nach einer roten Blume Ausschau halte.

Ich schaue auf das hinunter, was der Pilot als Indiana beschreibt, während das Handy in meiner verschwitzten Hand vibriert. Eine neue Nachricht. Ich tippe drauf und sie öffnet sich.

Schreib keine SMS, steht da. Die Nachricht stammt von Toby.

Ich: Aber du hast mir dieses Handy gegeben.
Toby: Es ist für Notfälle.
Ich: Hast du nie gesagt.
Toby: Wann muss man denn Zeit schinden?
Ich: Egal. Was hat es mit der Paniktaste auf sich?
Toby: Drück die Paniktaste nicht!!
Ich: Und wenn ich in Panik bin?
Toby: Dann explodiert das Handy.
Ich: Das sagst du dauernd.
Toby: Ich arbeite noch an den problematischen Sachen.
Ich: Toll.

Das Handy vibriert wieder, diesmal ziemlich heftig. Auf einmal ist das Verzeichnis der Spione weg und damit auch meine schwache Hoffnung auf einen Kontakt zu Jennifer. Die einzigen Leute, denen ich jetzt noch eine SMS schicken kann, sind Toby und Toby. Am liebsten würde ich das Telefon im Mittelgang auf den Boden knallen, aber ich fürchte, es könnte wirklich explodieren, und ich will nicht noch vor dem Abendessen aus 39 000 Fuß in ein Maisfeld in Indiana abstürzen. Deshalb quetsche ich es nur ziemlich brutal zusammen. Als ob es das spüren könnte.

Ich: Uncool.

Toby: Du solltest sowieso keinen Zugang zu dem Verzeichnis haben.

Ich: Warum nicht?

Toby: Ist nichts für Lower Middles.

Ich: Egal.

Toby: Vergiss es einfach.

Ich: Egal.

Toby: Ich meine das ernst.

Ich: Hab ich schon verstanden.

Toby: Ich mochte dich echt lieber, als du nur irgendein Mädchen warst.

Irgendein Mädchen? So ein Idiot! Ist doch nicht mein Fehler, dass das Verzeichnis auf dem Handy war. Ich bin schließlich nicht für Spionausrüstung und Wundertelefone zuständig. Nachdem ich mir ein paar gemeine Erwiderungen überlegt habe, die ich Toby an den Kopf werfen könnte, entscheide ich mich für Schweigen. Ich schalte das Handy aus und verstaue es wieder in meinem Rucksack. Das hat er jetzt davon.

Ich bin endlich eingeschlafen, als der Pilot uns darüber informiert, dass wir gerade Kansas überfliegen. In meinem ganzen Leben war ich noch nie so fertig. Es ist nicht die Art Müdigkeit, wie wenn man bei einer Übernachtungsparty durchgemacht oder mit der Taschenlampe unter der Bettdecke bis drei Uhr morgens gelesen hat. Diese Erschöpfung steckt mir in den Knochen. Sie umfängt und umarmt mich, bis mir die Augen zufallen, mein Mund offen steht und ich ziemlich sicher sabbere. Ich schlafe so unruhig, dass mich irgendwann sogar der Schnarcher neben mir fragt, ob ich okay sei. Ich nicke und döse sofort wieder ein. Vielleicht meint mein Körper, wenn ich nur lange genug schlafe, werde ich in einer Realität wieder wach, die mehr Sinn ergibt. Sollte das der Fall sein, bin ich sofort dabei.

Als der Pilot meldet, dass wir in zwanzig Minuten landen, schlage ich die Augen auf. Wie von den gut gelaunten Flugbegleiterinnen befohlen, stelle ich meine Rückenlehne senkrecht, verstaue meine elektronischen Geräte und klappe das Tischchen vor mir hoch. Dann halte ich mir selbst eine kleine Motivationsrede. Darüber, dass alles gut werden wird. Zwar glaube ich mir kein Wort, aber versuchen kann man es ja mal.

Als ich den Schildern zur Gepäckausgabe folge, gehe ich in Gedanken noch mal durch, woran ich Bronwyn erkennen soll. Schwarze Jacke. Rote Blume. Langes, schwarzes Haar. Gepäckausgabe. Schildkröte. Da fällt mir ein, dass ich nicht gefragt habe, wie der Austausch des Codeworts erfolgen soll. Flüstert sie es mir ins Ohr oder so? Gerade als ich mir die Punkte noch mal aufsagen will, schließt mich eine Frau unerwartet in die Arme und hebt mich dabei praktisch in die Höhe.

»Da bist du ja!«, sagt sie begeistert. »Ich freu mich so, dich zu sehen!«

Ich mustere sie. Lange, schwarze Haare. Schwarze Jacke. Rote Blume. Wir befinden uns noch nicht bei der Gepäckausgabe, doch ich kann sie von hier aus sehen.

»Bronwyn?«, frage ich vorsichtig.

»Willkommen, Abby!«, erwidert sie mit einem breiten Grinsen. Ich sage nichts, weil ich auf das Codewort warte. Deshalb starren wir uns einen Moment lang an, bis Bronwyn fragt, ob mit mir alles in Ordnung sei.

»Ja«, antworte ich. »Aber wolltest du mir nicht noch was sagen?«

Sie sieht verwirrt aus. Mir wird ein bisschen flau im Magen. Ich schaue mich um. Sie scheint als Einzige auf diesem Flughafen eine rote Blume im Knopfloch zu tragen. Das hier ist San Francisco. Da putzen die Leute sich nicht so raus. Sie *muss* einfach Bronwyn sein.

»Ein bestimmtes Wort?«, hake ich nach.

»Ach ja! Das Codewort. Das meinst du!« Sie beugt sich vor und flüstert mir »Schildkröte« ins Ohr.

Mein Magen beruhigt sich wieder.

»Okay?«, sagt sie. »Sind wir uns jetzt einig?«

Sie schaut auf ihre Armbanduhr, über ihre Schulter und zieht mich dann zu einem Ausgang, der sich in der entgegengesetzten Richtung wie die Gepäckausgabe befindet. Offenbar hat sie es schrecklich eilig. Mein Magen führt sich schon wieder auf, aber ich erinnere mich daran, dass Mrs. Smith mir gesagt hat, mein Job bestünde darin, auf Bronwyn zu hören und zu tun, was sie sagt. Also bemühe ich mich genau darum.

Und Bronwyn redet. Ohne Punkt und Komma. »Hattest du eine gute Reise? Irgendwelche Turbulenzen? Das kann um diese Jahreszeit schlimm sein. Du bist ja früh angekommen, was gut ist, richtig gut. Du kannst dir gar nicht vorstellen, wie gut. Ich bin nie zu früh. Hatte gerade erst geparkt! Ich dachte, wenn ich dich verpasse, das wäre ja schlimm, was? Aber jedenfalls, willkommen in Kalifornien! Oder habe ich das schon gesagt?«

Manche Leute denken, in Kalifornien wäre es überall sonnig. Malibu ist sonnig (da war ich schon), San Francisco ist es nicht. Als wir rauskommen, stehen wir in einer Nebelsuppe. Der Wind zerzaust mir die Haare, während wir zu Bronwyns Auto gehen. Sie plappert weiter übers Wetter, die schreckliche letzte Football-Saison der San Francisco Forty-Niners und erzählt, wie sie mal in der Bucht auf einem Segelboot war, das fast gesunken wäre, außerdem von einer Freundin, die gerade ein Restaurant eröffnet hat, bla, bla, bla.

Wir steigen ins Auto und sofort zieht Bronwyn ein kleines Gerät unter dem Sitz hervor, das aussieht wie ein altmodisches Handy zum Aufklappen. Sie drückt ein paar Tasten.

»Hab sie«, sagt sie zu jemandem. Falls es darauf eine Antwort gibt, kann ich sie jedenfalls nicht hören. Anschließend schiebt sie das Ding wieder unter den Sitz und steuert aus der Parkgarage.

Ein paar Kilometer fahren wir schweigend. Immer wieder schaut Bronwyn in den Rückspiegel. Die Sichtweite beträgt ungefähr einen Meter. Ich halte mich an meinem Sitz fest. Vielleicht ist sie es ja gewohnt in diesem Nebel zu fahren, aber mir macht es Angst.

»Wie viel weißt du?«, fragt sie schließlich.

Ich könnte lügen, aber wozu die Mühe? »Nichts.«

»Sie lassen euch Kids immer dermaßen im Ungewissen«, murmelt sie. »Das ist lästig.«

Ich weiß! Erzähl mir alles! Doch das tut sie nicht, was auch lästig ist. Stattdessen sagt sie: »Mrs. Smith glaubt, deine Anwesenheit hier in San Francisco wird Jennifer aus der Deckung locken. Denkst du das auch?«

»Keine Ahnung«, sage ich. Bisher hat mich noch niemand gefragt, was ich von alldem halte.

»Okay«, sagt sie. »Nehmen wir einfach mal an, sie hat recht. Dann müssen wir dich sichtbar machen. In der Öffentlichkeit. Bis sich jemand auf dich stürzen will und Jennifer dazwischengeht, um dich zu retten. Dann schnappen wir sie uns.«

»Was?«

Bronwyn wirft mir einen Blick von der Seite zu. »So habe ich das nicht gemeint«, sagt sie besänftigend. »Wir möchten sicherstellen, dass deiner Mutter nichts zustößt. Sie ist im Besitz einer sehr wertvollen Information. Und wenn wir schon davon reden, weißt du zufällig, worum es sich handelt? Hat sie je mit dir darüber gesprochen?«

Vor einer Minute gefiel mir noch, dass sie nach meiner Meinung fragte. Jetzt bin ich mir da nicht mehr so sicher. »Nein«, antworte ich. »Ich habe keine Ahnung.«

»Gar keine? Nicht mal eine Idee?«, bohrt Bronwyn nach.

»Nein«, versichere ich ihr. Eine Pause entsteht, aber ich könnte nicht sagen, ob sie unangenehm ist oder nicht.

»Okay«, meint sie endlich. »Das ist in Ordnung. Morgen präsentieren wir dich da draußen und warten ab, was aus den Bäumen fällt.«

Wir fahren noch eine Weile. Draußen ist es dunkel und ich kann durch den Nebel ein paar Lichter blinken sehen. Ist Jennifer irgendwo dort? Sie ist meine Mutter. Da sollte ich ihre Anwesenheit doch spüren. Tue ich das? Nein. Nichts. Bis jetzt bin ich eine schreckliche Spionin und wahrscheinlich auch keine besonders gute Tochter.

18

Das blaue sichere Haus. Wo ich Haferbrei esse und einen süßen Jungen kennenlerne.

Es ist acht Uhr morgens, als ich aus meinem winzigen Zimmer in die Küche des sicheren Hauses tappe. Die sieht ein bisschen aus wie die Küche bei mir zu Hause in New York. Nur etwas weniger hässlich. Diese Erkenntnis weckt in mir eine heftige Sehnsucht nach dem öden olivgrünen Raum mit dem Backofen, der nur funktioniert, wenn er Lust hat, und dem Kühlschrank, der so laut dröhnt wie ein Flugzeug beim Start. Wenn ich jetzt dort sein könnte, würde ich mich nie mehr darüber beklagen. Dreimal schlage ich meine Fersen zusammen, wie Dorothy im *Zauberer von Oz*, doch nichts passiert.

Am Tisch sitzt Bronwyn flüsternd ganz nah bei einer fremden Person. Als sie mich erblickt, ist die Unterhaltung abrupt zu Ende.

»Guten Morgen, Abby«, sagt sie strahlend. »Wie hast du geschlafen?«

Geschlafen? Was? Wer ist dieser Junge da neben dir, Bronwyn?

Das muss ich sofort wissen. Sie folgt meinem Blick. Verdreht sie dabei etwa die Augen? Möglicherweise.

»Das ist Tom«, sagt sie. »Er arbeitet mit mir zusammen.«

Das ist das Stichwort für das Emoji mit den Herzchenaugen und Sternchen, die um meinen Kopf kreisen. »Hi«, krächze ich.

Tom hat eine blonde Surfermähne und die blauesten Augen, die ich je gesehen habe. Er trägt ein zerlumptes Nirvana-T-Shirt und abgenutzte Vans mit Schachbrettmuster. Seine Jeans hat am Knie ein Loch. Er ist wahrscheinlich vierzehn oder fünfzehn und definitiv cool. Das sehe ich sofort.

»Nett, dich kennenzulernen«, sagt Tom. »Hunger?«

Hunger? Ich bin kurz vorm Verhungern! Ich lasse mich auf den Stuhl ihm gegenüber fallen.

Bronwyn schiebt mir eine Portion Haferbrei hin. Darauf sind lauter Zutaten verteilt, die mich normalerweise stinksauer machen würden: Rosinen, Walnüsse, Mandeln, Bananenscheiben. Aber heute nicht. Heute reagiere ich mit einem Grinsen darauf.

»Danke schön. Das sieht lecker aus.« Ich könnte kichern.

»Teflons Tochter?«, murmelt Bronwyn. »Echt?«

»Entschuldigung?«, frage ich.

»Nichts.«

Ich grinse wie ein Idiot und fange an, meine Riesenportion gesunden Haferbrei zu löffeln. Dabei bemühe ich mich, nichts auf mein Kinn zu kleckern. Bronwyn mustert mich irgendwie entsetzt. Warum ist Tom eigentlich hier? Er ist doch kein Mädchen.

»Abby«, sagt Bronwyn. »Wir dachten, es wäre glaubwürdiger, wenn du mit einem Freund in der Stadt abhängst. Von außen wirkt ihr dann wie zwei Jugendliche, die Spaß haben und sich die Sehenswürdigkeiten anschauen. Klingt das sinnvoll?«

Ein Tag mit Tom? Ich nicke, grinse und bemühe mich, nicht vor Begeisterung auszuflippen.

»Für mich klingt das gut«, sagt Tom und zwinkert mir zu. Daraufhin werde ich dunkelrot. Tatsächlich wird Tom mein Babysitter sein, aber wen kümmert das? Jedenfalls wird er dann den ganzen Tag über an mir kleben.

»Also«, fuhr Bronwyn fort, »ihr macht einfach euer Ding. Spaziert herum. Bleibt sichtbar. Geht möglichst nicht in geschlossene Räume. Ich werde euch unauffällig folgen. Haltet die Augen offen, aber spielt auch eure Rolle: Jugendliche, die sich amüsieren.«

Tom salutiert ironisch. »Verstanden«, sagt er.

»Klar«, sage ich. »Toll.«

»Tom«, sagt Bronwyn. »Der Tracker?«

»Stimmt.« Tom greift nach einem schäbigen Rucksack, der hinter ihm am Boden liegt und leert ihn komplett auf den Tisch aus. Unter anderem kommen ein halber Schokoriegel, ein angebissener Apfel, ein Mathebuch und ein grünes Notizheft mit Spiralbindung zum Vorschein.

»Tracker?«, frage ich. »Wollt ihr mich etwa verlieren?«

»Natürlich nicht«, sagt Bronwyn eilig. »Aber man soll immer auf Nummer sicher gehen.«

Anscheinend sehe ich nicht allzu überzeugt aus, denn Tom meint, ich solle mich entspannen. »Hey, Abs, wir machen einfach einen auf zwei Leute, die draußen unterwegs sind, um Spaß zu haben.«

Er hat mich Abs genannt! Ich wünschte, ich könnte das meinen Freundinnen schreiben. Sie haben mir gesagt, ich solle mich bloß nicht wie eine Idiotin benehmen. Mir wird bewusst, dass ich nicht nur sie vermisse, sondern jetzt gerade beinahe auch die Smith.

Dort an der Schule ist es gerade elf Uhr und Charlotte und Izumi dürften zu Englisch schlurfen, während sie jeden Wortwechsel mit interessanten Jungs seit dem Frühstück analysieren. Außerdem werden sie sich über die vielen Hausaufgaben in Kulturgeschichte beklagen, und Quinn wird mindestens einen vergeblichen Versuch starten, Charlotte dazu zu kriegen, dass sie sich unsterblich in ihn verliebt. Toby wird sich raushalten und all das mit leicht amüsiertem Gesichtsausdruck beobachten.

»Dann wollen wir mal.« Toms Stimme holt mich zurück an diesen fremden Küchentisch, dreitausend Meilen von allem entfernt, das ich kenne. Ich schüttle meine Bedenken ab. Wie Mrs. Smith mir so unmissverständlich klargemacht hat, bin ich hier, um zu tun, was man mir sagt, und genau das habe ich vor.

»Wie wär's mit violett für dich?« Tom wirft mir eine violette Plastikuhr zu. Ich lege sie gleich um mein Handgelenk, bevor mir klar wird, dass es gar keine Uhr ist, sondern ein kleines Display mit zwei Knöpfen. Sobald es meine Haut berührt, begrüßt es mich mit einem munteren *Hallo* und einer Menge winziger Herzen und Sternchen. Ich werde rot. Schon wieder.

»Okay«, sagt Bronwyn, »dann wollen wir mal alles Weitere organisieren und aufbrechen, bevor der Tag schon wieder vorbei ist.«

Kalter Schweiß tritt mir auf die Stirn. Was, wenn das alles furchtbar schiefgeht? Lower Middles aus der ganzen Welt werden mich für das Scheitern der gesamten Operation verantwortlich machen. Das ist eine Menge Druck. Ich lächele breit und fasse mich. Ich kann das.

Tom legt mir eine Hand auf die Schulter. »Hey«, sagt er leise. »Mach dir keine Sorgen. Wir werden dich beschützen. Ich werde dich beschützen.«

Davon werde ich nicht ohnmächtig. Ich erwäge es ernsthaft, aber dann lasse ich es doch. Ich hole nur tief Luft. »Okay. Ich bin bereit. Gebt mir nur noch eine Minute.«

In dem kleinen Badezimmer putze ich mir die Zähne und binde meine Haare zu einem straffen Pferdeschwanz zusammen, weil ich schon vom Wind in San Francisco gehört habe. Dann setze ich mir noch eine Baseballcap mit dem Logo der Smith School und eine billige Sonnenbrille auf.

Als ich ins Schlafzimmer zurückkomme, stöbert Tom gerade in meinem Rucksack mit Tobys Spielsachen. Das ist mein Zeug. Was will er damit? Entscheidend ist aber, dass er auf dem iPhone mit der Leopardenmuster-Hülle rumtippt, als würde es ihm gehören.

»Spiel kein Solitär!«, rufe ich, was ihn zusammenzucken lässt.

»Was?«

»Solitär«, sage ich, schnappe ihm das Handy weg und stopfe es in meine Jackentasche. »Dann explodiert es.«

»Wenn es störanfällig ist, solltest du des zurückgeben«, sagt Tom. Er greift nach den Kopfhörern und untersucht sie. »Und was hat es eigentlich mit der pinkfarbenen Leopardenhülle auf sich? Die passt irgendwie nicht so besonders gut zu dir.«

Bedeutet das, er hält mich dafür nicht für mädchenhaft genug? Oder glaubt er, dass sie mir wirklich gefällt? Bevor ich überlegen kann, was schlimmer wäre, holt er die kleine Ladestation heraus und hält sie sich vors Gesicht.

»Was ist das?«

Ich nehme sie ihm weg und werfe sie zurück in den Rucksack. »Ein Glücksbringer«, sage ich. »So was wie eine Hasenpfote, nur weniger eklig.«

Ich nehme den Rucksack vom Bett und werfe ihn mir über

die Schulter. Wahrscheinlich hätte ich ihn nicht einfach liegen lassen sollen. Eine gute Spionin hätte ihre Spionageausrüstung unter der Matratze oder sonst wo versteckt. Aber leider bin ich keine gute Spionin. Ich bin nicht mal eine schlechte. Ich bin nur ein Köder.

»Wir sollten los«, sage ich. »Bronwyn wartet.«

Außerdem könnte es sein, dass ich sonst jeden Moment einen Rückzieher mache.

19

San Francisco. Wo Tom und ich so tun, als wären wir Freunde.

Wir verlassen fünf Minuten vor Bronwyn das Haus. Erst geht es nach Westen, bis wir auf die Broderick Street stoßen und rechts abbiegen. Die Sonne strahlt und der Nebel, der die Stadt gestern noch verschlang, hat sich verzogen. Die Bucht glitzert, als wäre sie mit Diamantstaub bestreut. Auf einem gepflasterten Weg neben der Marina kommen wir an blendend weißen Jachten vorbei, die schaukelnd an den Leinen zerren, mit denen sie festgemacht sind. Ich atme die salzige Luft tief ein.

»Warst du schon mal hier?«, fragt Tom. »In San Francisco?«

»Einmal«, sage ich und erinnere mich daran.

Es war einer von Jennifers Kurieraufträgen, für den sie mich mitten in der Nacht aus dem Bett zerrte und an Bord irgendeines Flugzeugs brachte. Wie sich dann herausstellte, flogen wir hierher. Im Golden Gate Park trafen wir einen Mann beim Conservatory of Flowers. Dieses Gewächshaus sieht aus wie eine riesige Hochzeitstorte aus Glas. Ich wollte gern Eintrittskarten kaufen und reingehen, weil ein riesiges Transparent über dem Eingang in die aufregende Ausstellung menschenfressender Pflanzen einlud. Jennifer meinte, das müsse noch warten.

»Aber ich versäume die Schule!«, protestierte ich. »Sollte ich dann nicht wenigstens irgendwas Pädagogisches machen? Menschenfressende Pflanzen sind doch pädagogisch wertvoll!«

»Fleischfressende Pflanzen«, verbesserte sie mich. »Außerdem warten wir hier auf jemanden.«

»Das ist nichts Pädagogisches.«

»Geduld ist eine Tugend.«

»Aber keine von mir«, brummte ich. Dann vertrieb ich mir die Zeit, indem ich mich kopfüber vom Handlauf neben den Treppen hängen ließ. Das erschreckte die vielen Besucher, die scharenweise in das Glashaus strömten, um die fleischfressenden Pflanzen zu sehen. Jennifer musterte die Gesichter von allen, die rein- und rausgingen. Falls sie etwas dagegen hatte, dass ich mich aufführte, wie ein wilder Affe, sagte sie es zumindest nicht.

Wir warteten lange. Der Jemand kam eine Stunde zu spät und das sorgte bei Jennifer für Anspannung. Ich merkte es, weil sie an ihrer Nagelhaut knabberte, und das tut sie nur, wenn sie sehr angestrengt nachdenkt oder sich über irgendwas furchtbar aufregt. Ich befürchtete schon, dass ihr die Finger zum Beknabbern ausgehen würden, als der Mann endlich doch kam. Jennifer übergab ihm einen Umschlag, den er wortlos entgegennahm, bevor er wieder verschwand. Die Sache dauerte keine zehn Sekunden. Danach schenkte meine Mutter mir ein strahlendes Lächeln und meinte, wir könnten uns jetzt die Pflanzen ansehen gehen.

Toms Stimme bricht den Bann. »San Francisco ist die beste Stadt der Welt«, behauptet er gut gelaunt. Er ist süß, aber er irrt sich.

»Warst du überhaupt schon mal in New York?«, frage ich ungläubig.

»Ja«, sagt er schnaubend. »Einmal. Es war heiß und roch ziemlich übel.«

»Du kannst dir von einem Ort doch nicht nach einem einzigen Besuch schon eine Meinung bilden. Das funktioniert einfach nicht.«

»Du warst doch auch nur einmal hier!«, protestiert er.

»Und danach habe ich mir noch kein Urteil erlaubt!«, schnauze ich zurück.

Damit steht es unentschieden, und wir gehen erst mal schweigend weiter. Bald gelangen wir an einen breiten Sandweg, den der Strand und niedrige Sträucher vom Wasser trennen. Die Wellen rollen sanft an Land und ich bleibe kurz stehen, um den Anblick zu genießen. Ich bin nicht oft am Meer, aber in dieser Stadt stößt man andauernd darauf.

Dieser Spazierweg ist voller Leute. Einige sind eindeutig Touristen, denn sie bleiben unvermittelt in der kalten Brise stehen und studieren Stadtpläne. Außerdem gibt es Mütter mit Kinderwagen, Jogger und Touristen auf Fahrrädern, die so wild herumwackeln, als würden sie bockige Wildpferde reiten. Folglich ist das hier kein Ort, an dem man sich in den Anblick der Landschaft vertieft – außer man möchte umgerannt oder überfahren werden. Sogar die Mütter in ihren knallbunten Sportklamotten wirken so konzentriert, als sei Kinderwagenschieben ein Wettkampfsport. Ich halte mich am Rand des Wegs und lasse Tom zwischen mir und all den gefährlichen Leuten gehen.

Ich habe die paranoide Vorstellung, dass jeder einzelne Mensch, an dem wir vorbeikommen, mich entführen oder umbringen oder sonst irgendwas Schreckliches mit mir anstellen will. Um meine Angst nicht so zu zeigen, wende ich den Blick ab. Tom räuspert sich. Klingt, als wolle er mit unserer Unterhaltung noch mal ganz von vorn anfangen.

»Wie ich höre, ist dir das alles noch neu«, sagt er.

Ich muss lachen. »Neu ist wahrscheinlich genau das richtige Wort dafür. Letzte Woche war ich nämlich noch eine ganz normale Lower Middle … also Siebtklässlerin, und jetzt, nun ja, jetzt bin ich hier.«

»Jennifer Hunter ist eine Legende«, sagt er.

O nein. Nicht schon wieder diese Leier. *Jennifer war eine Superheldin, bis du kamst.* Ich bin mir nicht sicher, ob ich das noch mal aushalte. Leider scheint Tom meine zusammengebissenen Kiefer als Aufforderung zu verstehen, weiter über Jennifer zu reden.

»Einmal«, fährt er fort, »ist sie über alle Dächer eines fahrenden Zugs gerannt, um einen Typen zu jagen. Das war in der Schweiz oder so. Auch noch einen Berg rauf! Ich weiß, dass man so was in Filmen sieht, aber hast du eine Ahnung, wie schwer es in echt ist, das zu überleben?«

»Nein«, sage ich und verziehe das Gesicht. »Hab ich nicht. Weil ich ganz ehrlich bis zu diesem Moment auch noch nie darüber nachgedacht habe.«

»Also, es ist praktisch unmöglich! Nur Teflon kann so eine Nummer abziehen. Und natürlich hat sie den Kerl gekriegt.«

»Natürlich.«

»Egal. Ich soll sowieso nicht mit dir über sie reden, aber ich kann einfach nicht anders. Sie war damals echt cool.«

»Anscheinend.«

»Und wie ist sie heute so?«, fragt er. »Wie ist das, dauernd mit ihr zusammen zu sein?«

Ich möchte schreien, vermute aber, dass das bei diesem Wind null Wirkung haben dürfte. »Sie ist prima«, sage ich. »Normal. Sie sieht gern Filme.« Ich hoffe, das reicht. »Wusstest du, dass die, sobald sie mit dem Anstreichen der Golden Gate Bridge fertig sind, sofort wieder von vorne anfangen?«

»Was?«

»Kleine nützliche Informationen über deine Stadt.«

»Die bringen jetzt auch ein Netz an, um die Selbstmörder aufzufangen«, sagt Tom. »Das wird die Optik total kaputt machen.« Eine Zeit lang redet er über Lokalpolitik und ich betrachte im Gehen die Wellen.

Eine Viertelstunde später legen wir eine Pause bei Warming Hut ein. Das ist ein kleines Gebäude an der Bucht, wo Sandwiches, Kaffee und heiße Schokolade verkauft werden. Außerdem gibt es dort Postkarten, Bücher und Spielzeug für durchgefrorene Besucher. Es ist total voll und Tom greift nach meiner Hand. Ich spüre ein unerwartetes Kribbeln an meinem ganzen Arm. Vielleicht kann ich ihm doch verzeihen, dass er New York gedisst hat.

Wir drängeln uns an die Theke und bestellen zweimal heiße Schokolade mit Schlagsahne. Als ein kleines Kind gegen meinen Oberschenkel rennt, zucke ich zusammen.

»Keine Sorge«, sagt Tom. »Nichts passiert.« Ich könnte nicht sagen, ob er mich oder das Kind gemeint hat.

Wir nehmen unsere heißen Schokoladen und spazieren einen breiteren Pier entlang, der in die Bucht ragt. Eine Gruppe gelangweilter Angler wirft ihre Leinen ins Wasser. Am äußersten Ende setzen wir uns und lassen die Beine baumeln. Segelboote und ein Dutzend Kitesurfer kreuzen auf dem eisigen Meer. Ich habe noch nie zuvor einen Kitesurfer gesehen. Sie prallen von der Wasseroberfläche ab, als wären sie von der Schwerkraft befreit. Dabei halten sie sich an einem riesigen Drachen fest, während ihre Füße auf einem speziellen Surfbrett festgezurrt sind. Sie bewegen sich schneller als die Möwen, die ständig über unserem Kopf kreisen, und verschwinden in Sekundenschnelle aus dem Blickfeld.

»Hast du das schon mal gemacht?«, frage ich und deute auf einen der Kitesurfer.

»Nein«, sagt Tom und erschauert.

»Hast du Bronwyn gesehen, seit wir losgegangen sind?«

»Nein, aber mach dir keine Sorgen. Man soll sie ja auch nicht sehen. Trink mal deine Schokolade.«

Ich nehme einen Schluck davon. »Danke, übrigens.«

»Ich habe ein Spesenkonto«, meint Tom grinsend.

»Kann ich dich was fragen?«

»Logisch. Schieß los.«

»Was weißt du über diese ganze Sache?«

»Das Verschwinden deiner Mom, meinst du?«

Ich nicke, weil ich fürchte, meine Stimme könnte brechen, wenn ich etwas sage.

»Nun ja«, sagt er, »Suzie hat mich gestern angerufen und gefragt, ob ich das heute machen könnte. Normalerweise habe ich mehr Vorlaufzeit, wenn man mich losschickt, deshalb war ich ein bisschen überrascht.«

»Wer?«

»Bronwyn, meine ich«, verbessert er sich rasch. Er schlägt auch die Augen nieder und weicht so meinem Blick aus. Mein Magen zieht sich zusammen. Er hat eindeutig Suzie gesagt. Ich versuche, möglichst neutral zu schauen, während ich rasend schnell alle Möglichkeiten durchgehe. Die nächstliegende Antwort lautet, dass Ghosts Leute mich entführt haben und für denselben

Zweck benutzen wollen wie das Center. Aber die Bronwyn am Flughafen hatte die Blume! Und das Codewort! Klar, sie hat erst mal vergessen, es mir zu sagen, aber sie kannte es. Andererseits hat sie nicht an der Gepäckausgabe gewartet und mich total hektisch aus dem Flughafen gezerrt. Was, wenn ich einen Koffer eingecheckt gehabt hätte? Plötzlich kommt mir ein schrecklicher Gedanke. Und zwar, dass jemand mich verraten hat.

Doch bevor ich mich näher damit auseinandersetzen und total in Panik geraten kann, zieht einer der Kitesurfer meinen Blick auf sich. Die meisten von ihnen sind Männer mittleren Alters mit Bauchansatz, deren Neoprenanzüge um die Taille etwas zu eng sitzen. Sie sehen aus wie Würstchen mit Helmen, unter denen Büschel von grauem Haar hervorlugen. Bei diesem Typen allerdings nicht. Er trägt eine Neoprenmaske und sieht irgendwie aus wie aus einem Horrorfilm. Jetzt vollführt er eine atemberaubende 180-Grad-Wende, hüpft über die Wellen und lässt das Wasser hinter sich wie eine Fahne sprühen. Er bewegt sich unglaublich schnell, fliegt durch die Luft, drei Meter über dem Wasser, wie auf einem Tragflügelboot. Und er schießt direkt auf uns zu.

Dann packt er mich wie eine Möwe eine Eiswaffel und reißt mich mit sich auf das Wasser. Ich umklammere immer noch meine heiße Schokolade und die restliche Sahne fliegt im Wind davon.

20

Das Kapitel, in dem ich die San Francisco Bay aus nächster Nähe zu sehen kriege.

Das Lustige ist, dass ich nicht schreie. So wie damals, als Veronica mich vermöbelte und ich anfing, an andere Sachen zu denken. Tja, jetzt denke ich jedenfalls, wie wunderschön die Bucht ist, durch die ich in einem irren Tempo fliege. Klar habe ich Angst. Und mir ist eiskalt. Aber trotzdem schimmert Alcatraz in milchigem Sonnenlicht und die Wellen sehen aus wie sich kräuselnde dunkelblaue Seide.

Der Mann hat mich um die Taille gepackt und hält mich fest. Ließe er mich los, würde er mich überfahren. Wir sind noch viel schneller als es von Land aus wirkt. Mich loszureißen ist also keine Option. Ich verrenke meinen Hals, um ihn anzusehen.

»Lass das«, schreit er. Wegen des pfeifenden Windes ist er schwer zu verstehen.

»Was denn?«

»Das Gezappel.«

»Ich zapple nicht. Das können Sie mir glauben.«

»Doch, tust du. Lass es.« Seine Stimme klingt gepresst. Es muss ganz schön schwer sein, gleichzeitig mich festzuhalten und die Kontrolle über den Drachen und das Board nicht zu verlieren.

Wir steuern auf die Golden Gate Bridge zu. Die ist ein unglaublicher Anblick. Wahrscheinlich wird sie deshalb in Katastrophenfilmen immer als Erstes in die Luft gejagt. Aus dieser Perspektive ragt sie riesig vor uns auf.

Der violette Tracker rutscht auf mein Handgelenk. Wenn Bronwyn nicht Bronwyn ist, dann ist Tom auch nicht Tom. Ich habe wirklich ein Wahnsinnsglück mit Jungs. Die süßen sind entweder nicht interessiert (siehe Quinn) oder sie spielen für das Team der Bösen. Ob die falsche Bronwyn und der fiese Tom für Ghost arbeiten? Oder konkurrieren sie mit ihm? Mrs. Smith meinte ja, da würde es auch noch andere geben.

Mit eisigen Fingern zerre ich mir die Uhr vom Handgelenk und lasse sie in die Bucht fallen. Ich wurde von einem Kitesurfer von meinen Kidnappern gekidnappt. Das muss doch was Einmaliges sein. Rasch fasse ich einen Plan: überleben und abhauen.

»Wohin bringen Sie mich?«, schreie ich. Nach Japan? Oder Hawaii? Wenn man erst mal unter der Brücke durch ist, erstreckt sich da ein ziemlich großes Nichts.

»Irgendwohin.«

»Das ist nicht gerade eine hilfreiche Information«, sage ich.

»Hör auf zu reden«, knurrt er. Ich schätze, dass der in dem ganzen Neoprenzeug ordentlich schwitzt.

Rechts von uns taucht eine Fähre auf, die wohl Besucher von San Francisco nach Alcatraz schippert. Leute starren uns an. Manche zeigen mit den Fingern auf uns.

»Wink«, befiehlt mir der Mann. »Tu, als hättest du Spaß.«

Die Passagiere winken zurück. Erkennt denn keiner von denen, dass hier was nicht stimmt? Aber dann ist das Boot auch schon wieder aus unserem Blickfeld verschwunden und wir nähern uns der Brücke. Meine Füße sind pitschnass und schmerzen vor Kälte.

»Wir fahren also nach Westen«, sage ich und es klingt in Anbetracht der Umstände seltsam gesprächig. »Wo haben Sie denn vor zu landen?«

»Das nennt man nicht landen.«

»Ich verstehe nichts vom Kitesurfen«, sage ich. »Das hier ist tatsächlich mein erstes Mal. Also wie nennt man das dann, wenn man anhält? Sie wissen doch, wie man das macht, oder?«

»Du hast eine Menge Fragen.«

»Hätten Sie die an meiner Stelle nicht?«

»Ich schätze schon.«

»Wie lange noch?«, frage ich. »Ich erfriere.«

»Mir macht das auch nicht gerade Spaß.«

Dann wechselt er die Arme so, dass der um meine Taille jetzt den Drachen steuert. Ich meine, ihn stöhnen zu hören.

»Sorry«, sage ich. »Sie könnten mich auch einfach gehen lassen. Ich meine, sobald wir gelandet sind und alles.«

»Kommt nicht in die Tüte.«

Das habe ich auch nicht erwartet, aber manchmal kriegt man ja etwas, wenn man höflich danach fragt.

Wir surfen unter der Brücke durch und weiter geht es Richtung Norden entlang der zerklüfteten Küste der Marin Headlands. Vor uns liegt ein Strand in einer kleinen Bucht. Obwohl ich die Skyline von San Francisco über meine rechte Schulter noch sehen kann, kommt mir dieser Ort schon ziemlich abgelegen vor.

Unsere Landung oder wie auch immer man das nennt, erfolgt

nicht besonders graziös. Wir befinden uns noch drei Meter über der Wasseroberfläche, als der Mann seine Füße vom Board losmacht, aber das Segel nicht einholt, sodass wir tatsächlich einen Moment durch die Luft fliegen, bevor wir auf den schmalen Sandstreifen krachen. Ich verstauche mir beim Aufprall fast die Knöchel. Mein Entführer grunzt und bemüht sich, nicht auf mich zu fallen. Ich krieche unter ihm weg. Dann befreit er sich, zieht sich die Maske runter und wischt mit einem roten Halstuch über sein Gesicht. Ein fettes blaues Logo der Surfermarke Rip Curl prangt auf seiner breiten Brust. Er sieht aus, als würde er jeden Moment aus seinem Neoprenanzug platzen.

»Das hatte ich mir einfacher vorgestellt«, keucht Rip Curl, beugt sich vornüber und stützt die Hände auf die Knie. »Ich mache sechsmal die Woche Cross Fit. Ich nehme an Wettkämpfen teil! Und gewinne! Aber das hier war echt übel.«

»Sind Sie okay?«, frage ich.

»Ja«, keucht er genervt. »Hör zu, Kindchen. Versuch keine krummen Dinger. Ich mag vielleicht aussehen, als hätte ich nur Muckis, aber ich bin auch nicht auf den Kopf gefallen.«

»Wenn Sie es sagen«, erwidere ich.

Rip Curl bleibt vorgebeugt stehen. Ich nutze die Gelegenheit für ein krummes Ding und hole das Super-iPhone aus meiner Reißverschlusstasche. Heißes Wasser? Gummigeschoss? Oder soll ich ihn vielleicht einfach zu Tode simsen?

Ich entscheide mich für heißes Wasser, auch wenn mir klar ist, dass *mir* das Wasser bis zum Hals stehen wird, wenn es nicht funktioniert.

Rip richtet sich auf und erblickt das iPhone in meiner Hand.

»Hey«, schreit er. »Gib das her! Was hab ich dir gerade gesagt?«

Als er sich auf mich stürzen will, rutscht der Ärmel seines Neoprenanzugs ein kleines Stückchen hoch. Er hat eine Tätowierung am Arm.

»Warten Sie!«, quietsche ich und erreiche dabei einen wirklich hohen Ton.

Rip Curl springt zurück und reißt die Augen auf.

»Ihr Tattoo. Was ist das?«

Er sieht total verwirrt aus, scheint aber gleichzeitig ein Mann zu sein, der es gewohnt ist, Befehle auszuführen. Er schiebt den Ärmel so weit hoch, dass ein peinlicher Falke auf einem Surfbrett zum Vorschein kommt. So viel zum Thema falsche Entscheidungen.

»Kein Dreieck«, murmle ich.

»Hast du Dreieck gesagt? Ich mag zwar verrückt sein, aber nicht so verrückt. Er brandmarkt seine Leute wie Vieh. Und nur die Irren fahren mit diesem irren Kerl im Zug des Irrsinns, hörst du?«

Ja. Jetzt kann ich mich damit trösten, dass zwei voneinander getrennte kriminelle Banden unterwegs sind, um mich zu schnappen – Team Dreieck und Team Surfer-Falke.

»Nur irre Leute«, sage ich lächelnd.

»Genau. Und jetzt gib mir dieses Handy.«

Tut mir leid. Kommt nicht in die Tüte. Ich ziele auf sein Gesicht. »Toby ist cool. Sprühflasche!«, schreie ich. Das Handy gibt ein hohes Gurgelgeräusch von sich und springt fast aus meinen Händen, aber gleichzeitig schießt kochendes Wasser heraus und direkt in die Augen meines überraschten Entführers.

Er schreit auf. »Meine Augen! Was hast du getan? Säure! Ich kann nichts sehen!« Dazu springt er auf einem Bein, als hätte er sich den Zeh angestoßen und schlägt die Hände vors Gesicht.

Ohne zu überlegen, trete ich ihn auch noch dahin, wo es richtig wehtut – schließlich bin ich nicht umsonst in New York aufgewachsen. Rip Curl fällt auf die Knie und befühlt weiter seine Augen. Ich verpasse ihm noch einen Tritt und sprinte los, wobei ich ihm über die Schulter noch zurufe: »Das war bloß heißes Wasser! Sei nicht so ein Baby!«

Dann laufe ich die morschen Stufen hoch, die von dem verlassenen Strand zu einem schmalen Pfad hinaufführen. Den renne ich entlang und versuche, nicht auf die Schnauze zu fallen, während ich panisch auf das Radio-Icon drücke, bis Toby sich meldet.

»Abby?«

»Ja! Ich bin's!«

»Wo warst du?«, schreit er hektisch. »Warum hast du auf keine meiner Nachrichten geantwortet? Bronwyn sagte, du seist gar nicht an Bord des Flugzeugs gewesen. Alle suchen dich!«

Das liegt wohl daran, dass ich mit jemandem mitgegangen bin, der Suzie heißt und versucht hat, mich mit einem süßen Jungen in Sicherheit zu wiegen! Ich schäme mich, so leichte Beute gewesen zu sein. Und was Tobys Nachrichten angeht – mir fällt ein, dass Tom heute Morgen an meinem Handy war. Hat er da meine Nachrichten gelöscht? Na klar hat er das! Als ich zum Strand runterschaue, sehe ich, dass Rip Curl mühsam wieder auf die Beine kommt. Ich renne schneller.

»Was machst du?«, schreit Toby. »Ich kann dich nicht sehen und kaum hören. Irgendwas muss an meiner Verbindung nicht stimmen.«

»Aber deine Verbindung ist doch idiotensicher«, keuche ich.

»Keine Verbindung ist idiotensicher«, sagt Toby. »Du klingst so atemlos.«

»Tja, könnte daran liegen, dass ich gerade um mein Leben laufe! Ich wurde vorhin von einem Kitesurfer gekidnappt, aber ich habe das heiße Wasser benutzt, um ihn –«

»Dann hat das mit dem Wasser funktioniert? Cool. Ich bin nie dazu gekommen, es in der Praxis auszuprobieren.«

»Nein! Nicht cool! Was mache ich jetzt?«

»Keine Ahnung. Weiterrennen?«

Das ist nicht besonders hilfreich.

»Okay«, sagt Toby. »Ich habe Mrs. Smith auf der anderen Leitung. Sie sagt … weiterrennen. Ich orte gerade deinen Standort. Du kannst wohl nicht mal für einen Moment stehen bleiben, was?«

»Spinnst du? Wie kannst du mich so was auch nur fragen?« Ich laufe weiter, sprinte etwa fünfzig Holzstufen rauf und lande endlich auf einer asphaltierten Straße. Ich schaue nach links und rechts. Und jetzt?

»Ich hab dich«, sagt Toby. Ich renne los. »Nein!«, schreit er. »Die andere Richtung.«

Ich wirble herum und stürme in die andere Richtung, nachdem ich noch flüchtig über meine Schulter geschaut habe. Noch liegt ein ganzes Stück zwischen Rip Curl und mir, aber so wird es nicht bleiben. Der Grund, warum ich mich im Herbst nicht für das Geländelauf-Team gemeldet habe, war, dass ich Laufen hasse und nicht besonders gut darin bin. Jetzt bin ich schweißgebadet, meine Oberschenkel brennen und mein Herz fühlt sich an, als wolle es mir jeden Moment die Brust sprengen.

Aber ich laufe trotzdem weiter.

»Mrs. Smith sagt, sie schickt jemanden, der dich holt«, sagt Toby. »Hältst du so lange durch?«

Ich bleibe stehen, weil ich fast kotzen muss. Meine Umgebung verschwimmt. Ich wette, Veronica könnte problemlos auf den Gipfel dieses Hügels rennen und da oben auch noch fünfzig Liegestützen absolvieren. Ich muss echt mehr Sport machen. Weniger Donuts zum Frühstück und mehr Sport. Aber vielleicht sterbe ich auch, bevor ich diesen Entschluss umsetzen kann.

Ich gebe mein Bestes, um nicht zu hyperventilieren, als Toby sagt. »Okay. Also, Abby?«

»Was?«

»Komm mal wieder in die Gänge. Dein Freund holt schnell auf.«

»Rip Curl ist nicht mein Freund«, röchle ich.

»Nimm die Abkürzung durchs Gebüsch«, sagt Toby und steuert mich wie eine menschliche Drohne. »Scharf rechts. Schlag dich in die Büsche.«

»Ich weiß noch nicht mal, was das bedeutet«, schnauze ich.

»Runter von der Straße. Versteck dich in diesen Sträuchern!«

Ich schlittere ins niedrige Gebüsch. Das ist hier eine unwirtliche Umgebung, deshalb sind diese Pflanzen starr, von Dornen überzogen und ihre Blätter rasiermesserscharf. Sie zerschrammen mir die Beine und meine Jacke bleibt daran hängen. Ich schiebe mich trotzdem weiter. »Jetzt duck dich und beweg dich nicht«, sagt Toby.

»Gerne«, sage ich, lasse mich hinter einem Strauch fallen und mache mich ganz klein. Ich versuche, leise zu atmen, aber das ist nicht so leicht. Bald höre ich Schritte auf der Straße. Sie werden lauter. Aus meinem Versteck sehe ich Rip Curl keuchend heranjoggen. Genau auf meiner Höhe bleibt er stehen.

Ich verschmelze mit dem Gebüsch. Werde eins mit dem Blattwerk. *O bitte, sieh mich nicht!*

»Keine Spur von ihr«, sagt Rip Curl in sein Handy. »Keine Ahnung. Woher soll ich das wissen? Sie hat mir Säure ins Gesicht gespritzt, ja? Vielleicht bin ich jetzt auf einem Auge blind! Außerdem war nichts davon mein Plan. Das war deiner. Wo steckst du überhaupt? Mir ist saukalt.«

Augenblicke später nähert sich ein schwarzer Geländewagen auf der kurvigen Straße und bleibt neben dem Mann stehen. Die hintere Beifahrertür schwingt auf und ich kann eine Hand sehen. Eine eindeutig weibliche Hand mit einem fetten Diamantring, der tatsächlich im milchigen Sonnenlicht glitzert.

»Steig ein«, sagt eine Stimme. Ungefähr wie Tinker Bell, nur viel lauter und nicht so begeistert von Peter Pan.

»Sorry, Boss«, sagt Rip Curl und lässt den Kopf hängen.

Die Hand winkt ihm einzusteigen und die Stimme warnt ihn, die Sitze nicht nass zu machen. Ich suche mir genau diesen Moment für meinen allerersten durch sportliche Betätigung hervorgerufenen Asthmaanfall aus.

21

Der kopflose Toyota Prius.

Das Keuchen und die pfeifende Atmung sind mein geringstes Problem. Ich habe meine Deckung verraten. Tinker Bell schubst Rip Curl wieder aus dem riesigen Geländewagen.

»Fang sie!«, schreit sie. Rip Curl entdeckt mich sofort und beginnt, mit großem Einsatz durch das Gestrüpp zu pflügen. Seine Chefin beobachtet ihn dabei. Klar, dass er sie beeindrucken will. Ich hätte gedacht, dass die Sache mit dem Kitesurfen erst mal genug Eindruck gemacht hat.

Endlich springe ich auf und renne wieder los. Meine Lungen stehen in Flammen. Rip Curl kommt näher. Da stolpere ich. Ob Toby mich hören kann? Weiß er, was gerade passiert?

Jennifer redet gern über Selbstvertrauen. »Wenn die Dinge eine total verrückte Wendung nehmen«, pflegt sie zu sagen, »dann musst du am meisten Selbstvertrauen aufbringen und entschieden auftreten, auch wenn es dir Angst macht.« Ich dachte immer, sie spräche von bei Rot über die Straße gehen oder einer harten Nuss in Mathe. Aber wahrscheinlich meint sie die Flucht vor fiesen Typen. Ich kann mich gerade nicht darauf verlassen, dass Toby mir aus dreitausend Meilen Entfernung hilft. Ich bin auf mich allein gestellt.

Gerade als ich mich wieder aufrapple, berührt Rip Curls Hand meinen Knöchel. Ich trete nach ihm, so fest ich kann, und sprinte zur Straße zurück. In der Ferne sehe ich einen schwarzen Toyota Prius in meine Richtung rasen. Das muss meine Mitfahrgelegenheit sein. Das sollte besser mal meine Mitfahrgelegenheit sein. Ich lege noch einen Zahn zu und renne dem Auto entgegen.

Aber das Auto hat keinen Fahrer. Es kommt mit bestimmt hundertdreißig Stundenkilometern auf mich zu, ohne zu schlingern, doch der Fahrersitz ist leer. Erst vor einer Woche hat Izumi mir vorgelesen, dass Google ein selbst fahrendes Auto erfunden hat. Sie war von der Idee total begeistert. Ich bin es nicht. Aber in der Not frisst der Teufel Fliegen.

Der Wagen kommt schlitternd vor mir zum Stehen. Ich werfe mich auf die Rückbank und knalle die Tür in dem Moment hinter mir zu, als Rip Curl mich erreicht. Er reißt am Türgriff, aber es ist abgeschlossen. Der Prius rast mit quietschenden Reifen los. Ja, das geht auch ohne Fahrer. Ich finde das auch überraschend.

Hinter uns taucht der Geländewagen auf. Der Toyota schießt bergab und nimmt die Kurve so scharf, dass ich gegen die Tür geschleudert werde. Bei der nächsten Rechtskurve fliege ich in die entgegengesetzte Richtung und schlage mit dem Kopf gegen das Fenster. Und ich kann den Irren am Steuer nicht mal anschreien, er soll langsamer fahren, weil da kein Irrer ist. Und auch niemand anders. Da ist überhaupt keiner.

Der Geländewagen klebt jetzt praktisch an unserer Stoßstange. Ich zwänge mich in den Fußraum hinter dem Fahrersitz. Wieder geht es scharf nach rechts und ich könnte schwören, dass wir auf zwei Rädern gefahren sind.

Plötzlich höre ich eine Explosion am Heck des Wagens, wie eine Fehlzündung, dann ein scharfes Klirren. Säuerlicher Gestank breitet sich aus. Ich muss würgen und hebe den Kopf gerade so weit, dass ich eine dichte Wolke aus dunklem Rauch hinter uns sehe. Die Straße sieht aus wie mit Metallsplittern übersät.

Der Geländewagen taucht aus der Rauchwolke auf und fährt über die Splitter. Dann eiert er von der Straße und bleibt abrupt im Gebüsch stehen. Der Prius schießt davon. Dabei wird mein Kopf wieder gegen das Fenster geschleudert.

Wenn ich das hier überlebe, kann ich mich echt freuen.

Die ruppige Fahrt dauert noch fünf Minuten, nach denen ich mich fühle, als wäre ich in einem Wäschetrockner gewesen. Schließlich krabble ich zurück auf den Sitz und schaue aus dem Fenster. Wir befinden uns auf einer mehrspurigen Schnellstraße und haben die Bucht östlich von uns. Ich habe keine Ahnung, wohin die Reise geht. Als ich das iPhone raushole, um Toby anzurufen, ist der Akku leer. *Nein, nein, nein!* Ich wühle im Rucksack nach der Ladestation, stoße dabei aber auf etwas viel Unheilvolleres: noch ein violetter Tracker. Den muss Tom heute Morgen in meinem Rucksack deponiert haben. Gibt es eigentlich irgendwen, der nicht glaubt, dass ich der Schlüssel zu dieser geheimnisvollen Sache in Jennifers Besitz bin? Mrs. Smith, Toby, der Lotus-Mann, Tinker Bell, Rip Curl, die falsche Bronwyn, Tom. Die Liste wird immer länger. Hätte mich letzte Woche jemand gefragt, ob ich Feinde habe, dann hätte ich Nein gesagt. Klar, Veronica und ihre Truppe fieser Mädchen sind … nun ja, fies, aber so sind sie ja zu jedem. Das hier ist was anderes. Diese Leute wollen mir was antun.

Bevor ich so richtig in Panik geraten kann, rührt sich etwas im Kofferraum. Dann klappt sich der Sitz neben mir um und ein verdrehter Tom kommt zum Vorschein. Ich sitze also mit dem Feind in einem fahrerlosen Auto. Schnell stopfe ich Handy und Ladestation in meine Tasche zurück, bevor er sie sieht. Tom streckt ein langes Bein und einen Arm aus, und schließlich schiebt sich der Rest seines Körpers durch die kleine Öffnung, praktisch auf meinen Schoß.

»Hey!«, rufe ich, bemühe mich aber um einen neutralen Gesichtsausdruck. Er weiß nicht, dass ich weiß, dass er einer von den Bösen ist. Und da er anscheinend das selbst fahrende Auto unter Kontrolle hat, gibt es auch keinen Grund, warum er es erfahren sollte.

»Selber hey«, brummt Tom. »Kannst du mal an meinem Bein ziehen? Ich habe einen Krampf im Po.« Damit wirft er mir sein Bein auf den Schoß. Ich packe seinen Tennisschuh und drücke sein Knie durch. Er heult auf.

»Jetzt jammer nicht«, sage ich. »Du hast doch darum gebeten.«

»Ich war eine Stunde da drin. Kampfpilot werde ich nicht, glaube ich.«

»Stand das zur Wahl?«

»Nicht wirklich.« Er grinst. »Ich bin froh, dass dir nichts passiert ist.«

»Wer war der Kerl, der mich entführt hat?«, frage ich. Zwar hat man mir die Anweisung gegeben, nur zu tun, was man mir sagt, und keine Fragen zu stellen, aber die Situation hat sich geändert und jetzt brauche ich geheime Informationen.

»Wir wissen es nicht«, behauptet Tom unschuldig. »Aber wahrscheinlich kann man davon ausgehen, dass wir nicht als Einzige hinter Teflon her sind. Wie gut, dass ich diesen zusätzlichen Tracker in deinen Rucksack geworfen habe, was?«

»O ja«, sage ich. »Absolut.«

Und wie schlimm wäre es, wenn ich die Tür aufmachen und ihn bei gut hundert Stundenkilometern aus dem fahrenden Auto stoßen würde? Schlimm. Wirklich schlimm. Ich versuche, unauffällig die Tür zu entriegeln, aber es geht offensichtlich nicht. Das besiegelt meinen Status als Geisel. Anscheinend habe ich heute das große Los gezogen, dabei ist noch nicht mal Mittag.

Tom grinst mich an. Ich grinse zurück. Wir lügen beide.

»Was ist das hier eigentlich für ein Auto?«, frage ich in der Hoffnung, er wird die nächste Stunde lang wie ein normaler Junge von diesem coolen Spielzeug schwärmen, während ich mir einen bombensicheren Fluchtplan zurechtlege. Aber er beißt nicht an.

»Tut mir übrigens echt leid, dass ich dich da vorhin verloren habe«, sagt er. »Damit hatten wir nicht gerechnet.«

»Und wo ist Bronwyn jetzt?«, frage ich und meine Suzie, *du Verräter*.

»Sie ist im sicheren Unterschlupf. Oben in den Bergen. Da, wo wir jetzt auch hinfahren. Unmöglich zu finden.«

»Na klar. Ein sicherer Unterschlupf. Damit ich, du weißt schon, in Sicherheit bin.«

»Genau! Wir überlassen dich niemand anderem.«

Weil ihr mich als Erste geschnappt und garantiert auch dafür gesorgt habt, dass Jennifer das weiß.

»Da bin ich ja echt beruhigt«, sage ich.

»Hey«, meint er mit gespielter Beiläufigkeit, »kann ich dieses Handy noch mal sehen? Das war ja echt cool.«

Machst du Witze? Oder hältst du mich wirklich für so bescheuert?

»Das hab ich auf dem Wasser verloren. Genau wie mein Trackerarmband«, sage ich. »Totaler Mist.«

Tom zappelt vor Anspannung. Ich kann ihm nicht ansehen, ob er mir glaubt. Wenn er mich jetzt angreift, habe ich ein Problem. Veronica hat nicht erwähnt, wie man jemanden außer Gefecht setzt, wenn man sich kaum bewegen kann. Doch der Moment geht vorbei und Tom entspannt sich.

»Wie ist das also mit dem Auto?«, frage ich wieder. Und da beginnt er, mir alles darüber zu erzählen. So verbringen wir die lange Fahrt in die Berge.

Irgendwann muss ich eingeschlafen sein, denn bevor ich es richtig mitkriege, rollt der kopflose Prius sanft in eine frisch geräumte Einfahrt mit knapp fünf Meter hohen Schneewänden zu beiden Seiten. Draußen liegt ein Winterwunderland.

»Hey, Dornröschen«, sagt Tom. »Aufwachen. Wir sind da.«

Vor langer, langer Zeit, nämlich heute Morgen, als ich Tom noch für süß, nicht für böse hielt, hätte die Bezeichnung als Dornröschen mich erröten lassen. Jetzt empfinde ich sie als unheimlich. Durch die Windschutzscheibe erblicke ich ein Haus, das nur aus einem Dach zu bestehen scheint. Nachbarn sehe ich nirgends. Ich könnte ebenso gut auf dem Mars gelandet sein.

»Ich habe keine Winterstiefel dabei«, sage ich nur. »Auch keine Zahnbürste.« Oder saubere Unterwäsche. Oder einen Pyjama. Ich habe auch das Buch nicht mit, das ich für Chinesische Geschichte lesen sollte. Ich bin also total unvorbereitet auf ein Geiseldasein in den verschneiten Bergen. Außerdem hat das Nickerchen im Auto mich knatschig gemacht.

»Hör auf, dir Sorgen zu machen, Abby.«

Das sagt er so einfach. Ich steige aus und passe auf, damit ich in der eisigen Einfahrt nicht gleich hinfalle. Die matte Sonne sinkt schon und ich erschauere. Meine Füße sind vom Kitesurfen immer noch feucht. Das Haus liegt zwischen einer Gruppe Fichten, die alle mit Schnee bestäubt sind. Aus dem Kamin steigt eine Rauchfahne. Ein hübscher Anblick, wie auf einer Weihnachtskarte, aber er lässt mich bis ins Mark frösteln. Wie soll mich hier jemand finden? Meine erste Priorität lautet deshalb: das Handy aufladen. Obwohl, die allererste Priorität besteht darin, sicherzugehen, dass sie mein Handy nicht finden, und es dann aufzuladen.

Aus der Nähe erkenne ich Eisengitter vor den Fenstern und mehrere Schlösser an der Haustür. Ich schlucke, aber mein Mund fühlt sich trocken an. Rechts neben der Tür ist in einen der massiven Steine der Fassade ein Symbol gemeißelt. Ein Dreieck mit verschiedenfarbigen Segmenten. Genau wie bei Lotus-Mann. Toby war richtig aufgeregt, nachdem ich das dreieckige Tattoo erwähnt hatte, aber natürlich hat er sich nie die Mühe gemacht, mir zu erklären, *was* daran wichtig war. In dieser mit Information prall gefüllten Welt bin ich ahnungslos.

Drinnen erwartet die falsche Bronwyn uns in einem Wohnzimmer mit hoher Decke, wo stilecht nackte Holzbalken und ein riesiger gemauerter Kamin zu sehen sind. Mehrmals lasse ich den Blick über die Ziegel wandern, um zu sehen, ob auch diese Feuerstelle den Zugang zu einem anderen Ort birgt, wie es sonst bei Spionen üblich ist.

»Abby, du siehst erschöpft aus.« Die falsche Bronwyn umarmt mich.

Ich setze ein ebenso falsches Lächeln auf. »Stimmt«, sage ich. »Müde.«

Sie fasst mich an den Schultern und sieht mich ernst an. »Das muss furchterregend gewesen sein«, sagt sie. »Und es tut mir so, so leid, dass das passiert ist. Noch dazu unter meinen Augen.

Dabei habe ich Mrs. Smith doch versprochen, auf dich aufzupassen.«

Hast du nicht! Du hast mich Mrs. Smith geklaut! Ich lächle weiter, auch wenn ich dabei die Zähne zusammenbeißen muss. »Vielleicht sollte ich sie mal anrufen?«, schlage ich vor.

»Ach, lass mich das machen«, meint die falsche Bronwyn rasch und lässt mich los. »Ich soll ihr sowieso Bericht erstatten.«

Na klar.

»Kann ich mich irgendwo hinlegen?«, frage ich und täusche ein Gähnen vor. Wenn ich keine Möglichkeit finde, dieses Handy aufzuladen, bin ich geliefert. Aber ich weigere mich, darüber nachzudenken, was sie mit mir vorhaben, um die Aufmerksamkeit meiner Mutter zu erregen.

»Natürlich«, sagt Bronwyn. »Tom, zeigst du Abby bitte das kleine vordere Schlafzimmer oben?«

Tom führt mich die Treppe rauf. Anscheinend gibt es hier nur einen Weg nach draußen, und zwar den, den wir eben reingekommen sind. Trotz der vergitterten Fenster ist dieses Haus ein sehr malerisches Gefängnis.

»Was hat es mit den Fenstern auf sich?«, frage ich, als wir den schmalen Flur entlanggehen.

»Bären«, sagt Tom.

»Bären?«

»Genau. Die sind hier oben in der Sierra Nevada ein ernstes Problem. Dringen in Häuser ein und richten echtes Chaos an.«

»Kann ich mir vorstellen.«

Das Zimmer ist klein und spartanisch, genau wie das in dem Haus in San Francisco. Wer auch immer für die Einrichtung zuständig ist, hat kein Geld für Dekoration oder kein Interesse daran. Ich lasse meinen Rucksack aufs Bett fallen und täusche wieder ein Gähnen vor, diesmal mit einem übertriebenen Strecken.

»Also, danke, dass du mich gerettet hast«, sage ich und schiebe Tom auf den Flur hinaus. »Ich mache mal eben ein kurzes Nickerchen.« Und schon habe ich ihm die Tür vor der Nase zugeknallt.

Schnell hole ich das Handy und die Ladestation aus meiner Tasche, während ich mir überlege, dass Mrs. Smith recht hat. Einem Kind traut niemand etwas zu. Sobald das Telefon eingesteckt ist, drücke ich den On-Knopf, aber nichts passiert. Das Telefon ist mausetot. Geduld ist immer noch nicht meine Stärke.

Ich schiebe noch rasch den zweiten violetten Tracker unter die Matratze, bevor ich mich auf dem Bett ausstrecke. Handy und Ladestation kommen in den Hosenbund an meinem Rücken, damit sie außer Sichtweite sind.

Was weiß ich also mit Sicherheit? Dieses Haus und daher auch Bronwyn, Tom, der Lotus-Mann und der geheimnisvolle Mann damals in Mrs. Smiths Büro gehören alle zusammen. Und sehr wahrscheinlich arbeiten sie alle für jemanden, der das Gleiche mit mir vorhat wie Mrs. Smith. Ist das nun Ghost oder einer seiner Konkurrenten? Nun, es spielt eigentlich keine Rolle, denn eines ist sicher: Ihr Plan wird nicht aufgehen. Egal ob Jennifer weiß, dass ich hier bin, oder nicht, sie wird mich nicht retten.

Ich bin auf mich allein gestellt und werde hier in jedem Fall rauskommen.

22

Das Kapitel, in dem die Dinge gut laufen (bis sie es nicht mehr tun).

Ich schlafe eine Weile, und als ich aufwache, merke ich, dass mein Rucksack an einer anderen Stelle liegt. Es ist also jemand reingekommen und hat ihn durchsucht. Aber mein Handy steckt immer noch im Hosenbund und ist jetzt aufgeladen. Ich spähe kurz den Flur hinunter, um sicherzugehen, dass da keiner ist. Aus einem anderen Zimmer kommen leise Stimmen, daher vermute ich, dass die Luft rein ist. Leise schließe ich die Tür und lehne mich mit dem Rücken dagegen. Als ich auf das Radio-Icon tippe, ist da eine perfekte Verbindung und ich sehe Tobys schlafendes Gesicht. Er befindet sich unten in den Katakomben und der Anblick seiner Nase ist aus dieser Perspektive besonders eindrucksvoll.

»Wach auf!«, flüstere ich. Dreitausend Meilen entfernt wird Toby mit einem Ruck wach und reibt sich die Augen. Als er mich sieht, ruft er: »Abby, wo warst du denn?«

Ich dämpfe seine Stimme, indem ich mir das Handy unter den Arm klemme.

»Sei leise!«, zische ich.

»Der Wagen wollte dich in den Headlands aufnehmen«, sagt er. »Wo warst du?«

»Tja, ich bin in das erste Auto gesprungen, das vorbeikam«, zische ich. »Musste mich zwischen Tinker Bell und dem kopflosen Prius entscheiden.«

»Ich habe keine Ahnung, wovon du sprichst«, sagt er. »Und warum hast du dein Handy ausgemacht?«

»Es war leer.«

»Ich hab dir doch gesagt, du sollst drauf achten, dass es aufgeladen ist«, schnaubt er. »Ich dachte, du wärst tot.«

Will er sich jetzt über mich lustig machen? Ich sitze mit zwei Irren in dieser Bergfestung und er macht mir ein schlechtes Gewissen, weil ich mein Handy nicht aufgeladen habe?

»Wenn du mir nicht hilfst, hier rauszukommen, könnte dieser Wunsch noch wahr werden.«

Jetzt ist er sichtlich aufgebracht und schiebt das Kinn vor. »Ich habe nicht gesagt, dass ich mir das wünsche.«

»Hol mich einfach hier raus!«, schreie ich im Flüsterton.

»Einen Moment, ja?«, sagt er. »Ich kann deinen Standort irgendwie nicht definieren. Muss eine Interferenz sein.«

»Deine Technik ist echt Mist.«

»Das will ich jetzt mal überhört haben«, sagt er. »Jedenfalls hat sich der Plan sowieso geändert. Sie kommen dich holen.«

»Sie?« Ich bin mir nicht sicher, ob mir das gefällt.

»Mrs. Smith und Veronica.« Ich hatte recht. Es gefällt mir nicht.

»Toll«, murmle ich.

»Okay«, sagt er. »Deine Anweisung lautet deshalb, rühr dich nicht vom Fleck und warte.«

»Nein.«

»Nein?«

»Jedes Mal wenn ich den Anweisungen folge, passiert irgendwas Schlimmes. Deshalb hilf mir hier raus. Das Risiko mit den Bären gehe ich ein.«

»Die Bären halten Winterschlaf«, meint er. »Ist schließlich Winter. Und die Anweisung lautet: warten.«

»Du klingst wie ein Roboter«, sage ich.

»Tu ich nicht«, sagt er. »Dir gefällt nur nicht, was ich sage.«

Ich will nicht mehr mit ihm reden, weil er ein Blödmann ist, aber ich will in dieser Schneelandschaft auch nicht allein sein, also wechsle ich das Thema. »Hier gibt's ein Dreieck«, sage ich.

»Hä?«

»Erinnerst du dich, dass ich dir erzählt habe, der Lotus-Mann hätte ein Dreieck auf seinem Unterarm? Und dann habt ihr einfach vergessen, mir zu erklären, was das bedeutet. Also, was bedeutet es? Da ist nämlich eines außen am Eingang.«

»Bist du dir da sicher?«

»Ja, da bin ich mir sicher.«

»Das ist schlecht«, meint er grimmig.

»Was bedeutet es?«

»Alle Leute aus Ghosts Team sollen ein Tattoo von einem gleichseitigen Dreieck haben. Die Seiten sind gleich lang, weil alle in seinem Netzwerk aufeinander angewiesen sind. Bis er sauer auf dich wird. Dann ist das Spiel nämlich aus.«

Musste er mir das sagen, während ich im Haus dieses Irren festsitze? Nein, musste er nicht. »Danke dafür«, sage ich.

»Ach, mach dir darüber keine Gedanken«, beeilt Toby sich, mir zu versichern. »Dir passiert nichts.«

»Doch. Wenn sie feststellen, dass Jennifer nicht hier aufkreuzt, um mich zu retten, und ihr Plan total in die Hose gegangen ist, was dann? Glaubst du, sie werden mir einfach ein Taxi rufen und mich nach Hause fahren lassen? Du lebst in einer Fantasiewelt, Toby.«

Bevor er darauf eine Antwort findet, höre ich schwere Schritte auf dem Flur näher kommen.

»Ich muss Schluss machen«, sage ich und mache das Handy schnell aus. Ich kann schließlich nicht riskieren, dass es piept oder brummt. Dieses Telefon ist meine Rettungsleine. Ich schiebe es hinten in den Hosenbund und lasse mich wieder aufs Bett fallen. Dann ziehe ich die Knie an und schließe die Augen. Ganz offensichtlich schlafe ich wie ein Baby.

Behutsam öffnet Tom die Tür und späht herein. »Abby?«

Ich mache ein Auge einen Spaltbreit auf, täusche ein Gähnen vor und rolle mich klein zusammen. Tom setzt sich auf die Bettkante und legt eine Hand auf meine Schulter.

»Abby?«, sagt er noch mal. »Ich dachte, ich hätte dich reden gehört. Brauchst du irgendwas?«

Ich gähne noch mal. »Nee«, sage ich. »Nur mehr Schlaf. Das ist alles.« Das Handy bohrt sich unbequem in meinen Rücken, aber ich wage nicht, es zurechtzurücken.

»Bronwyn hat Spaghetti gemacht«, sagt er, »falls du Hunger hast.«

Um ehrlich zu sein, bin ich am Verhungern. Seit dem Haferbrei heute Morgen habe ich ja nichts mehr gegessen, und um sein Leben zu rennen verbraucht eine Menge Kalorien.

»Hat jemand mit Mrs. Smith gesprochen?«, frage ich so unschuldig wie möglich.

Tom rutscht auf dem Bett herum und nimmt die Hand von meiner Schulter. Sieht er irgendwie verlegen aus? Ich möchte es meinen.

»Ja«, nuschelt er. »Wir sollen einfach hierbleiben und abwarten. Du bist hier in Sicherheit. In dieses Haus kommt so leicht keiner rein.« Oder raus, da bin ich mir sicher.

Ich stehe auf, strecke mich theatralisch und reibe mir die Augen, während wir in die Küche zur Pasta marschieren. Bronwyns Spaghetti enthalten wie ihr Haferbrei jede Menge gesundes, nicht identifizierbares Grünzeug. Ein bisschen seltsam, dass sie mich einerseits in Gefahr bringt und mir andererseits so gesunde Sachen zu essen gibt. Warum kettet sie mich nicht in einer Ecke an und wirft mir alle zwölf Stunden eine trockene Brotrinde hin?

Ich esse die Pasta, weil sie köstlich schmeckt und ich hungrig bin. Außerdem werde ich die Energie für meine Flucht brauchen. Möglicherweise muss ich tagelang über die eisige Tundra wandern. Beim Essen stelle ich eine Menge hoffentlich unauffälliger Fragen über das Haus. Als sie aber anfangen, mich seltsam anzusehen, lasse ich es bleiben und erkundige mich nach dem Wetter.

Das funktioniert besser. Während Bronwyn und Tom sich lang und breit über die Megadürre und extreme Temperaturschwankungen auslassen, nutze ich die Gelegenheit, mir den Raum ganz genau anzusehen. Über der Spüle gibt es ein kleines Fenster, das nicht vergittert ist. Wahrscheinlich weil ein Erwachsener sich da nicht durchquetschen könnte. Ein Kind schon. Ich muss grinsen. Durch dieses Fenster werde ich abhauen. Ich weiß noch nicht, wie oder wann oder was mich auf der anderen Seite erwartet, aber immerhin habe ich jetzt schon mal eine Vorstellung vom ersten Schritt meines Fluchtplans.

Dieser Fortschritt stimmt mich so optimistisch, dass ich mir noch eine große zweite Portion von den Spaghetti mit Grünzeug auffülle. Danach gehen wir ins Wohnzimmer, um fernzusehen, als wäre das hier alles ganz normal. Eine Stunde später schickt

Bronwyn uns ins Bett. Ich liege auf der dünnen Matratze und zwicke mich jedes Mal, wenn meine Augen zuzufallen drohen, selbst in den Oberschenkel. Ich werde nicht einschlafen. Ich werde wach bleiben und auf die Gelegenheit warten, mich durch dieses Fenster davonzumachen.

Meine Oberschenkel brennen schon, als ich Bronwyn endlich schnarchen und Tom im Schlaf vor sich hin murmeln höre. Die beiden sehen bei mir eindeutig keine Fluchtgefahr. Reiner dürfte die Luft nicht werden.

Langsam und vorsichtig setze ich mir meinen Rucksack auf und schleiche auf Zehenspitzen aus dem Zimmer. Die Treppe gehe ich mucksmäuschenstill hinunter, aber bis ich das Küchenfenster erreicht habe, rast mein Herz und meine Handflächen sind feucht. Kann ich das echt durchziehen?

Geräuschlos klettere ich auf die Küchentheke und spähe durch das kleine Fenster. Der Vollmond wirft lange Schatten. Das Haus ist an den Hang gebaut, deshalb befinde ich mich, obwohl ich im Erdgeschoss bin, mehrere Meter über dem Boden. Springen kann ich also nicht. Denn eine Flucht lässt sich nicht als Erfolg bezeichnen, wenn sie mit einem Haufen gebrochener Knochen direkt vor dem Haus endet.

Links vom Fenster, vielleicht eineinhalb Meter entfernt, befindet sich eine große erhöhte Terrasse. Ein paar Liegestühle und ein Grill stehen schneebedeckt darauf. Wenn sie im Sommer gerade nicht damit beschäftigt ist, unschuldige Menschen zu entführen, macht es sich die falsche Bronwyn vielleicht gern dort gemütlich, um die schöne Aussicht zu genießen. Egal. Jedenfalls schaffe ich es vom Fenster aus nicht auf die Terrasse.

Doch bevor mich die totale Verzweiflung packt, bemerke ich eine lange Dachrinne, die vom Dach bis zum Boden reicht. Sie befindet sich zwischen dem kleinen Fenster und der Terrasse. Wenn ich diese Rinne zu fassen kriege, bin ich nah genug, um mit Schwung auf die Terrasse zu springen. Dann hätte ich es geschafft. Außer die Dachrinne reißt vom Haus ab oder ich falle direkt runter oder die falsche Bronwyn ertappt mich, was unterm Strich auf das Gleiche rauskommt wie ein Haufen gebrochener Knochen.

Das Fenster aufzumachen kostet mich einige Mühe, und bei jedem Kratzen von Metall auf Metall zucke ich zusammen, weil ich mir sicher bin, gleich bei meinem lahmen Fluchtversuch erwischt zu werden. Endlich springt das Fenster ganz auf. Ich strecke einen Arm hinaus und schleudere den Rucksack auf die Terrasse. Er landet mit einem dumpfen Knall. Wenn ich bloß auch so viel Glück habe.

Schnell versuche ich noch, mich selbst aufzumuntern. *Du kannst das echt schaffen, Abby! Es ist an der Zeit, aus Ghosts Haus zu verschwinden! Kleinigkeit! Jennifer könnte das mit geschlossenen Augen und auf dem Rücken gefesselten Händen! Oder zumindest scheinen alle anderen ihr so was zuzutrauen. Los, los, los!*

Ich brauche trotzdem eine ganze Minute, um tatsächlich rauszuklettern. Im McKinsey House konnte ich mich wenigstens an meine Betttücher klammern. Das hier fühlt sich eher nach Freestyle-Klettern an. Mein Herz hämmert so laut, dass ich mir Sorgen mache, die beiden damit aufzuwecken. Nacheinander strecke ich meine Beine nach draußen und klammere mich mit aller Kraft am Fensterrahmen fest, während ich als Nächstes meinen Rumpf hinausschiebe, bis mich nur noch meine Ellbogen halten.

Gefährlich schwankend strecke ich das rechte Bein aus und versuche, damit die Regenrinne zu erreichen. Daneben. Meine Arme beginnen zu schmerzen, und trotz der eisigen Temperaturen und meiner klappernden Zähne bricht mir der kalte Schweiß aus. Es war wohl doch eine schlechte Idee, aber mich durchs Fenster wieder reinzuziehen, kommt jetzt auch nicht mehr infrage. Ich strample heftiger mit dem Bein. Diesmal schaffe ich es bis an die Dachrinne. Nur gibt die ein lautes *Klonk* von sich, sodass ich erstarre und auf Schritte im Haus lausche. Alles bleibt still. Damit ich mich wie ein Koalabär an die Rinne klammern kann, muss ich mich mit den Fingern ans Fensterbrett hängen und mit Schwung nach der Rinne schnappen. Sollte ich danebengreifen … *Platsch*.

Alles passiert in Zeitlupe. Ich lasse das Fensterbrett los und ziehe mich mit dem Bein rüber. Verzweifelt umklammere ich die Regenrinne mit beiden Armen, so fest ich kann. Es dauert eine Sekunde, bis mir klar wird, dass alles okay ist. Ich rutsche oder falle nicht. Klammere mich nur fest. Und bin schon auf halbem Weg zur Terrasse!

Ich strecke meinen Arm nach dem eisigen Terrassengeländer aus. Zu meinem nächsten Einsatz sollte ich Handschuhe mitnehmen. *Denk nicht an die Kälte, halt dich nur fest.* Einen Moment lang hänge ich so da. Dann schiebe ich mich zentimeterweise hoch, bis ich mich durch das Geländer zwängen kann und sicher auf festem Untergrund lande.

Ich rolle mich im Schnee ab, schnappe mir meinen Rucksack und suche nach den Stufen, die von der Terrasse herunterführen. Nur gibt es leider keine. Ich habe es zwar aus dem Haus geschafft, aber jetzt sitze ich auf dieser blöden Terrasse fest. Als ich mich über das Geländer beuge, erkenne ich mehrere dicke Säulen, auf denen die Konstruktion ruht. Der einzige Weg von hier runter führt über eine dieser Säulen.

Schnell stopfe ich mir den Inhalt meines Rucksacks in die

Jackentasche und mache die Reißverschlüsse am Rucksack ganz auf. Dann klettere ich über die Brüstung und lege erst den Rucksack um den oberen Teil einer Säule, dann meine Arme und Beine. So kann ich daran runterrutschen, ohne mir jede Menge Splitter einzuziehen. Meine Arme schmerzen zwar, aber ich umarme die Säule, als wären wir beste Freundinnen. So erreiche ich langsam den Boden.

Als ich schließlich im Schnee lande, möchte ich am liebsten einen Freudenschrei ausstoßen. Rasch umrunde ich das Haus in Richtung Straße. Kurz bevor ich die erreicht habe, höre ich eine Stimme. »Abby? Was machst du denn da draußen?«

Jetzt habe ich ein Problem.

23

Das Kapitel, in dem ich bei Mondschein baden gehe.

Spazieren gehen. Frische Luft schnappen. Mir die Beine vertreten. Schlafwandeln. Den Mond anheulen. Abhauen? An Ende bleibe ich einfach stumm. Es ist doch alles so gut gelaufen! Warum muss Tom plötzlich hier draußen aufkreuzen?

»Äh«, presse ich irgendwann doch hervor. »Ich dachte, ich, äh, schnappe ein bisschen Luft.«

»Ich hab dir doch von den Bären erzählt«, meint er, als sein Blick auf meinen Rucksack fällt. Vor einer Minute wirkte er noch verschlafen. Jetzt nicht mehr. Er macht einen Schritt auf mich zu. Ich weiche einen zurück. Er ist barfuß und fängt an, auf dem eisigen Boden von einem Fuß auf den anderen zu hüpfen.

Deshalb traue ich mir zu, wegzulaufen.

»Abby?«, sagt er.

Jetzt oder nie. Ich drehe mich um, sprinte los, klettere über eine Schneewand und lasse mich auf der anderen Seite ins Unterholz fallen. Kaum bin ich wieder auf den Beinen, arbeite ich mich tiefer zwischen die Bäume, aber ich komme nur langsam voran.

Der tiefe Schnee ist in Tennisschuhen und Jeans eine Herausforderung.

»Suzie!«, höre ich Tom schreien. »Sie haut ab!«

Ich erreiche eine weitere Schneemauer, die ich auch raufklettere. Auf der anderen Seite purzle ich auf eine leere schmale Straße. Im Mondschein werfe ich einen unheimlichen langen Schatten. Auf der Straße kann ich zwar leichter laufen, aber es ist auch rutschiger. Zweimal stürze ich heftig. Meine Knie brennen vor Schmerz.

Ein kleines Stück die Straße runter erspähe ich ein Gestell, auf dem wohl den Winter über Kanus und Kajaks liegen. Dahinter erstreckt sich ein zugefrorener See. Erst nachdem ich mich perfekt zwischen den überwinternden Booten versteckt habe, wird mir klar, dass meine Spur im frischen Schnee wie ein riesiges Neonschild wirken muss, das verkündet: *Hier bin ich. Kommt und schnappt mich!*

Also wird es jetzt vielleicht doch keine Eins mit Sternchen in *Barfüßige Flucht übers Eis*? Bevor ich mir was anderes einfallen lassen oder Toby anrufen und um Rat fragen kann, kommen Suzie (wenigstens weiß ich das jetzt definitiv) und Tom die Straße runter in meine Richtung gerannt.

»Warum hast du sie nicht festgehalten?«, schnauzt Suzie Tom an.

»Ich war barfuß!«

»Na und? Ich bezahle dich nicht dafür, dass du dich wegen deiner Füße anstellst.«

»Wir haben Minusgrade!«

»Mir doch egal. Ich muss das dem Boss melden. Und er wird nicht erfreut sein.«

Ich mache mich ganz klein, versuche nicht zu atmen und

schließe sogar die Augen, damit sie im Schein ihrer Taschenlampe nicht reflektieren. Und dann laufen sie an mir vorbei! Sie übersehen tatsächlich meine Fußspuren und rennen weiter die Straße runter. Was hab ich doch für ein Glück! Riesenglück! Ich meine, natürlich nur, wenn man mal das Riesenpech außer Acht lässt, dass ich überhaupt hier gelandet bin. Eine Welle aus Freude und Erleichterung erfasst mich, bis ich direkt hinter mir den Schnee knirschen hören.

»Hast du wirklich gedacht, du könntest weglaufen?«, knurrt Suzie.

Ich bleibe geduckt in meinem Versteck. Sie kommt noch näher.

»Du hast Fußspuren hinterlassen«, sagt sie. »Deine Mutter wäre echt stolz auf dich.«

Ich mag diese Suzie kein bisschen. Deshalb schießt jetzt auch mein Bein nach vorn und verhakt sich hinter ihren Knöcheln. Ich stütze mich aus Gleichgewichtsgründen mit den Armen im Schnee ab und ziehe mein Bein ruckartig wieder zu mir. Sie fliegt nach hinten. Schließlich habe ich die Schlange im Gras nicht umsonst viertausend Mal geübt. Suzie landet mit einem dumpfen Knall und schnappt hörbar nach Luft.

»Jetzt bist du tot«, stöhnt sie.

Ich habe zehn Sekunden Vorsprung, um Richtung See zu rennen, bevor Suzie wieder auf den Beinen ist und mich jagt wie ein Stier, den eine Biene gestochen hat. In kürzester Zeit hat sie den Abstand zwischen uns überwunden.

»Gib einfach auf«, keucht sie direkt hinter mir. »Das da gerade war ziemlich gut, aber wahrscheinlich ist es auch schon alles, was du draufhast, oder? Und wohin willst du überhaupt?«

Keine Ahnung, aber ich weiß, dass ich nicht stehen bleibe, bis sie mich kriegen oder ich zusammenbreche. Ich beschleunige noch mal und die eisige Luft brennt in meinen Lungen. Plötzlich knackt es laut unter mir und die Welt bewegt sich heftig.

Bevor ich realisiere, dass wir uns auf dünnem Eis befinden, reicht mir das Wasser schon bis zu den Knöcheln. Eine Sekunde später kippt die Scholle und sorgt dafür, dass wir beide ins eisige Wasser plumpsen.

Ich schnappe nach Luft, während das Wasser meine Kleider durchdringt. Es ist so kalt, dass meine Arme und Beine anfangen, wie wild zu kribbeln. Meine Jacke wirkt wie ein Anker und zieht mich runter. Ich schlüpfe schnell heraus. An der anderen Seite des Lochs sieht das Eis dicker aus. Vielleicht trägt es mich, falls es mir gelingt, rüberzuschwimmen und mich hochzuziehen.

Aber Suzie hat andere Pläne. Sie packt mich von hinten, bohrt ihre Finger in meine Oberarme und drückt mich abwärts.

»Ich kann nicht schwimmen, kann nicht schwimmen«, schreit sie. Ich reiße mich los und drehe mich um, sodass ich in ihre panischen Augen sehen kann. Echt? Wie kann man denn nicht schwimmen können?

»Hilf mir«, stöhnt sie und sinkt unter die Wasseroberfläche.

Jetzt kriege *ich* Panik. Klar, sie ist eine von den Bösen, aber ich kann sie doch nicht ertrinken lassen, oder? Wäre ich dann nicht genauso fies wie die? Ich packe sie am Kragen und paddele wie wild mit einer Hand auf das dickere Eis zu. Inzwischen spüre ich schon nichts mehr und meine Zähne klappern unkontrolliert. Außerdem habe ich keine Ahnung, wie ich uns beide hier rauskriegen soll. Ich schüttele Suzie kräftig.

»Hey! Aufwachen!« Ich habe keine Ahnung, ob es die Angst ist oder sie zu viel Wasser geschluckt hat, aber Suzie rührt sich nicht. Das grenzt meine Möglichkeiten beträchtlich ein. Da lenkt mich ein helles Licht von meinen Bemühungen ab, nicht zu ertrinken. Tom.

»Du hättest nicht weglaufen sollen«, sagt er. Liegt es am Wasser in meinen Ohren oder klingt seine Stimme auf einmal viel tiefer? »Es wirft ein schlechtes Licht auf mich.«

»An deine Gefühle habe ich dabei ehrlich gesagt nicht gedacht«, japse ich.

»Nein«, sagt er ernsthaft, »das hast du nicht.«

Das ist hier eine wichtige Lektion, und auch wenn ich hier gleich erfriere, denke ich darüber nach. Man soll nicht nach dem Äußeren gehen. Tom ist süß und hat schöne Augen und ein tolles Lächeln, aber das macht noch lange keinen guten Menschen aus ihm.

»Willst du einfach nur da rumstehen oder was?«, frage ich. Mir wird langsam schwummerig und der Vollmond beginnt zu verschwimmen. Suzie rutscht mir jeden Moment aus der Hand. »Deine Freundin hier steckt in Schwierigkeiten.« Also, eigentlich wir beide, aber ich bin wenigstens noch bei Bewusstsein. Noch.

»Ich weiß noch nicht, was ich tun werde«, sagt Tom.

»Das wird denen bestimmt nicht gefallen, wenn du Suzie ertrinken lässt«, sage ich und beiße mir dabei fast die Zunge ab. Tom zuckt mit den Achseln. Suzie rutscht. Meine Finger sind blau. Noch eine Minute und ich bin geliefert.

»Sie wird allen erzählen, dass ich es verbockt habe«, sagt er.

»Nein«, gurgele ich. »Sie wird dir ihr Leben verdanken. Dann bist du ein Held.« Mein Sichtfeld verengt sich zu einem Tunnel.

Tom runzelt die Stirn. »Ein Held.«

Auf einmal wird Suzie wieder wach. »Tom«, keucht sie. »Hol. Mich. Raus. Lass. Das. Mädchen. Drin.«

Moment mal! Ich habe dir gerade das Leben gerettet! Dabei mag ich dich noch nicht mal!

Wortlos bückt Tom sich und packt Suzie am Kragen, als wäre sie ein Katzenbaby. Aber während er sie rausziehen will, greife ich nach seinem Ärmel und zerre ihn ins Wasser. Er jault vor Staunen laut auf. Strampelnd benutze ich seinen Körper als Hebel und katapultiere mich auf das Eis. Wie ein Fisch platsche ich auf den Rand und rolle mich aus Toms Reichweite. *Das Mädchen drinlassen? Ich glaube nicht.*

»Ich kann nicht glauben, dass ich dich gemocht habe!«, schreit Tom und klammert sich panisch an die Eiskante. »Ich kann nicht glauben, dass ich dich für hübsch gehalten habe!«

Klar, Tom ist schrecklich und ein Lügner und Verräter, ein rundherum furchtbarer Mensch. Aber trotzdem erzeugt sein Kompliment eine warme Stelle in meinem Bauch. Im Moment ist es die einzige nicht tiefgefrorene Stelle meines Körpers. Gebückt stolpere und schlittere ich ans Ufer. Meine Wimpern gefrieren. Mein Gesicht brennt. Vor mir peitschen Lichter durch die Dunkelheit wie bei einer Lasershow in Las Vegas. Beim Näherkommen sehe ich Folgendes:

Veronica, die gerade Rip Curl durchprügelt. Was macht der denn hier? Warum kann nicht mal jemand Nettes aufkreuzen? Ich bleibe lange genug stehen, um sicherzugehen, dass Veronica ihre Sache ziemlich gut macht. Er mag zwar ein Ass beim Cross Fit sein, aber im richtigen Leben kommt man damit offenbar nicht weit. Als Veronica sieht, dass ich auf sie zuwanke, schreit sie: »Pass auf, Abby!«

Aus der Dunkelheit springt mich ein triefend nasser Tom an. Als nasskaltes Knäuel stürzen wir in den Schnee.

»Die Krähe, Abby, die Krähe!« Die Krähe? Was schreit sie da?

Ach richtig, den Trick, den sie mir gezeigt hat und bei dem man seinem Gegner den spitzen Ellbogen in die Augen rammt. Wie eine Krähe, die nach ihrem Abendessen pickt. »Jetzt!«

Ich bin froh, dass sie sich gegen Rip Curl verteidigen und gleichzeitig meine Leistung kritisieren kann. Tom presst mich mit beiden Armen rücklings gegen den Boden und grinst dazu wie ein Irrer. Ich ramme ihm dafür mein Knie in den unteren Rücken. Von meiner Hose platzt Eis ab.

»Au!«, blökt Tom.

In dem Sekundenbruchteil, den er abgelenkt ist, stoße ich ihn von mir runter und mache die Krähe. Er heult vor Schmerz auf und ich rase in Richtung Bootsregal. Rip Curl hat Veronica gerade mit dem Rücken gegen die Holzwand gepresst. Sein Unterarm liegt über ihrem Hals. Ihre Füße schweben eine Handbreit über dem Schnee. Dazu lamentiert er, dass er jetzt bis an sein Lebensende die Schnauze von Mädchen voll hat. Veronica zappelt.

Ich greife ins erstbeste Kanu und kriege ein Paddel aus Holz zu fassen. Jennifer sagt immer, ein Mädchen muss bestimmte Dinge können – einen Baseball schlagen, ein Auto mit Gangschaltung fahren und sich von einer Klippe abseilen. Ich hole blitzschnell mit dem Paddel aus und schon sackt Rip Curl zusammen.

Veronica schnappt nach Luft und reibt sich die Kehle. Tom kommt schwankend auf die Beine und reibt sich immer noch die Augen. Ich verpasse auch ihm einen schnellen Schlag mit dem Paddel, nur für alle Fälle.

»Okay, Abby«, sagt Veronica. »Jetzt hör auf, Leute zu schlagen. Leg das Ding weg.«

Aber ich will mein Paddel nicht weglegen. Ich kann es nicht

weglegen. Plötzlich ist mir ein bisschen schwindelig und albern zumute.

»Das ist das Adrenalin«, meint Veronica sanft, nimmt mir das Paddel aus den Händen und wirft es weg. »Du bist jetzt in Sicherheit. Alles ist okay. Entspann dich.«

»Mich entspannen?«, kiekse ich. »Ich glaube nicht, dass ich das schaffe.«

»Gute Arbeit«, sagt sie, nimmt mich bei der Hand und führt mich zurück auf die Straße.

»Ich habe die Schlange im Gras und die Krähe gemacht«, plappere ich. »Und das mit dem Paddel habe ich mir gerade selbst ausgedacht.«

Über Veronicas Hals läuft eine rote Linie. Ich fange an zu weinen.

»Schon gut, Abby. Das ist eine normale Reaktion. Es ist zum Fürchten, aber jetzt bist du in Sicherheit.«

Ich weiß nicht mal, warum ich weine. Total nervös schießen meine Augen hierhin und dorthin, sehen Gefahr in den Schatten lauern, obwohl da nur Bäume sind. In dem Moment, als ich mich selbst verteidigt habe, hat es sich *gut* angefühlt. Ich war stark und fähig und kein bisschen mehr das dumme kleine Mädchen, von dem ich manchmal meine, die Welt würde es in mir sehen. Aber ich habe diese Menschen verletzt. Klar, sie waren drauf und dran, mir Schaden zuzufügen, aber trotzdem – ich habe sie verletzt. Und ich bin mir nicht sicher, ob sich das, unter welchen Umständen auch immer, gut anfühlen sollte.

Aus dem Schatten taucht ein weißer Geländewagen auf. Seine Lichter strahlen warm und einladend. Veronica legt ihre Hände auf meine Schultern. »Du hast dich heute Nacht ganz gut geschlagen«, sagt sie, »wenn man über all die Sachen hinwegsieht, die du verbockt hast.« Das ist so was Ähnliches wie ein Kompliment. Davon wird mir wieder ganz warm im Bauch. Spontan umarme ich sie, doch sie wird steif wie ein Brett.

»Was machst du da?«, fragt sie aufgebracht.

»Nichts«, sage ich und weiche einen Schritt zurück. »Sorry.«

»Mach das nicht noch mal. Spioninnen umarmen sich nicht.«

»Spioninnen umarmen sich nicht«, wiederhole ich.

»Und ich hätte vorhin deine Hilfe nicht gebraucht«, schnaubt sie. »Nur damit das klar ist, ich hatte die Sache total unter Kontrolle.«

O mein Gott, ich bin eine echte Spionin *und* habe Veronica das Leben gerettet, auch wenn sie behauptet, ich hätte es nicht getan! Ich kann gerade noch verhindern, dass ich sie spontan gleich noch mal umarme. Sie starrt mich an.

»Was denn?«, frage ich.

»Du bist so *typisch* Lower Middle.« Aber gleichzeitig sehe ich sie zum vielleicht ersten Mal lächeln. Da grinsen wir uns also an und stehen kurz davor, diesen Mädchenfreundschafts-Moment des Jahrhunderts zu erleben, falls ich nicht vorher erfriere. Doch da schwingt die Beifahrertür des weißen Geländewagens auf und Mrs. Smith steigt aus.

24

Das Kapitel, in dem Mrs. Smith dafür sorgt, dass ich mich mies fühle. Wieder mal.

»Ladys«, sagt Mrs. Smith. »Abigail droht Unterkühlung. Ich schlage deshalb vor, dass ihr in den Wagen steigt.«

Der Fahrer ist ein breitschultriger Mann in schwarzem Anzug und mit dunkler Sonnenbrille, obwohl es mitten in der Nacht ist. Er nimmt uns überhaupt nicht zur Kenntnis, als wir einsteigen. Meine Mitfahrer wenden die Blicke ab, als ich mich in trockene Klamotten zwänge und danach in einen riesigen Daunenanorak kuschle, während wir in beunruhigendem Tempo über die vereiste Straße rasen. Geduldig warte ich darauf, dass Mrs. Smith mir dazu gratuliert, ihre Erwartungen an eine Schülerin der Lower Middle übertroffen zu haben, aber sie sagt nichts.

Wir fahren schweigend etwa zehn Minuten lang, bevor wir bei einer einzelnen Landebahn im gefühlten Nirgendwo ankommen. Eine kleine Propellermaschine steht schon mit kreisenden Rotoren auf dem Asphalt. Der Geländewagen fährt uns direkt bis zum Flugzeug, als wären wir Angehörige einer Königsfamilie oder der Präsident oder, was weiß ich, im Fernsehen.

Mrs. Smith bedankt sich beim Fahrer und wir steigen alle aus. Die Maschine ist auch innen winzig, eine Coladose mit Flügeln. Auf dem Weg zu den viel größeren Rollfeldern von San Francisco International wackelt und schwankt es die ganze Zeit über. Dort steigen wir in einen Privatjet. Einen Privatjet! Wer sind diese Leute eigentlich? Aber seit wir in der Sierra Nevada in den Geländewagen gestiegen sind, hat keiner mehr ein Wort gesagt, also frage ich auch nichts. Erst nachdem wir es uns in den Ledersitzen gemütlich gemacht haben, ergreift Mrs. Smith das Wort.

»Ich muss genau wissen, was passiert ist, Abigail«, sagt sie. »Jede Einzelheit. Lass nichts weg.«

»Aber wer waren diese Leute?«, platzt es aus mir heraus. »Ich glaube, die arbeiten für den Lotus-Mann, aber wie hat Rip Curl mich überhaupt gefunden und für wen arbeitet der eigentlich und –«

»Das braucht dich nicht zu kümmern«, unterbricht sie mich.

»Aber –«

»Denk daran, dass du immer nur erfährst, was du wissen musst. Das geschieht zu deinem eigenen Schutz.«

»Mein Schutz ist mir schnurzegal!« Das sage ich deutlich lauter, als ich es eigentlich vorhatte.

Daraufhin sieht Mrs. Smith mich so mitleidig an, als sei ich tragischerweise auf dem völlig falschen Dampfer.

»Oh«, sagt sie sanft, »aber uns ist es nicht egal. Ganz und gar nicht. Und jetzt berichte mir über die letzten vierundzwanzig Stunden. Im Detail.«

Warum nur nehme ich ihr diese Sorge um mein Wohlergehen nicht so ganz ab? Wir starren einander an, bis ich begreife, dass wir noch ewig so weitermachen könnten und sie mir trotzdem nichts erzählen würde. Ich wende den Blick ab und lege los. Angefangen am Flughafen mit der falschen Bronwyn, an der alles richtig war, bis auf die Verzögerung beim Codewort. »Woher konnte sie das alles wissen?«, muss ich einfach fragen. »Gibt es im inneren Kreis so was wie einen Maulwurf, einen Verräter oder so?«

Mrs. Smith runzelt die Stirn. Sie will mich wohl gerade wieder daran erinnern, dass ich diese Information nicht *brauche* und alles, was ich erfahren würde, meine Sicherheit gefährden könnte, aber ich komme ihr zuvor.

»Egal«, sage ich rasch und fahre mit der Geschichte fort. Ich hake Tom und Rip Curl ab, das selbst fahrende Auto, den verschneiten Unterschlupf, das Dreieck, die Flucht durchs Fenster, wie ich weggerannt und schließlich im See gelandet bin.

Mrs. Smith wirkt nicht beeindruckt. Sie gratuliert mir nicht, sondern nickt nur.

»Ich habe keine Zeit, zu kommen und dich zu retten«, sagt sie. »Ich wünschte nur, du hättest dich an die Anweisungen gehalten.« Ihr Blick wandert zu ihrem Handy.

»Aber –«, protestiere ich.

»Jetzt solltest du dich ausruhen«, schneidet sie mir das Wort ab.

»Warum ist Jennifer nicht aufgetaucht, wie es gedacht war? Warum hat sie mich nicht gerettet? Sie haben doch gesagt, das würde passieren!«

Mrs. Smiths Augen richten sich blitzschnell wieder auf mich. »Da habe ich mich wohl geirrt«, sagt sie. »Und jetzt habe ich zu tun.« Sie setzt ihre Lesebrille auf.

Gerade bin ich im Grundkurs Spionage durchgefallen. Dabei ist das so unfair! Ich habe alles getan, was ich sollte! Sie ist diejenige, die Mist gebaut hat. Heiße Tränen steigen mir in die Augen. Ich nestle meinen Sicherheitsgurt auf und stürme auf die Toilette im Heck des Flugzeugs. Zu weinen ist das eine. Aber vor Mrs. Smith zu weinen ist noch mal eine ganz andere Nummer.

Ich sitze auf dem geschlossenen Toilettendeckel und rufe Toby an, weil ich mit niemand sonst über das hier reden kann. Er erscheint in dem kleinen Display und lächelt mich an. Da breche ich erst richtig in Tränen aus.

»Oh, hey, Moment mal«, sagt er. »Ist alles okay?«

»Nein«, schniefe ich. »Ich meine, doch, aber mit mir nicht, verstehst du?«

»Klar«, sagt er leise. »Verstehe ich.«

»Mrs. Smith hasst mich«, flüstere ich. »Ich hätte einfach nur da rumhängen sollen und hab nicht mal das hingekriegt. Und wo war meine Mutter? Warum ist sie nicht gekommen?«

Es entsteht eine Pause, weil Toby sich gerade eine Handvoll Chips in den Mund schiebt. Er befindet sich in seinem Wohnheimzimmer, am Schreibtisch, und hat die Füße aufs Bett gelegt. Jetzt nimmt er auch noch einen Schluck Cola. »Ich glaube, die Information von Mrs. Smith, dass Jennifer in Kalifornien sein sollte, war falsch.«

»Hat sie das gesagt?«

»Nein«, sagt Toby. »Ich hab's nur mitgehört. Manchmal vergessen die, dass ich im Raum bin. Kannst du bitte aufhören zu weinen?«

»Okay«, schluchze ich, während noch mehr Tränen fließen.

»Mrs. Smith ist sofort in den Flieger gestiegen, als ihr klar wurde, was passierte. Nichts davon ist deine Schuld.«

Nett, dass er das sagt, aber es ändert nichts daran, wie ich mich fühle, nämlich erstaunlich schlecht. Sachen zu vermasseln, das kenne ich ja. Das hab ich andauernd gemacht, bevor ich an der Smith landete. Aber das hier fühlt sich anders an. Ich *wollte* es gut machen. Ich wollte ihnen zeigen, dass ich es hinkriege, wenn's drauf ankommt. Aber das habe ich nicht.

»Du hast nichts falsch gemacht«, sagt Toby.

»Ich hätte wissen müssen, dass Bronwyn Suzie war«, sage ich.

»Woher?«

»Keine Ahnung. Jennifer hätte es gewusst.«

»Tu dir das nicht an, Abby.«

Zu spät. »Das Gute ist«, schniefe ich, »dass dein Handy auch noch funktioniert, nachdem es in eiskaltem Wasser war.«

»Echt? Hast du's ins Waschbecken fallen lassen?«

»Nicht ganz. Die Einzelheiten erzähle ich dir, wenn ich wieder da bin.«

»Ich kann's kaum erwarten«, sagt er lächelnd.

»Danke«, sage ich. Und meine es auch so.

25

Das Kapitel, in dem Toby mich beschimpft.

Am nächsten Abend sitze ich mit meiner Truppe im Anbau bei Fritten mit Käse, als wäre nichts passiert. Außer dass Toby nett zu mir ist. Während ich mir eine Geschichte über die Hochzeit in San Francisco zusammenfantasiere, stellt Toby hilfreiche Fragen und ergänzt Einzelheiten, die ich ausgelassen habe. Aber die Mädels sind nicht blöd. Izumi schaut von Toby zu mir und wieder zurück.

»Was ist eigentlich los?«, fragt sie unvermittelt. »Oder will ich das vielleicht lieber nicht wissen?«

»Wie meinst du das?«, frage ich.

»Ach, komm«, sagt Izumi. »Echt jetzt?«

»Echt jetzt«, sage ich. »Was ist denn?«

»Ihr beiden seid so nett zueinander«, sagt Charlotte. »Das ist seltsam.«

»Genau«, sagt Quinn. Er muss sich einfach immer auf Charlottes Seite schlagen. »Genau, warum bist du auf einmal so nett zu ihr? Dabei hast du sie doch, keine Ahnung, letzte Woche, glaube ich, noch eine nervige Töle genannt.«

»Eine nervige Töle?«, frage ich.

»Er hat so was gesagt, wie, du wärst schlimmer als diese kläffenden Köter. Wie heißen die noch mal? Chihuahua? Genau. Das war's. Er hat dich einen nervigen Chihuahua genannt. Weil du dich immer in seine Angelegenheiten einmischst, verstehst du?«

Toby boxt ihm auf den Arm. »Halt die Klappe, Mann.«

»Was denn? Du hast das doch gesagt.«

»Mein Gott, du bist echt ein Idiot. Abby, das habe ich nicht so gemeint.«

»O doch«, sage ich und stehe auf. Ich wundere mich selbst darüber, wie sehr es mich kränkt. »Ich glaube, mir reicht's erst mal.«

Charlotte quetscht sich an Quinn vorbei. »*Du* bist ein Idiot«, erklärt sie ihm. »Und du auch, Toby.«

»Und was für einer«, legt Izumi nach. »Aber wundert uns das? Nicht wirklich.«

Wir stürmen zu dritt aus dem Anbau, ohne uns noch mal umzudrehen. Die Abendluft ist beißend kalt, sodass wir eilig zum McKinsey House zurückkehren.

»Lass dich von denen nicht ärgern«, sagt Charlotte.

»Tu ich nicht«, sage ich. »Das macht mir nichts aus.«

»Tut es doch«, sagt Izumi. »Aber wen interessiert schon, was die denken, oder?«

»Genau«, stimme ich ihr zu.

Damit bringt sie mich auf eine wichtige Idee. Ich bin immer noch ich selbst, egal was Toby, Mrs. Smith oder Veronica von mir denken. In den eisigen Bergen oder auf der Flucht vor Rip Curl hätte ich oft aufgeben können, aber das habe ich nicht getan. Ich habe durchgehalten, obwohl ich Angst hatte. Insofern bin ich wie Jennifer. Ich schmeiße nicht hin. Und jeder weiß, dass Jennifer die Beste von allen war.

Also war ich vielleicht nicht so erfolgreich, wie man es von mir erwartet hat, aber ich bin immerhin noch da. Ich bin am Leben, heil und gesund, und ich konnte fliehen. Plötzlich bin ich richtig stolz auf mich – ein absolut ungewohntes Gefühl. Deshalb mache ich auch ein paar Tanzschritte und stoße dabei Charlotte fast um.

»Was ist denn mit dir los?«, fragt sie.

»Nichts«, antworte ich grinsend. »Wen interessiert schon, was die denken?«

»Jawohl!«, jubelt Izumi und reckt eine Faust in die Höhe. »Moment mal – das hab ich doch gerade schon gesagt.«

»Ich weiß! Und du hast vollkommen recht!«

Izumi mustert mich misstrauisch. »Ich glaube, du hast noch einen Jetlag.«

»Vielleicht«, sage ich. »Hey, ich muss noch ganz schnell zu Mrs. Smith.«

»Jetzt?«

»Ja. Ich hätte schon früher hingehen sollen, hab es aber irgendwie vergessen.«

»Okay«, meint Charlotte, »Dann sehen wir uns nachher im Wohnheim.«

Ich laufe zielstrebig in Richtung von Mrs. Smiths Büro. Als ich schon um die letzte Ecke biege, bleibe ich abrupt stehen. Mrs. Smith hat um meinen Besuch gebeten und will mir wahrscheinlich mitteilen, was als Nächstes passiert. Aber ich habe genug davon, den Köder zu spielen. Falls Mrs. Smith meine Hilfe will, muss sie mir dafür auch etwas geben.

Und zwar will ich eine Superspionin werden. So wie meine Mutter.

26

Das Kapitel, in dem ich gefeuert werde.

Durch die angelehnte Tür des Büros höre ich Mrs. Smith telefonieren. Das kommt mir alles irgendwie vertraut vor, nur werde ich diesmal nicht in Ohnmacht fallen.

»Ich hatte jedes Recht dazu!«, schnauzt Mrs. Smith in den Hörer und haut dazu mit der Faust auf den Tisch. »Schon vergessen, dass *Ihre* Falschinformation uns diese Aktion Kalifornien überhaupt erst eingebrockt hat? Sie haben mir doch weisgemacht, Jennifer wäre dort. War sie aber nicht! Das riecht mir doch sehr nach einem abgekarteten Spiel. Wir hatten einen Vorfall mit einem Kitesurfer, verdammt noch mal!«

Dann entsteht eine Pause und wer auch immer am anderen Ende der Leitung sein mag, gibt Mrs. Smith anscheinend was auf die Ohren. Denn sie streckt das Telefon einen halben Meter von ihrem Ohr weg und schneidet dazu Grimassen. Das passt eigentlich gar nicht zu ihr. Ich muss mir das Kichern verkneifen. Ich soll ja hier sein. Sie hat mich herbestellt. Trotzdem habe ich ein schlechtes Gewissen, weil ich so vor ihrer Tür stehe. Auf der anderen Seite kommt Toby durch diese Art von Unsichtbarkeit an die besten Infos.

»Ja, natürlich Plan B«, sagt Mrs. Smith jetzt leise ins Telefon. »Nein, das Mädchen ist nicht Teil dieses Plans. Ja, das ist ein Versprechen. Hören Sie, wir müssen einfach nur wie Jennifer denken, tun, was sie tun würde, dann werden wir sie und den Beweis finden.«

Wieder eine Pause. Ich könnte schwören, Rauch aus Mrs. Smiths Ohren quellen zu sehen. Sie ist kurz davor, die Fassung zu verlieren, was ich noch nie gesehen habe und bisher auch nicht für möglich gehalten hätte.

»Ich *verstehe*, dass niemand wie Jennifer denkt und sie deshalb die Beste ist«, schnauzt sie. »Denken Sie, das weiß ich nicht? Gütiger Gott, ich versuche schon mein ganzes Leben lang, diese Frau zu kapieren!«

Ich entschließe mich, in diesem Moment die Bürotür so geräuschvoll wie möglich aufzustoßen. Vor fünf Sekunden war ich mir noch so sicher, was ich verlangen würde. Jetzt nicht mehr.

»Ich muss Schluss machen«, sagt Mrs. Smith rasch, als sie mich sieht. Dann knallt sie den Hörer auf, ohne sich auch nur zu verabschieden. Anschließend zieht sie ihre Kostümjacke glatt, ordnet ein paar Stifte auf ihrem Schreibtisch und schenkt mir ein wenig überzeugendes Lächeln.

»Abigail«, sagt sie. »Komm herein.«

»Sie wollten mich sprechen?«

»Setz dich bitte.« Sie zeigt auf einen Sessel vor ihrem Schreibtisch. Ich setze mich und gebe mir Mühe, nicht herumzuzappeln. Das ist gar nicht so leicht.

»Hören Sie«, beginne ich, »ich weiß, dass es in Kalifornien nicht perfekt gelaufen ist, aber ich denke, ich habe mich ganz gut geschlagen, weil ich immerhin nicht ertrunken bin, es aus dem Haus geschafft habe und –«

Mrs. Smith hebt eine manikürte Hand. Ich verstumme.

»Die Dinge sind kompliziert, Abigail. Daher haben wir uns zu einem anderen Vorgehen entschlossen, um die Situation zu lösen. Und zwar eines, für das wir deine Hilfe nicht benötigen. Daher steht es dir frei, deine normalen Aktivitäten wieder aufzunehmen.«

Moment mal. Bin ich etwa gerade gefeuert worden?

»Es ist schon lange eine feste Regel an der Smith School, Kinder unter sechzehn Jahren nicht in derartige Aktivitäten einzubeziehen«, fährt Mrs. Smith fort. »Wir bewegen uns gegenüber denen, die hier die Rechnungen bezahlen, auf einem schmalen Grat. Es gibt Leute, die unser taktisches Vorgehen für moralisch fragwürdig halten. Diese Leute warten nur darauf, dass wir einen Fehler begehen. Selbstverständlich übernehme ich die volle Verantwortung für das Scheitern der Operation.«

Sie verzieht das Gesicht. Auch wenn sie die Verantwortung übernimmt – Freude bereitet es ihr nicht. Das bisschen, das ich von ihrem Telefonat mitbekommen habe, ergibt auf einmal Sinn. Sie hat darüber gesprochen, dass ich im Plan B nicht mehr vorkomme.

»Moment mal«, platzt es aus mir heraus. »Ich will aber eine Spionin werden!«

Es stimmt zwar, dass ich die Idee von Teeniespioninnen noch vor ein paar Tagen komplett lächerlich fand. Aber jetzt, wo man mich aus der Mannschaft schmeißen will, möchte ich plötzlich unbedingt dabeibleiben.

»Wie bitte?«

»Ich will eine von Ihnen werden! Ich will so furchterregend

und schlau sein wie Veronica. Und ich will nie mehr so blauäugig auf einem Steg sitzen. Ich will gut darin werden. Wie meine Mom.«

Mrs. Smith reibt sich die Augen. Sie sieht so blass und müde aus, als laste die ganze Welt auf ihren Schultern. Außerdem glaube ich, dass ich ihr Kopfschmerzen bereite.

»Das ist nicht der richtige Zeitpunkt dafür, Abigail«, sagt sie.

»Aber ich will nicht warten, bis ich sechzehn bin. Ich will es jetzt.«

»Das ist verboten.«

»Also, gestern war es das aber noch nicht«, stelle ich fest. »Gestern war ich mit dabei.«

»Das war etwas anderes.«

»Wieso?«

»Weil wir dich benutzt haben«, gibt sie zu. »Wir dachten, das wäre eine Abkürzung, um an unser Ziel zu gelangen. Doch das stimmte nicht.«

Obwohl sie offiziell die Verantwortung übernimmt, klingt sie so, als wäre das gegenwärtige Desaster nur meine Schuld. Wäre ich nicht mit der falschen Bronwyn mitgegangen, hätte ich mich nicht vom Steg entführen lassen und wäre ich nicht im kopflosen Prius herumgegurkt, dann wäre das alles nicht passiert und wir könnten uns jetzt in dem Ruhm sonnen, die Welt oder was auch immer gerettet zu haben. Meine Wangen werden heiß.

Mrs. Smith seufzt. »Wir haben dich getestet, Abigail«, sagt sie, »so wie wir all unsere neuen Schüler testen. Und du besitzt kein angeborenes Talent für diese Tätigkeit. Daher ist es wahrscheinlich das Beste, wenn wir diese Episode einfach vergessen und zur Normalität zurückkehren. Deine Zeit an der Smith wird in jedem Fall eine sehr lohnenswerte Erfahrung für dich sein, und du wirst noch viele tolle Dinge in deinem Leben machen.«

Sie steht auf. »Und mach dir um deine Mutter keine Sorgen. Wir haben die Situation gut im Griff.«

Ist sie *verrückt*? Soll ich einfach so in meinen Alltag zurückkehren, als hätte ich nicht erfahren, dass erstens dieser Ort ein geheimes Ausbildungscamp für Spioninnen ist und zweitens meine Mutter eine davon ist? Auf keinen Fall. Ein Mädchen kann ja einiges vergessen, doch das wäre wirklich zu viel verlangt.

»Aber ich –«

»Ich fürchte, meine Entscheidung ist endgültig.«

Bevor ich einen echten Ausraster kriegen kann (und darin bin ich ziemlich gut, wenn man mich entsprechend reizt), klopft es an der Tür und Mr. Roberts steckt den Kopf herein.

»Kann ich Sie für einen Moment sprechen?«, fragt er Mrs. Smith. »Oh, hallo, Abigail. Wie war die Hochzeit?«

»Die war nett, Sir«, sage ich.

»Na, es freut mich sehr, das zu hören«, sagt er. »Frau Direktor?«

»Sofort?«, fragt Mrs. Smith.

»Ja, sofort«, sagt Mr. Roberts.

Junge, Junge, das ist für Mrs. Smith heute auch nicht gerade ihr schönster Abend. Seufzend folgt sie Mr. Roberts auf den Flur, macht die Tür hinter sich zu und lässt mich allein in ihrem Büro zurück. So wie ich das sehe, habe ich jetzt zwei Möglichkeiten. Entweder presse ich ein Ohr an die Tür, um zu lauschen, oder ich stöbere in den Papieren auf Mrs. Smiths Schreibtisch. Ich entscheide mich für den Schreibtisch.

Dort entdecke ich dieselbe Bleistiftkritzelei einer Statue wie bei meinem letzten Herumschnüffeln. Was macht die noch hier? Bedeutet sie etwas? Es ist ein zu großer Zufall, um nichts zu bedeuten. Sie muss irgendein Hinweis sein.

Als die Bürotür sich langsam wieder zu öffnen beginnt, stopfe ich sie mir rasch in die Tasche und setze ein fröhliches Grinsen auf. Dabei ist meine Mühe völlig unnötig. Mrs. Smith blickt so abwesend drein, dass ich auch in Flammen stehen könnte und sie trotzdem keine Notiz von mir nehmen würde.

»Dann kann ich jetzt gehen?«, frage ich. »Es ist ja schon bald Schlafenszeit.«

Mrs. Smith wedelt mich mit einem »Guten Abend« davon, und ich verschwinde ohne ein weiteres Wort. Auf dem Weg durch die Eingangshalle kommt mir der Funken einer Idee. Als ich den Aufenthaltsraum der Oberstufenschüler und die Treppe zum Musiktrakt passiere, wachsen der Idee bereits Flügel. Kaum bin ich zur Tür hinaus und überquere den Hof in Richtung McKinsey House, hat sich aus der Idee ein Plan herauskristallisiert.

Der Grund für die gute Teamarbeit von Mrs. Smith und Jennifer war, dass sie sich besser kannten als alle anderen. Das war die Basis ihrer Kommunikation, der sonst niemand folgen konnte. Aber diesmal kapiert Mrs. Smith nicht, was Jennifer mit dem Hinweis gemeint hat, der jetzt in meiner Tasche steckt. Ich vielleicht schon. Trotz all der Neuigkeiten, die ich in den letzten paar Tagen über meine Mutter erfahren habe, kenne ich sie immer noch besser als jeder andere Mensch. Und ich werde Mrs. Smith, Veronica und allen anderen beweisen, dass in mir mehr steckt, als man auf den ersten Blick sieht. Ich werde ihnen schon zeigen, dass es ein schrecklicher Fehler war, mich zu feuern. Wenn es darum geht, etwas über Jennifer herauszufinden, bin ich einfach das perfekte Mädchen für den Job.

27

Das Kapitel, in dem ich lerne,
dass man seine Freunde nicht reinlegen kann.

Als ich den obersten Stock des McKinsey House erreicht habe, bin ich vor lauter Entschlossenheit schon ganz hibbelig. Aber in meinem Zimmer erwarten mich Charlotte und Izumi. Die beiden machen ernste Gesichter. Sie sehen auch ziemlich entschlossen aus.

»Hey«, sage ich beiläufig. »Was gibt's?«

Die Licht-aus-Glocke ertönt. Die beiden rühren sich nicht.

»Warum erzählst du es uns nicht?«, fragt Izumi. Sie klingt wie eine Mutter. Zum Fürchten.

»Was meinst du damit?«

Izumi schnaubt.

Charlotte verdreht die Augen. »Komm schon, Abby«, sagt sie. »Du benimmst dich seltsam. Das kannst du nicht abstreiten. Du verschwindest andauernd, bist ständig müde und diese Reise nach Kalifornien mitten unter der Woche, sodass du die Prüfung in Chinesischer Geschichte versäumt hast? Was soll das alles?«

»Steckt ein Junge dahinter? Oder bist du krank?«, fragt Izumi.

»Ist es Nachhilfe? Oder machst du etwa bei der Band mit und willst es uns nicht sagen?«, fügt Charlotte noch hinzu.

Man hat mich unmissverständlich gewarnt, alles, was das Center betrifft geheim zu halten. Ich soll niemandem irgendwas darüber sagen.

Aber wisst ihr was? Die haben mich gefeuert.

»Leute, ihr werdet es nicht glauben«, sage ich.

Sie rücken näher und sehen mich mit großen Augen erwartungsvoll an.

»Aber besser setzt ihr euch erst mal.«

Ich fange ganz am Anfang an, mit dem Lotus-Mann im Bus. Sie unterbrechen mich nur, um zu fragen, wie groß Tom ungefähr ist, welche Farbe seine Augen haben und ob ich seine Telefonnummer habe. Am Schluss erzähle ich ihnen noch von meiner Idee, Jennifer zu finden. Darauf folgt absolutes Schweigen. Ich könnte die Grillen zirpen hören, wenn die wegen des Winters nicht alle erfroren wären. Zum ersten Mal wirken meine Freundinnen sprachlos.

Schließlich fragt Izumi: »Du bist aber nicht verrückt, oder? Also, ich meine, so richtig verrückt.«

»Nein.«

»Okay«, sagt sie. »Das musste ich einfach fragen.«

»Verstehe«, sage ich.

»Das ist alles. So. Chaotisch«, sagt Charlotte mit flammendem Blick. »Ich wusste schon, dass Jennifer cool ist, und zwar nicht so, wie Eltern normalerweise cool sind, versteht ihr? Einfach toll! Und Veronica! Aber mit Toby habe ich ein Problem.«

»Er weiß Dinge immer vor allen anderen«, sagt Izumi. »Kannst du mich mit runter in die Katakomben schmuggeln? Ich muss einfach ein paar von seinen Spielsachen sehen.« Dabei läuft ihr fast schon das Wasser im Mund zusammen.

»Nein«, sage ich, gebe ihr aber das iPhone. Quasi als Trostpreis. »Spiel aber nicht Solitär damit.«

»Warum?«

»Weil es dann explodiert.«

»Bisschen störungsanfällig, was?«

»Das könnte man so sagen.«

»Also, wie geht es jetzt weiter?«, fragt Charlotte.

»Weiter?«

»Klar. Du hast doch gesagt, du wirst finden, was auch immer Jennifer versteckt. Wie soll das funktionieren?«

Ich ziehe den verknitterten Hinweis aus meiner Tasche und streiche das Papier auf dem Oberschenkel glatt.

»Ich muss rauskriegen, was das hier bedeutet«, sage ich.

»Was ist das?«, fragt Izumi.

»Keine Ahnung«, sage ich.

»Wie soll uns das dann helfen?«, fragt Charlotte.

»Uns?«

»Klar, uns.«

»Auf keinen Fall«, sage ich.

»Auf jeden Fall«, sagt Izumi.

»Ihr könnt nicht mitmachen. Dafür würdet ihr sofort rausfliegen.«

»Na und?«, sagt Charlotte.

»Hört mal«, sagt Izumi. »Mein Dad hat gerade fünf Millionen für den neuen naturwissenschaftlichen Trakt gespendet. Danach werden sie mich nicht rausschmeißen.«

Okay, dagegen lässt sich schwer argumentieren. Aber trotzdem.

»Es ist zu gefährlich«, sage ich. Aus irgendeinem Grund bringt das die beiden zum Lachen. »Ich mache keine Witze!«

»Wenn du das schaffst, schaffen wir es auch«, verkündet Charlotte.

Wie soll ich ihnen erklären, welche Angst ich hatte, als Rip Curl mich packte? Oder dass ich im eiskalten See wirklich dachte, alles wäre vorbei? Wie es sich anfühlt, benutzt und danach quasi weggeworfen zu werden? Das geht nicht. So was muss man am eigenen Leib erfahren.

»Wenn es unangenehm wird, werdet ihr mir die Schuld geben«, sage ich nur, »und *die* werden bestimmt unangenehm, darauf könnt ihr euch verlassen.«

»Wir werden dir nichts vorwerfen«, verspricht Charlotte. »Das schwören wir dir. Wenn du willst, schließen wir eine Blutsschwesternschaft.«

»Das ist eklig«, meint Izumi.

Ich sehe meine Freundinnen skeptisch an und merke, dass ich einen Kloß im Hals habe.

»Wollt ihr wirklich mit mir mitkommen?«

»Ja«, sagen Charlotte und Izumi im Chor. »Also, wie sieht dein Plan aus?«

Bevor ich ihnen erklären kann, dass ich zwar einen Plan, aber noch keine wirkliche Idee im Hinblick auf seine Ausführung habe, lärmt irgendwas vor meinem Fenster. Ich schiebe es rasch hoch und finde Toby, der sich verschwitzt und außer Atem wie ein Amateur-Spider-Man ans Fensterbrett klammert.

»Was machst du da?«, kreische ich. »Du könntest runterfallen!«

Charlotte und ich packen ihn an den Armen und zerren ihn herein. Er plumpst auf den Fußboden und bleibt dort als regloser Haufen liegen, bis Charlotte ihn mit der Fußspitze anstupst.

»Bist du okay?«, fragt sie.

»Nein«, stöhnt er. »Das war echt nicht cool. Das mache ich nie wieder.«

»Warum hast du es denn überhaupt gemacht?«, frage ich.

»Weil schon Schlafenszeit ist und ich mit dir reden muss«, sagt er und setzt sich auf.

»Du hättest eine Nachricht schreiben können«, wendet Izumi ein.

»Nope«, sagt Toby. »Es muss persönlich sein.«

Dann räuspert er sich, als wollte er gleich eine Rede halten. Er wischt sich auch noch die Handflächen an seiner Hose ab.

»Okay«, sagt er. »Also, es tut mir echt leid, was ich zu Quinn gesagt habe.«

»Dann gibst du es also zu?«, fragt Charlotte.

Toby schaut betreten drein. »Ja«, sagt er. »Aber ich habe das alles nicht so gemeint. Du bist nicht nervig, Abby. Echt nicht.«

»Du hast sie einen nervigen Chihuahua genannt«, erinnert Izumi ihn.

Toby starrt sie wütend an. »Danke für den Hinweis«, murmelt er. »Abby, es tut mir echt leid.«

»Toll«, sagt Charlotte. »Danke fürs Kommen und jetzt auf Wiedersehen. Und nimm bitte die Treppe.«

Sie schiebt ihn Richtung Tür. Toby sieht mich flehend an. Ich schaue weg. Schließlich bin ich immer noch gekränkt. Charlotte und Izumi bugsieren ihn gemeinsam hinaus.

»Du musst jetzt gehen. Wir sind beschäftigt. Haben Orte und Menschen aufzusuchen.«

»Moment«, wendet Toby ein. »Was sagt ihr da?«

Er bemerkt das iPhone in Izumis Hand und blickt blitzschnell zu mir. »Sag mir, dass du das nicht getan hast.«

Ich zucke mit den Achseln. »Mrs. Smith hat mich gefeuert«, erkläre ich.

»O Abby.« Er sieht verzweifelt aus. »Und du glaubst, dass du dich hier einfach rausschleichen und Jennifer Hunter finden kannst?«

Ich nicke.

»Du bist keine Spionin! Und du solltest auch nie eine werden!«, wendet er ein.

»Keiner kennt Jennifer besser als ich«, erwidere ich und werde langsam wütend. »Das glaubt ihr nicht, aber ihr irrt euch. Ich kann finden, was auch immer sie versteckt. Und genau das habe ich vor.«

»Haben *wir* vor«, verbessert Charlotte mich.

»Richtig«, sage ich. »Wir.«

Toby stellt sich breitbeinig auf, als würde ich ihm möglicherweise die Beine wegziehen (was ich inzwischen durchaus könnte), und verschränkt die Arme vor der Brust.

»Auf keinen Fall«, sagt er.

»Versuch doch, uns davon abzuhalten«, erwidert Izumi.

»Dann komme ich eben mit.«

»Wir haben dich nicht dazu eingeladen«, sagt Charlotte.

»Wenn ihr ohne mich aufbrecht, dann gehe ich jetzt schnurstracks zu Mrs. Smith und ihr schafft es nicht mal bis zum Haupttor, bevor man euch schnappt.«

»Willst du uns erpressen?«, frage ich.

»Könnte man so sagen«, meint er lächelnd.

»Warum?« Warum will er mit von der Partie sein? Die Wahrscheinlichkeit, dass wir komplett auf die Schnauze fallen, ist doch ziemlich groß.

»Weil Erpressung funktioniert«, antwortet er.

»Nein, das meine ich nicht. Warum willst du mitkommen?«

Toby lässt den Blick durchs Zimmer schweifen und überlegt anscheinend, was er preisgeben soll. Er seufzt. »Wenn ich an diese Schule für Strategie in Florida will«, sagt er, »dann brauche ich ein bisschen Erfahrung in der Welt da draußen. Ich muss hier mal raus.«

»Erfahrung in der Welt da draußen?«, fragt Izumi. »Für eine Bewerbung an einer Schule, die dir so was beibringen soll? Wie abgedreht ist das denn?!«

»Du bist doch erst in der Mittelstufe«, bemerkt Charlotte. »Ist das nicht noch ein bisschen früh?«

»Machst du Witze?«, fragt Toby zurück. »Habt ihr eine Ahnung, wie groß die Konkurrenz ist? Manche Kids würden alles tun, um sich einen Vorteil zu verschaffen.«

»Etwa sich erwischen lassen und von der Smith fliegen?«, fragt Izumi.

Toby wirft ihr einen giftigen Blick zu. »Es geht darum, Initiative zu zeigen. Das ist für eine Bewerbung Gold wert.«

Ich persönlich kann kaum fassen, dass wir gerade dieses Gespräch führen. Wenn wir Toby ausschließen, kommen wir hier nicht raus. Und wenn wir Ja sagen, haben wir ihn am Hals.

»Schön«, sage ich. »Unter einer Bedingung. Und du musst ehrlich antworten, sonst lassen wir dich da.«

Toby richtet sich größer auf. »Okay«, meint er zögernd.

»Dieses Gruselbild von Veronica, das ich damals an der Wand in Mrs. Smiths Büro gesehen habe, warum hast du mir das angetan?«

Toby hebt sofort abwehrend beide Hände. »Das war nur ein neues Spyware-Programm, das ich ausprobieren wollte. Ich nenne es Spy Eye und es ist ziemlich cool. Man projiziert ein Bild mithilfe vorhandener Überwachungskameras in ein Zimmer und das Bild selbst fungiert als Aufnahmegerät. Dadurch sieht man viel mehr als nur mit der Kamera selbst, so ziemlich jeden Quadratzentimeter. Ich konnte dich hinter der Couch sehen. Das Bild habe ich nur für deine Augen projiziert. Das ist besser, als sich in ein vorhandenes Sicherheitssystem zu hacken. Nur mit dem Sound klappt es noch nicht, deshalb konntest du mich hören, aber ich dich nicht. Das war nichts gegen dich. Ich schwöre. Keine Ahnung, was ich mir dabei gedacht habe.«

Das klingt nach der Wahrheit. Ich beschließe, seine Entschuldigung anzunehmen. Soll er sich doch mit uns von der Schule werfen lassen. »Geh dein Zeug holen. Wir treffen uns in fünfzehn Minuten an der westlichen Ziegelmauer«, sage ich. »Wenn du nicht da bist, gehen wir ohne dich. Und lass dich nicht erwischen, okay? Hüte dich vor Betty und Barney!«

Aber da ist Toby auch schon weg.

28

Flucht aus der Smith School – die zweite.

Nachdem Toby gegangen ist, trennen auch wir uns kurz, um alles in unsere Rucksäcke zu packen, was wir brauchen könnten. Dann treffen wir uns erneut in meinem Zimmer.

»Also, wie sieht der Plan aus?«, fragt Charlotte, während sie noch meine Haarbürste in ihre Tasche stopft.

»Wir entschlüsseln diesen Hinweis«, sage ich, »und machen von da aus weiter.«

»Und was bedeutet er?«

»Nun, er könnte eine Menge bedeuten«, sage ich.

»Sie hat keine Ahnung«, unterbricht Izumi mich.

»Das war dann ja mal ein kurzlebiges Abenteuer«, sagt Charlotte und wirft die Hände in die Luft. »Wenn wir nicht mal einen ersten Schritt wissen.«

»Jetzt wartet mal«, sagt Izumi. »Überlegen wir noch mal genau. Abby kennt Jennifer besser als diese Leute, stimmt's?«

»Ja.« Das habe ich mir auch schon eingeredet, aber wie gut kenne ich sie wirklich, wenn sie direkt vor meinen Augen ein

Doppelleben führen konnte, ohne dass ich irgendwas gemerkt habe?

»Wenn du sie wärst, wo würdest du dann etwas Wichtiges verstecken, das von niemand gefunden werden soll?«

Das ist leicht. »In New York«, sage ich. Denn jedes Mal, wenn wir dort vor die Tür traten, nahm meine Mutter einen tiefen Atemzug der von Abgasen verpesteten Luft und meinte: »An keinem Ort kann man so leicht verloren gehen wie in New York.« Natürlich gilt es zu bedenken, dass New York sich über 496 Quadratmeilen erstreckt und von 8,5 Millionen Menschen bevölkert wird. Und ich nur eine vage Vermutung habe.

»Das ist dann also unser erster Schritt«, erklärt Charlotte. »Wir fahren nach New York.«

»Und bis wir dort ankommen, sollten wir besser rausgekriegt haben, was dieser Hinweis bedeutet«, fügt Izumi noch hinzu.

Mein Magen vollführt einen unangenehmen Salto. In was reite ich uns da bloß rein?

Zehn Minuten später schlüpfen wir unbemerkt aus dem McKinsey House. Diesmal nicht durch das Fenster, weil ich inzwischen ja über den Code verfüge. Wir warten, bis Betty und Barney mit dem Sicherheitsmann an uns vorbei sind, dann sprinten wir zur westlichen Ziegelmauer, wo Toby uns schon erwartet. Er tritt nervös von einem Bein aufs andere und reibt sich die offenbar kalten Hände.

»Macht eure Handys aus«, flüstert er.

»Warum?«

Er verdreht die Augen. »Weil sie uns sonst folgen können.«

Ich frage nicht, wen er damit meint, sondern mache meins einfach aus.

Wir nehmen wieder den gleichen Bus, nur schaffen wir es diesmal ohne Zwischenfälle zum Bahnhof Stamford. Dort besteigen wir den Zug und setzen uns. Wir bilden zwar eine seltsame kleine Truppe, doch da der Zug fast leer ist, fallen wir niemanden auf.

Wir sitzen uns jeweils zu zweit gegenüber, stecken die Köpfe zusammen und überlegen gemeinsam, wie wir meine Mutter aufspüren sollen. Zumindest wäre das meine Vorstellung.

In Wirklichkeit läuft es so:

»Ich hab Hunger«, jammert Toby.

»Dieser Zug stinkt nach Pipi«, beschwert sich Charlotte.

»O mein Gott! Ich habe mein Physikbuch vergessen!«, stöhnt Izumi.

»Könnt ihr vielleicht mal mit dem Genörgel aufhören?«, frage ich.

»Sei nicht so herrschsüchtig«, sagt Charlotte.

»Ich bin nicht herrschsüchtig!«, schnauze ich zurück.

»Diesen Ausdruck benutzen wir für Mädchen nicht mehr«, erklärt Izumi. »Er ist abwertend. Wenn ein Junge sich so benimmt, nennt man ihn einen Leader. Außerdem gucken die Leute schon.«

»Tun sie nicht«, behaupte ich.

»Hey, Toby«, sagt Charlotte.

»Ja?«

»Kannst du nicht Quinn dazu bringen, dass er mich in Ruhe lässt? Das wird langsam gruselig.«

»Genauso gut könntest du von mir verlangen, auf den Mars zu fliegen.«

»Wahrscheinlich wird man in zwanzig Jahren auf den Mars fliegen können«, wirft Izumi ein.

»Leute, können wir vielleicht mal bei der Sache bleiben?«, mahne ich. »Wir sind bald da und haben immer noch nicht die leiseste Ahnung, was der Hinweis bedeutet.«

»Vielleicht findet Jennifer ja uns, dann können wir sie gleich selbst fragen«, überlegt Charlotte.

Toby schüttelt den Kopf. »Niemals.«

»Warum nicht?«

»Weil keiner weiß, dass wir das hier machen.«

»Ich bin mir ja nicht sicher, ob das eine Rolle spielt«, sage ich.

»Lass es mich so sagen: Ich habe ein paar vereinzelte Hinweise hinterlassen, die nicht ganz richtig sind.«

»Du hast was?«

»Einige Leute in die Irre geführt, damit wir einen kleinen Vorsprung haben.«

Izumi summt die Erkennungsmelodie von Darth Vader in *Star Wars*. Toby boxt gegen ihren Arm. Wir prusten alle vor Lachen und fallen fast von den Sitzen. Dabei ist das gar nicht so witzig. Aber wir sind müde und aufgedreht zugleich.

»Okay, okay«, sage ich. »Genug jetzt. Wir wissen immer noch nicht, wo wir anfangen sollen zu suchen.«

»Ich mag Quinn nicht besonders«, sagt Charlotte.

»Das merkt man«, stellt Toby fest.

»Er wirkt ein bisschen bedürftig«, meint Izumi.

»Hey«, sage ich. »Wie wär's, wenn wir uns mal kurz dem Problem widmen, das gerade ansteht?«

»Meine Güte, warum regt sie sich bloß so auf?«, fragt Charlotte.

»Größenwahn«, sagt Toby. »Sie hält sich für eine Spionin und uns für ihre Minions. So was habe ich schon öfter erlebt.«

»Ich halte euch *nicht* für meine Minions!«, protestiere ich.

»Du bist schrecklich sensibel«, sagt Izumi.

»Bin ich nicht!«

»Schrei nicht so«, sagt Toby. »Die Leute schauen schon.«

Die nächsten zehn Minuten schmolle ich. Dass meine Freunde das kaum bemerken, verbessert meine Stimmung auch nicht gerade. Ich hätte sie in der Schule zurücklassen sollen. Schließlich fährt unser Zug in den Bahnhof Grand Central ein, wo es um diese Uhrzeit köstlich nach Bagels und Croissants duftet. Toby braucht dringend Nahrung, damit er nicht aus Kalorienmangel tot umfällt.

»Ich bin ein dreizehnjähriger Junge«, grummelt er. »Ich esse. Das machen wir in diesem Alter.«

Also gehen wir dort, wo unser Bahnsteig in die Bahnhofshalle mündet, nach links und steuern Zaro's an. Unterwegs muss ich mal kurz zu den Sternbildern an der Decke aufschauen. Das ist hier einer meiner Lieblingsorte. Jennifer und ich waren einmal an einem Sonntagmorgen da, als der Bahnhof bis auf ein paar vereinzelte Menschen noch fast leer war. Wir legten uns auf den Rücken, um den perfekten Blick an die Decke zu haben. In einem Bahnhof am Boden zu liegen, den täglich etwa 750 000 Reisende passieren, klingt ein bisschen eklig, aber Jennifer fand, es sei das Risiko wert.

»Manchmal muss man das große Ganze im Blick haben«, meinte sie damals.

»Hey, aufwachen.« Charlotte holt mich unsanft in die Realität zurück. Wir stehen in der Schlange und wenn wir nicht unverzüglich bestellen, haben wir gleich eine Horde wütender Pendler auf dem Hals. Das ist nicht der richtige Ort für Tagträume.

Toby gönnt sich zwei Bagels mit Frischkäse und eine heiße Schokolade, während Charlotte, Izumi und ich uns einen Amerikaner, einen Donut und eine Cola light teilen. Das ist zwar alles nicht gesund, aber aus einem Internat abzuhauen ist ja auch keine besonders gesunde Entscheidung.

Mit unserem Frühstück in der Hand suchen wir uns im Untergeschoss einen freien Tisch in einer Ecke. Ein guter Spion sitzt immer mit dem Rücken zur Wand, damit er den ganzen Raum im Blick behalten kann. Das ist keine Weisheit von Veronica, nur damit das klar ist. Ich glaube, das habe ich mal in einem Buch gelesen.

Als Nächstes lege ich die Bleistiftzeichnung auf den Tisch.

»Jennifer ist in solchen Kritzeleien Weltklasse«, erkläre ich. »Es kommt einem vor, als müssten ihre Hände ständig was zu tun haben. Ist euch schon mal aufgefallen, dass Mrs. Smith andauernd auf und ab marschiert?« Alle nicken. »Tja, das ist sozusagen Jennifers Version davon.«

»Und?«, hakt Charlotte nach.

»Ich habe das hier von Mrs. Smiths Schreibtisch mitgenommen«, fahre ich fort. »Es muss der Hinweis sein, den sie nicht entschlüsseln konnte.«

»Stammt das von euch zu Hause?«, fragt Izumi.

»Nein«, sagt Toby. Genau so hört er sich an, wenn er Tratsch verbreitet, den eigentlich niemand wissen kann. Seine Stimme rutscht eine ganze Oktave tiefer und wird so leise, dass wir uns alle lauschend vorbeugen. »Es kommt aus einer Pizzeria.«

»Jake's!«, rufe ich, springe auf und stoße dabei fast den Tisch um. »Das Lokal an der Ecke! Jennifer hängt ihre Zeichnungen immer an das riesige schwarze Brett dort.« Meine Freunde sehen mich ratlos an. »Jake ist Amateurkünstler«, erkläre ich. »Er gibt anderen Amateuren gerne die Möglichkeit, ihre Kunst öffentlich auszustellen. Er nennt diese Wand die Künstlerecke. Die befindet sich zwar nur in einer Pizzeria, aber manchen Leuten bringt das eben was.«

Izumi trommelt mit den Fingern auf die Tischplatte und runzelt die Stirn. Charlotte stößt sie mit dem Ellbogen an. »Spuck's schon aus«, sagt sie.

»Ich überlege nur gerade«, sagt Izumi.

»Wie immer«, stöhnt Charlotte.

»Irgendwer muss das ja machen. Aber jedenfalls nimmt Jennifer ihre kleinen Zeichnungen und hängt sie an das schwarze Brett, richtig?«

»Ja«, sage ich.

»Sind die Bilder jedes Mal gleich?«

»Nein. Es sind totale Zufallsbilder. Warum?«

Izumi nimmt sich die Zeichnung und hält sie direkt vor ihre Nase. Dann dreht sie sie hin und her.

»Was machst du da?«, fragt Charlotte.

»Seht ihr, dass das Blatt lauter Knicke aufweist?«, sagt sie. Sie legt sie auf den Tisch zurück und faltet sie entlang der schon vorhandenen Kniffe. Mit angehaltenem Atem sehen wir anderen ihr dabei zu.

»Aha!«, ruft sie und hebt die Zeichnung wieder hoch. Sie ist jetzt in der Mitte, der Länge nach und mit mehreren Dreiecken gefaltet, als ob man einen Fächer daraus machen wolle. »Schaut mal.«

Wo die Falten aufeinandertreffen, erkennt man jetzt neun kleine Symbole – einen Pfeil, einen Stern, die Symbole der Sternzeichen Widder, Löwe und Zwillinge, das Zeichen für Unendlichkeit, ein gebrochenes Herz und eines, das aussieht wie die Liberty Bell.

»Das kann kein Zufall sein«, sagt Izumi.

»Es gibt keine Zufälle«, sage ich. »Zufälle sind Mist.«

»Da bin ich ganz deiner Meinung«, erklärt Charlotte. »Aber was bedeuten die Sachen dann?«

Alle sehen mich an. »Ich habe keinen Schimmer«, sage ich. Enttäuschung macht sich breit. »Aber vielleicht müssen wir zu Jake und ihn fragen, was er weiß. Vielleicht ist er eingeweiht? Ich meine, sie hat, solange ich denken kann, Nachrichten in seinem Lokal hinterlassen.«

»Aber warum so technikfeindlich?«, fragt Charlotte. »Warum schreibst du ihm keine Nachricht oder so? Das geht schneller.«

»Nee«, mischt Toby sich ein. »Das wäre ein elektronischer Fußabdruck. Im Cyberspace ist nichts sicher. Ich liebe Technik ja echt, aber nicht, wenn man versucht, unter dem Radar zu fliegen. Teflon macht das schon genau richtig. Übrigens, Charlotte?«

»Was?«

»Würdest du mir ein Schokocroissant holen?«

»Soll das ein Witz sein?«

»Wie wär's mit einem Stück Pizza?«, schlage ich vor. »Lasst uns Jake besuchen.«

Also suchen wir unsere Sachen zusammen und treten aus Grand Central hinaus in einen sonnigen, aber kalten Morgen in New York.

29

Das Kapitel, in dem mir klar wird, was sich die ganze Zeit über schon direkt vor meiner Nase befand.

Jake's Pizza ist eine winzige Kneipe gleich um die Ecke unserer Wohnung. Auf den Fenstern klebt ein zentimeterdicker fettiger Schmierfilm und es stehen fünf total verschiedene Tische herum. Drinnen ist es, egal zu welcher Jahreszeit, immer tausend Grad heiß, was an dem riesigen Pizzaofen liegt. Jake behauptet, der stamme aus einer alten italienischen Villa und sei per Schiff in einem Stück hertransportiert worden. Die Fenster gehen zur Straße raus und eine Wand ist komplett mit Kork tapeziert. Das ist die Künstlerecke, wo Unmengen Bilder, Comics, Zeichnungen, Gedichte, Fotos und Collagen hängen. Es gibt sogar einen kleinen Tisch für Skulpturen, falls man genug Mut hat, dort eine auszustellen.

Jake's ist ein prima Lokal und die Pizza schmeckt gut, das will ich gar nicht bestreiten. Aber Jennifer mochte es schon immer weit lieber, als ich nachvollziehen konnte. Früher gingen wir richtig oft dorthin, und immer hängte sie irgendwas Neues an die

Wand. Dabei lachte sie, als wäre das eine total harmlose und ganz zufällige Sache. Jetzt begreife ich, dass es alles andere als das war. Ich begreife, dass es Jennifers supergeheime Kommunikationsmethode war. Nicht zurückzuverfolgen. Absolut sicher. Und für fast jeden bedeutungslos.

Als wir an der Ecke 11. Straße und 2. Avenue ankommen, ist Jake's Pizza geschlossen. Na klar, es ist ja noch nicht mal halb neun am Vormittag. Das Schild im Fenster lässt uns wissen, dass der Laden erst mittags aufmacht. Wir setzen uns auf die Stufen vor einem Wohnhaus nebenan. Nicht gerade ein verheißungsvoller Anfang unserer Schnüffelei. Aber weil ich ja quasi die Anführerin dieser Aktion bin, fühle ich mich verpflichtet, auf die Stimmung zu achten.

»Das ist nicht schlimm«, behaupte ich. »Wir können warten.«

Charlotte starrt mich ungläubig an. »Machst du Witze?«, beschwert sie sich. »Es ist saukalt. Lasst uns zu Starbucks gehen und heiße Schokolade trinken.«

»Wir haben nicht so viel Bargeld«, erinnere ich sie.

»Na und?«, meint sie achselzuckend. »Ich weiß die Nummer von Daddys Kreditkarte auswendig. Für Notfälle.«

»Hast du nicht gehört, was ich vorhin über den elektronischen Fußabdruck gesagt habe?«, mischt sich Toby ein. »Warum teilst du nicht gleich der ganzen Welt über den Rundfunk mit, wo wir uns aufhalten? Keine Kreditkarten und keine Handys.«

Aber ich verstehe Charlottes Standpunkt. Meine Finger sind schon eiskalt und ich wette, bei Starbucks ist es kuschelig warm. Außerdem gibt es da diese Mini-Scones, die ich echt gerne mag. Als ich gerade vorschlagen will, das Risiko mit der Kreditkarte einzugehen, kommt Jake aus dem Gebäude hinter uns. Er trägt eine Pyjamahose mit Aliens drauf, dazu ein fleckiges weißes T-Shirt und pinkfarbene Hausschuhe in Häschenform. Gähnend kratzt er sich seinen teigig runden Bauch.

»Hey, Abby«, grüßt er, als wäre überhaupt nichts dabei, mich vor seiner Haustür zu sehen. »Ihr habt wohl nicht zufällig einen Kaffee für mich, oder? Ich könnte echt einen gebrauchen.«

Wir schütteln die Köpfe. Toby hält ihm einen Rest Bagel hin. Mit einem dankbaren Nicken nimmt Jake wenigstens den.

»Jake, das sind meine Freunde Charlotte, Toby und Izumi«, sage ich.

»Und warum hockt ihr hier draußen auf meiner Treppe?«, fragt er mit vollem Mund. »Ist doch noch nicht Zeit fürs Mittagessen, oder? Falls ihr Pizza wollt, muss ich erst den Ofen anheizen und so. Dauert sicher noch ein Weilchen.«

»Nein«, sage ich. »Eigentlich sind wir deshalb hier.« Ich hole die Zeichnung hervor und halte sie ihm hin.

Er lächelt. »Eine von Mrs. Hunters«, sagt er. Immer nennt er sie Mrs. Hunter, dabei hat sie ihm schon tausendmal gesagt, dass sie keine *Missus* ist und er sie Jennifer nennen soll.

»Hing die an deiner Wand?«, frage ich. »Hat Jennifer sie dort hingehängt?«

»Du meinst, deine Mutter?«, fragt er. »Weiß sie, dass du sie Jennifer nennst?«

Ich senke den Kopf. »Hat meine Mom sie mitgebracht?«

Jake greift nach dem Blatt und betrachtet die Zeichnung aus der Nähe.

»Ja«, sagt er schließlich, »wahrscheinlich irgendwann letzte Woche. Ich erinnere mich daran, weil sie total erschöpft und unruhig wirkte. Wisst ihr, wie Leute aussehen, die so richtig nervös sind? Tja, also genau so kam Jennifer mir vor. Ihre Blicke schossen die ganze Zeit durch den Raum.«

»Und?«, hakt Charlotte nach.

»Sie aß ein Stück Pizza«, fährt er fort. »Sie sagt ja immer was Nettes über meine Pizza. Eine tolle Frau, deine Mom. Nachdem sie gegangen war, dachte ich mir noch, ich hätte mich länger mit ihr unterhalten sollen. Als alleinerziehende Mutter in New York hat man es nicht gerade leicht.«

Unerwartet kriege ich ein total schlechtes Gewissen, weil ich an die vielen Nachrichten von Jennifer denken muss. Nachrichten, in denen sie mir schrieb, was sie zum Mittagessen hatte, wen sie im Fitnessstudio getroffen hat oder was sie gerade las. Ich machte mir oft nicht mal die Mühe, sie zu öffnen.

»Haben Sie rein zufällig mitbekommen, wer die Zeichnung von der Wand genommen hat?«, fragt Izumi höflich.

»Jawoll«, antwortet er sofort. »Das war so ein winziges Persönchen mit hohen Absätzen. Blond. Hatte sie noch nie gesehen. Bisschen unheimlich.«

»Mrs. Smith«, sagen wir im Chor.

»Wer auch immer«, meint Jake achselzuckend. »Aber das ist eben der Deal, wenn man Sachen bei mir aufhängt. Wenn jemandem was gefällt, nimmt er es sich. Der große Kreislauf der Kunst, versteht ihr?«

Wir nicken, als wäre das sonnenklar.

Jake steht von den Stufen wieder auf, reibt sich die Augen und streckt sich.

»Okay«, sagt er. »Habt Spaß bei was auch immer ihr vorhabt und passt schön auf euch auf. Wenn ihr ein Stück Pizza wollt, kommt nachher noch mal wieder. Ich geh mir jetzt erst mal Kaffee besorgen.«

In seinen Häschenpantoffeln und der Pyjamahose macht er sich auf den Weg die Straße runter zu Starbucks. Wir sehen ihm in einer Mischung aus Ehrfurcht und Entsetzen nach.

Zehn Minuten später hocken wir auf einer Parkbank am Union Square. Es ist so kalt, dass wir den Park praktisch für uns haben.

»Denkt ihr, die Nachricht war für Mrs. Smith gedacht?«, fragt Charlotte. »Oder hat sie sie eher abgefangen?«

»Tja, so haben Jennifer und Mrs. Smith früher gearbeitet«, sagt Toby. »Jennifer besorgte die geheimen Informationen oder was auch immer, hinterließ Hinweise und brachte sich dann in Sicherheit, während Mrs. Smith auftauchte und einsammelte, was Jennifer ihr hinterlassen hatte. Ich wette, dass Jennifer sich darauf verlassen hat, dass das wieder klappt. So wie früher.«

»Aber diesmal konnte Mrs. Smith den Hinweis nicht entschlüsseln und deshalb auch nicht finden, was Jennifer ihr hinterlassen hat«, sagt Izumi. »Und deshalb wollte sie die Abkürzung nehmen und Abby benutzen.«

»Was grandios danebenging«, bemerkt Toby.

»Wo steckt Jennifer überhaupt?«, wirft Charlotte ein.

»Wir befinden uns doch gerade im totalen Tarnzustand«, erinnert Toby sie. »Da hätte sogar Teflon Probleme, uns aufzuspüren.«

»Also, was machen wir jetzt?«, fragt Charlotte.

Ich hole die Zeichnung hervor und betrachte die Symbole. Sie sagen mir immer noch nichts. Ich falte das Papier wieder auseinander und streiche es glatt.

Neben mir schnieft Izumi.

»Alles okay mit dir?«, frage ich.

»Ich hasse die Vorstellung, dass wir nicht immer Freundinnen bleiben werden«, sagt sie leise. »So wie Jennifer und Mrs. Smith.«

»Das kannst du doch gar nicht wissen«, sagt Charlotte. »Sollen wir das mit der Blutsschwesternschaft vielleicht doch machen?«

Toby schnaubt. »Das haben die Mädchen vom Persephone Club gemacht«, sagt er. »Und ihr seht ja selbst, wie toll es bei ihnen funktioniert hat.«

»Persephone Club?«, fragt Charlotte irritiert.

Während Toby ihnen vom ersten Jahrgang der Spy School erzählt, schwirrt der Name Persephone durch meinen Kopf, kann sich aber nirgends festsetzen. In der griechischen Mythologie wird Persephone, die Tochter von Demeter, von Hades entführt und gezwungen, die Hälfte jedes Jahres in der Unterwelt zu verbringen. Demeter, die Göttin der Feldfrüchte, trauert in dieser Zeit um ihre abwesende Tochter und lässt alles auf der Erde sterben. So erklärten die Griechen der Antike sich den Wechsel der Jahreszeiten. Aber warum soll das eine Rolle spielen?

»Persephone«, murmle ich. »Persephone.« Das Wort wirbelt weiter durch meinen Kopf, bis es endlich doch anhält. Ich schnappe nach Luft.

»Was?«, fragt Toby.

»Persephone!«, schreie ich und halte die Zeichnung in die Höhe. »Das hier soll die Statue der Persephone aus der Frick sein! Die im Innenhof steht.«

»Hä?«

»Es ist die Persephone-Skulptur aus Bronze in der Frick Collection«, sage ich. »In dem begrünten Innenhof. Da war ich mit Jennifer eine Million Mal. Das ist eins ihrer liebsten VFVs.«

»Sprich nicht in Rätseln«, sagt Toby.

»Verpflichtende familiäre Vergnügungen«, erkläre ich. »So heißt das, wenn Jennifer darauf besteht, etwas zusammen zu unternehmen, wozu ich keine Lust habe.«

»Interessant«, sagt Toby.

»Eigentlich nicht«, sage ich.

»Aber was hat es mit den Symbolen auf sich?«, fragt Izumi.

»Was die bedeuten sollen, weiß ich auch noch nicht, aber das mit der Statue ist eindeutig.«

»Wo ist diese Frack denn überhaupt?«, fragt Charlotte.

»Die Frick. An der 70. Straße«, sage ich. »Nah am Central Park.«

»Dann sollten wir uns die mal ansehen«, meint Toby.

Wir gehen los. Fast sofort setzt das Gejammer ein. Charlotte tun die Füße weh, Toby will was zu essen, Izumi ist kalt.

»Hört mal mit dem Genörgel auf«, sage ich. »Beeilt euch lieber.«

»Können wir nicht ein Taxi nehmen?«, fragt Charlotte.

»Nach den Sachen, die wir am Bahnhof gekauft haben, ist nicht mehr viel Geld übrig«, erkläre ich.

In der Schule braucht man eigentlich kaum Bargeld, solange man sich auf dem Campus aufhält. Deshalb sind wir auch mit so wenig Barem zu diesem kleinen Abenteuer aufgebrochen. Dazu kam Tobys Verbot von Kreditkarten. Alle kramen nach Kleingeld und zerknitterten Scheinen und legen, was sie finden, in Izumis ausgestreckte Hände.

»Acht Dollar und siebenunddreißig Cent«, zählt sie.

»Also kein Taxi«, sage ich.

»Das zahle ich«, sagt Charlotte. Sie hält ihr Telefon hoch, auf dem die App von Uber das Display ausfüllt.

»Nein!«, schreit Toby. »Mach das aus!«

»Bleib locker«, schreit Charlotte zurück. »Außerdem ist es sowieso zu spät. Ich habe schon einen Wagen gerufen.«

Toby entreißt ihr das Handy, seine Daumen fliegen über

den Bildschirm. »Ich hab euch doch gesagt, keine Handys«, faucht er.

»Du musst dich echt mal ein bisschen locker machen«, zischt Charlotte zurück. Doch Toby hat ihr Telefon schon ausgeschaltet und wirft es ihr zurück. Izumi sieht mich erschrocken an.

»Es war ja nur eine Minute an«, sage ich zu Charlottes Verteidigung. »Wahrscheinlich ist nichts passiert.«

»Ihr seid dermaßen naiv«, giftet Toby. »Solche Leute brauchen nur eine Minute, um uns zu lokalisieren.«

Das erinnert mich daran, wie Veronica mich »ahnungslos« genannt hat, und ich kann noch nicht mal was dagegen sagen, denn er hat recht. Aber bevor meine Freunde sich darüber weiter in die Haare kriegen, bleibt schon ein Uber-Wagen am Bordstein stehen. In New York kann man nicht mal auf die Straße spucken, ohne ein Uber-Auto zu treffen, aber Jennifer erlaubt nie, dass wir eins benutzen. Sie sagt, sie mag diese Überwachung jeder Bewegung nicht. Bargeld und Bus, so lautet ihre Devise. Ich habe sie deshalb einfach nur für altmodisch und stur gehalten, aber wahrscheinlich steckte mehr dahinter.

»Yeah!«, ruft Charlotte und reißt schon die hintere Tür auf. Die Scheibe des Fahrers ist getönt, sodass ich nicht sehen kann, wer hinter dem Steuer sitzt. Noch dazu habe ich erst vor Kurzem eine Phobie vor führerlosen Fahrzeugen entwickelt.

»Warte!«, schreie ich. »Wir wissen nicht das Geringste über diesen Wagen!«

»Abby«, sagt Izumi. »Das ist Uber. Es ist deren Job, uns irgendwo hinzufahren. Jetzt entspann dich mal.« Sie steigt nach Charlotte ein. Wir haben vielleicht eine Lücke in unserer Tarnung, aber dieses Auto ist trotzdem verlockend.

»Es ist schon echt kalt hier«, murmelt Toby. Er rutscht als

Nächster auf die Rückbank. Ich habe irgendwie kein gutes Gefühl. Es ist das gleiche Kribbeln wie am Flughafen mit der falschen Bronwyn, aber vielleicht spinne ich ja schon. Meine Freunde scheinen nichts dabei zu finden. Wahrscheinlich hat Izumi recht und ich muss mich etwas entspannen. Vielleicht sollten wir das alle.

30

Das Kapitel, in dem wir etwas Interessantes über Toby erfahren.

Aufgewärmt und bequem erreichen wir das Museum. Mindestens fünfzehn Minuten lang gab es kein Gejammer, was bis jetzt einen Rekord darstellt. Die Frick Collection befindet sich in der ehemaligen Privatresidenz von Henry Clay Frick, einem superreichen Stahlmagnaten, der sich im frühen 20. Jahrhundert einen Mini-Palast im Stil von Schloss Versaille gleich neben dem Central Park errichten ließ. Nach seinem Tod wurde aus der Villa und der Kunstsammlung das Museum, auf dessen Stufen wir jetzt stehen. Nur werden acht Dollar und siebenunddreißig Cent nicht reichen, um uns alle da hineinzubringen.

Zögernd nähere ich mich der Dame hinter dem Ticketschalter. Sie trägt eine marineblaue Strickjacke, die von einer Schicht Katzenhaare überzogen ist. Ihr Namensschild informiert darüber, dass sie Gladys heißt. Ihre Lippen bilden eine strenge Linie, die vermuten lässt, dass sie von meiner Äußerung nicht begeistert sein wird, auch wenn ich noch kein Wort gesagt habe.

»Mein Kind«, sagt Gladys, »wir sehen es wirklich lieber, wenn Minderjährige in Begleitung von Erwachsenen kommen. So lautet die Regel und wir haben unsere Gründe dafür.«

»Ich besitze eine Mitgliedskarte«, knurre ich. »Außerdem schreiben wir gerade eine Arbeit über Vermeer kontra Rembrandt und werden alle durchfallen, wenn wir uns die Bilder nicht ansehen können.«

»Und inwiefern wäre das mein Problem?«, fragt sie und richtet den Blick bereits wieder auf die New York Times, die aufgeschlagen auf ihrem Tisch liegt.

Da taucht Charlotte neben mir auf und schiebt mich mit einem kräftigen Hüftschwung beiseite.

»Ma'am«, flötet sie mit einem Lächeln, »dieses Blau bringt Ihre Augen richtig gut zur Geltung. Die sind ja phänomenal. Haben Sie früher gemodelt?«

Was treibt sie da? So werden wir in einer Minute hochkant rausfliegen. Aber plötzlich wird Gladys' Gesichtsausdruck weicher. Sie streicht sich mit einer Hand über den Ärmel ihrer Jacke, als würde sie diese erst jetzt bemerken.

»Ist das Kaschmir?«, legt Charlotte nach. »Das sieht so weich aus. Man möchte sie fast streicheln wie eine Katze.« Sie kichert. Jetzt ist sie aber bestimmt zu weit gegangen, oder? Aber nein, Gladys lächelt und kichert tatsächlich mit.

»Die habe ich aus einem Second-Hand-Laden für wohltätige Zwecke«, sagt Gladys. »Das war ein Schnäppchen! Die Leute erkennen Sachen von Wert ja gar nicht mehr.«

»Stimmt«, sagt Charlotte. »Aber ich habe Ihnen gleich angesehen, dass Sie ein gutes Auge haben. Deshalb sind Sie wahrscheinlich auch so eine geschätzte Mitarbeiterin im Museumsteam, nicht wahr? Ich wette, Sie kennen hier alles in- und auswendig.

Wir können dagegen nur hoffen, einmal Ihren Wissensstand zu erreichen.«

»Was macht sie da?«, flüstert Izumi mir ins Ohr.

»Uns ins Museum reinkriegen«, flüstere ich zurück.

»Irre«, sagt Izumi ehrfürchtig.

»Das kannst du laut sagen.«

Gladys legt ihre Zeitung weg und grinst Charlotte an. »Ich möchte ja auch nicht, dass ihr durchfallt, Kinder«, sagt sie und sieht mit einem Mal aus wie die personifizierte Sorge um die Zukunft unserer Ausbildung. »Worum geht es bei eurer Arbeit denn?«

Kunstgeschichte kriegen wir erst nächstes Jahr, aber ich habe die Audiotour des Museums schon ungefähr siebenhundertmal absolviert. Deshalb hoffe ich, irgendwas improvisieren zu können. Ich räuspere mich und trete einen Schritt vor. Charlotte kommt mir jedoch zuvor.

»Wir untersuchen, warum Rembrandt nach Pracht und Erhabenheit strebte, während Vermeer eher stillere, gewöhnlichere Szenen favorisierte«, erläutert sie mit einem schüchternen Lächeln. »Wir sollen erklären, wie sich dies auf das jeweilige Werk auswirkte, und um diese Auswirkungen zu erklären, müssen wir hier herein und, Sie wissen schon, die Kunst auf uns wirken lassen.«

Damit sind wir so was von drin.

Nach einer kurzen Denkpause meint Gladys. »Für so junge Menschen ist das ein beeindruckendes Thema. Daher bin ich geneigt, euch hereinzulassen, wenn ihr versprecht, euch gut zu benehmen. Hat nicht jemand von euch eine Mitgliedschaft erwähnt?«

»So macht man das«, flüstert Charlotte mir zu, nachdem wir

uns artig bei Gladys bedankt haben und ins Museum gestürmt sind, damit sie es sich nicht noch mal anders überlegt.

Drinnen steuere ich sofort den *Garden Court* an. Im Innenhof fällt das Morgenlicht durch die Glasdecke und taucht alles in einen beruhigenden gelblichen Schimmer. Sofort fühle ich mich besser. Keine Ahnung, warum, aber so ist es.

In der Mitte des langen rechteckigen Hofs befindet sich ein breites Wasserbecken mit Springbrunnen an einem Ende. Gegenüber davon steht eine Bank. Dort setzen wir uns hin.

»Und jetzt?«, flüstert Charlotte.

Auf der anderen Seite steht die Skulptur der Persephone von der Zeichnung. Ich habe Hunderte Male mit Jennifer auf dieser Bank gesessen, und doch hat es Tage gedauert, bis ich erkannte, was ich auf dem Papier sah. Was entgeht mir wohl noch alles?

Ich komme mir vor wie bei Jake's. Wir gehen nicht dauernd dorthin, weil die Pizza gut ist, sondern weil Jennifer die Wand zum Kommunizieren benutzt. Deshalb sind wir wahrscheinlich auch nicht nur dauernd hier, weil Jennifer die ausgestellte Kunst so mag. Sie muss auch diesen Ort für irgendwas nutzen.

»Abby?«, sagt Toby.

»Ja?«

»Schau mal.« Er zeigt auf die am weitesten entfernte Wand des großen Hofs, wo ein Schild die Richtung zu den Toiletten anzeigt.

»Du darfst gehen, ohne zu fragen«, sage ich.

»Sehr witzig«, sagt er. »Schau dir das Symbol an. Den Pfeil. Der ist doch das erste der neun Symbole auf dem Papier.«

»Das ist ja wie bei diesem Suchspiel *I Spy*!«, ruft Charlotte.

»Na klar«, sagt Izumi. »Warum bin ich da nicht draufgekommen? Wir finden die Symbole in der richtigen Reihenfolge und das führt uns zum Ziel. Was auch immer das sein mag.«

Ich liebe meine Freunde. Sie erweisen sich als genau die Komplizen, die ein angehendes Spy Girl wie ich braucht. »Jennifer zwingt mich so oft, *I Spy* zu spielen, dass es schon nicht mehr normal ist«, sage ich.

Rasch falte ich das Papier wieder zusammen, damit wir alle neun Symbole sehen. Sofort springen wir von der Bank und eilen zu dem Pfeil an der Wand.

»Das nächste ist ein Stern«, sage ich.

Langsam drehen wir uns um uns selbst und halten nach einem Stern Ausschau. Izumi entdeckt schließlich einen im Oval Room, in den wir sofort stürmen. Als ein Museumswärter uns böse ansieht, bremsen wir uns. Die Frick Collection ist für New Yorker Verhältnisse ein kleines Museum mit nur einer Handvoll Ausstellungsräume. Deshalb müssen wir aufpassen, damit man uns nicht rausschmeißt, weil wir uns wie die Verrückten aufführen. Außerdem würden wir dann Gladys das Herz brechen.

Wir stehen vor dem Gemälde und drehen uns wieder im Kreis. Diesmal erblickt Charlotte als Erste die kleine Skulptur eines Widders. So geht es eine gute Dreiviertelstunde lang, bis wir zum letzten Symbol auf dem Zettel – einem Kreuz – kommen. Es dauert nicht lange, bis wir die Marmorstatue eines Kriegers finden, der ein Schwert und ein Kreuz in Händen hält.

»Ist das der Hinweis?«, fragt Charlotte und umkreist das Kunstwerk.

Toby schüttelt den Kopf. »Nein, aber ich denke, Abby hat recht. Wir sind nah dran.«

»Er muss unter der Statue sein«, sagt Izumi voller Überzeugung.

»Woher weißt du das?«

»Tue ich gar nicht, aber wo soll er sonst sein?«

»Er würde gar nicht da drunterpassen«, sage ich. »Außerdem ist das Ding alarmgesichert. Wir können es nicht anfassen.«

»Und wenn es nur ein winziges Stück Mikrofilm ist?«, fragt Izumi.

»Oder eine dieser Mini-Schriftrollen, die man nur mit einer Lupe entziffern kann?«, schlägt Toby vor.

»Hey, Leute«, sagt Charlotte.

Die Plakette mit der Bezeichnung der Figur und dem Namen des Künstlers ist so an das Podest geschraubt, dass sie vielleicht zwei Zentimeter vorragt. Charlotte schiebt ihre schmale Hand in den Spalt dazwischen. Sie grinst.

»Bingo.« Triumphierend hält sie eine sehr kleine Schachtel aus Metall in die Höhe.

»O mein Gott«, quietsche ich, bevor ich mir eine Hand vor den Mund schlagen kann.

Toby schnappt sich die Schachtel. Ich entreiße sie ihm. Izumi springt auf und ab. Der Wärter mahnt, dass wir uns zusammenreißen sollen, sonst …

»Mach sie auf, mach sie auf!«

Unsere Begeisterung lässt deutlich nach, als ich den Deckel aufklappe und eine Videokassette im Miniformat zum Vorschein kommt.

»Was ist das?«, frage ich und halte sie näher an meine Augen.

»MicroMV«, sagt Izumi sofort. »Wurde von Sony Anfang der 2000er-Jahre nur kurz produziert. Überholte Technik.«

»Und wie sollen wir sehen, was da drauf ist?«, fragt Charlotte.

»Hat jemand zufällig einen MicroMV-Camcorder?«, fragt Toby und rollt verächtlich mit den Augen.

»Ich weiß nicht mal, was das ist«, sage ich.

»Dieses Band ist nutzlos«, sagt er, »wenn wir keine Kamera auftreiben, auf der wir es abspielen können.«

»Wir könnten nach einem alten Touristen suchen und ihn bestechen«, schlägt Charlotte vor.

»Kein Tourist, der auch nur ein bisschen Würde hat, benutzt noch so eine Kamera«, erklärt Izumi. Die Begeisterung über unseren Erfolg ist dahin. »Wir sollten an die Schule zurückkehren und es einfach Mrs. Smith geben. Vielleicht kriegen wir nicht mal Ärger, weil sie auch danach gesucht hat.«

»Bist du verrückt?«, giftet Charlotte. »Es muss doch in dieser Stadt irgendwo eine von diesen Kameras geben, und ich gehe nirgendwohin, bis ich nicht gesehen habe, was auf diesem Band ist. War das nicht der Sinn dieser ganzen Sache?«

»In dem Punkt bin ich mit Charlotte einer Meinung«, sagt Izumi. »Ich will sehen, was alle so wahnsinnig gemacht hat.«

»Aber wo finden wir so eine Kamera?«, frage ich. »Realistisch betrachtet, denn ich glaube, das mit dem Touristen wird nicht funktionieren.«

Toby sieht irgendwie unzufrieden aus. Und er ist verdächtig still.

»Was?«, stelle ich ihn zur Rede.

»Nichts«, behauptet er.

»Du lügst«, sage ich. »Und bei dieser Quest wird nicht gelogen.«

»Nenn es nicht Quest«, sagt er. »Sonst klingst du wie einer von diesen Computerspiel-Idioten.«

»Du kannst ja versuchen, mich durch dein Genörgel abzulenken, aber da ist irgendwas, das du uns nicht erzählst.«

Toby sieht aus, als gebe er sich geschlagen. »Na schön. Es könnte eine Möglichkeit geben, dieses Band abzuspielen.«

»Warum sagst du das denn nicht gleich?!«, regt Charlotte sich auf.

Er wirft ihr nur einen strafenden Blick zu. »Kommt mit«, sagt er. »Und bemüht euch, Schritt zu halten.«

Wir laufen in einem solchen Tempo dreizehn Blocks weit, dass meine Blasen Blasen kriegen. Als wir endlich stehen bleiben, keuchen alle.

Ich schaue an einem eleganten Gebäude hoch. Bis ich auf die Smith kam, hatte ich eigentlich nie mit Superreichen zu tun. Aber hier ist tatsächlich alles aus Gold.

»Warum sind wir hier?«, fragt Izumi.

»Weil ich hier wohne«, sagt Toby mürrisch.

Wir glotzen ihn an. »In genau diesem Gebäude hier?«, frage ich.

»Ich habe ja nicht behauptet, dass es mir gefällt.« Toby drückt die Tür in die Lobby auf und wir folgen ihm.

Die Eingangshalle erinnert mich mit seinen glitzernden riesigen Kronleuchtern und turmhohen goldenen Brunnen an ein Kreuzfahrtschiff. Die Fußböden sind aus pinkfarbenem Marmor und so blitzblank, dass ich mich darin spiegeln kann. Toby läuft schräg weiter auf einen Aufzug zu. Wir folgen ihm wie Entenküken. Ein Typ in Uniform und mit einem Namensschild, das ihn als Brad ausweist, gibt Toby High Five.

»Wo hast du gesteckt, Tobias?«, fragt Brad fröhlich. »Das muss ja Monate her sein.«

»Dad ist in Saudi-Arabien«, antwortet Toby. »Oder war es Singapur? Hab's vergessen. Ich hole nur ein paar Sachen für die Schule. Das hier sind meine Freunde.«

»Nett, euch kennenzulernen, Freunde von Toby«, sagt Brad grinsend. Er scheucht uns in den Aufzug und winkt noch mal freundlich. Während wir himmelwärts rasen, sieht Toby immer niedergeschlagener aus. Er ist auch Einzelkind eines alleinerziehenden Elternteils. Ich weiß, dass das manchmal hart ist, aber ihn scheint die Vorstellung, nach Hause zu kommen, richtig zu deprimieren. Ein Dad wie Drexel Caine kann einen anscheinend so weit bringen. In letzter Zeit ist dieser Mann dazu übergegangen, auf YouTube-Videos seine verrückten nächtlichen Experimente mit Robotern, Raketen und seltsamen Küchengeräten zu posten. Es ist nur noch eine Frage der Zeit, bis er damit ins Fernsehen kommt.

»Also«, sage ich leise, »warum hast du uns hierhergebracht?«

»Wegen der Sammlung«, meint Izumi nachdenklich.

»Die Sammlung!«, ruft Charlotte. »Na klar!«

Toby starrt auf seine Füße.

»Kann mich vielleicht mal jemand aufklären?«, frage ich.

»Seine Techniksammlung«, sagt Izumi, als müsste ich davon wissen. »Vor ein paar Jahren stand ein ganzer Artikel darüber in der New York Times.«

Bevor ich mir überlegen kann, warum mich das kümmern sollte, bleibt der Aufzug sanft im obersten Stock des Turms stehen. Auf der Penthouse-Etage. Die Türen öffnen sich direkt in ein elegantes Vorzimmer, das mit modernen Skulpturen nackter Menschen dekoriert ist. Wenn ich jetzt lache, kommt das total ungebildet rüber, also beiße ich mir auf die Zunge.

Toby drückt seinen Daumen auf ein Display und schon schwingen die Eingangstüren auf. Ich war echt schon an vielen Orten, aber etwas Vergleichbares habe ich noch nie gesehen. Das ist so, als würde man auch noch Schlagsahne auf die Glasur einer Schokoladentorte geben. Fast zu viel.

Toby bleibt stumm, während wir ein Wohnzimmer, so groß

wie ein Tennisplatz und mit umwerfender Aussicht nach Westen, durchqueren. Die Möbel, die aussehen wie aus einem Einrichtungsmagazin, wirken nicht, als wären sie schon jemals benutzt worden. Wir kommen durch eine Küche, in der man eine kleine Invasionsarmee verköstigen könnte. Es gibt Schlafzimmer und Salons und ein riesiges Arbeitszimmer mit Bücherregalen bis an die Decke. Unsere Schritte hallen in der Stille wider. Das Ganze kommt einem so unbewohnt vor wie die Frick Collection. Ich kann nicht glauben, dass Toby hier aufgewachsen ist.

Schließlich erreichen wir am anderen Ende der Wohnung eine große Stahltür. Toby gibt einen Code ein, der sie öffnet. Von oben strahlt fluoreszierendes Licht und lässt einen Raum von der Größe eines Fußballfelds erkennen. Ich weiß, dass er so groß gar nicht sein kann, aber jedenfalls wirkt es so.

»Das Labor«, flüstert Izumi. »Aus den Videos.«

»Genau«, sagt Toby.

Das Labor ist eiskalt und mit Glasvitrinen wie in einem Museum vollgestellt.

»Drexel sammelt ausgestorbene Technologien«, erklärt Toby. »Er ist total überzeugt, dass wir nur wissen wo's hingeht, wenn wir wissen, wo wir herkommen, bla, bla, bla. Jedenfalls hebt er seinen Mist hier auf. Jetzt müssen wir nur noch diesen Camcorder aus dem letzten Jahrhundert finden, von dem ich weiß, dass er hier irgendwo ist.«

Die Nadel im Heuhaufen ist ein Dreck dagegen. Drexel mag vielleicht ein Genie sein, aber ein sehr chaotisches. Hier gibt es Haufen aus alten Plattenspielern, Amateurfunkgeräten und antik aussehenden Telegrafen. Außerdem stehen da Kisten mit Tonbandgeräten, Videorekordern und Betamax-Maschinen. Und für jedes Ding, das ich identifizieren kann, gibt es Dutzende, die genauso gut von einem anderen Planeten stammen könnten. Laut Toby weiß Drexel einfach, wo alles ist, sodass es bei ihm nicht so lange dauert.

Nach einer Stunde Suchen verzieht Charlotte sich, um den riesigen Kühlschrank zu inspizieren und dann fernzusehen. Nach der zweiten Stunde verschwindet Izumi ins Bad und kommt auch nicht wieder.

Als drei Stunden um sind, bin ich kurz davor, loszuheulen und aufzugeben, aber da höre ich Toby schreien.

»Ja!« Er reckt etwas in die Luft. »Sonys bestes Stück. Ungefähr Jahrgang 2000. Jetzt können wir uns das Band ansehen.«

31

Das Kapitel, in dem wir mit alter Technologie kämpfen. Und dabei ziemlich alt aussehen.

Es dauert noch eine halbe Stunde, bis wir die richtigen Kabel für den Camcorder finden, der wahrscheinlich lange vor unserer Geburt das letzte Mal gelaufen ist. Toby schreit viel, tobt durchs Labor, reißt Schubladen und Schränke auf. Ich stehe in einer Ecke und versuche, nicht im Weg zu sein. Schließlich entdeckt Toby das richtige Kabel unter einem ziegelsteingroßen Ding aus Plastik, von dem er schwört, es wäre ein Mobiltelefon aus den Achtzigern. Aber wie sollte man so ein Ding denn mit sich rumtragen? Man bräuchte einen eigenen Koffer dafür! Izumi und Charlotte tauchen wieder auf, sie wirken satt und entspannt. Toby steckt die Kassette in die Kamera und auf dem winzigen Display erscheint ein Bild. Dicht zusammengedrängt starren wir darauf.

Ein kleines Mädchen, vermutlich noch keine zwei, rennt in einer Windel herum. Auf dem Rasen sieht man ein Planschbecken und verstreutes Kinderspielzeug. Man sieht dem Mädchen an, dass es einen Riesenspaß daran hat, immer wieder in das Planschbecken zu springen. Die Tonqualität ist ziemlich mies, aber man hört sie eindeutig lachen, während sie ins Wasser platscht und anschließend wieder rausklettert. Wer auch immer sie dabei filmt, scheint sie anzufeuern. Dann sitzt das Mädchen im Wasser, strampelt mit ihren dicken Beinchen und ruft: »Dada pielen! Dada pielen! Dada pielen!« Wegen des bescheidenen Sounds klingt ihre Stimme irgendwie verzerrt.

Das Bild wird verwackelt, weil anscheinend die Kamera auf den Rasen fällt. Als der Mann sie wieder aufhebt, kriegen wir sein Gesicht zu sehen. Er wirkt ganz gewöhnlich.

Toby hält das Band an. »Ich erkenne den Typen nicht«, sagt er. »Ihr vielleicht?«

Wir schütteln alle die Köpfe und er lässt das Band weiterlaufen.

Das Mädchen rennt jetzt zu ihrem Vater und drückt das Gesicht direkt gegen die Linse.

»Sei schön vorsichtig, Schätzchen«, sagt der Mann. »Wir müssen wegen deinem Aua aufpassen.«

Da fasst sich das kleine Mädchen ins Gesicht, das jetzt das ganze Display ausfüllt. Links neben ihrem Kinn ist eine ganze Reihe schwarzer Stiche zu sehen, die sich deutlich von ihrer blassen Haut abheben. Meine Handflächen werden feucht. Ich schaue Toby an, der die Augen aufreißt.

Das Mädchen weicht ein bisschen zurück, während der Mann ihr über die Wange streicht. »Daddy hat dich lieb, Zuckerschnecke«, sagt er. Seine Stimme bricht, aber ich könnte nicht sagen, ob er so gerührt ist oder ob es nur an der schlechten Qualität des Bands liegt. »Ja, das hat er. Und Daddy wird Ronny immer lieb haben, egal was passiert. Daddy hat Ronny sehr lieb.«

Toby springt auf. »Hat dieser Mann gerade gesagt, was ich glaube, gehört zu haben?«

»Er hat Ronny gesagt«, bestätige ich. »Du glaubst doch nicht etwa –«

»Wovon redet ihr eigentlich?«, fragt Charlotte.

Toby fummelt an der Kamera rum und das Video beginnt von vorn. Wir betrachten dieselben Szenen noch mal. »Das ist sie«, erklärt Toby.

»Das kann nicht sein«, sage ich, weil ich will, dass er sich irrt.

»Du kennst sie nicht so wie ich«, sagt er laut. »Du beobachtest sie nicht dauernd. Du musst nicht …«

Wir starren ihn alle an. Seine Wangen färben sich rötlich. »Sorry«, murmelt er. »Ich weiß einfach, dass sie es ist. Ich weiß es.«

Charlotte stampft mit dem Fuß auf. »Wovon redet ihr da?«

»Von Veronica!«, antworten wir im Chor.

»Moment«, sagt Izumi. »Ihr meint *die* Veronica? Also Veronica Brooks, die schon tot war, die wiederauferstanden und zum Fürchten ist? Diese Veronica?«

»Ja!«

»Ihr glaubt, dass sie das auf dem Video ist?« Izumi klingt extrem misstrauisch, und ich kann ihr das nicht verübeln.

»Die Narbe«, sagt Toby. »Er nennt sie Ronny. Außerdem weiß ich einfach, dass sie das ist.«

»Weil du sie stalkst, was?«, sagt Charlotte. Woraufhin Toby guckt, als würde er ihr gleich eine scheuern.

»Okay, okay, okay«, sage ich und hebe beschwichtigend die Hände. »Falls dieses Kind tatsächlich Veronica ist und das der Beweis ist, den Jennifer gegen Ghost entdeckt hat, bedeutet das …«

»Wir kennen seine Schwachstelle«, sagt Toby. »Die eine, nach der Teflon gesucht hat.«

»Aber ich habe ihre Eltern auf dem Campus schon gesehen«, sagt Izumi. »Der Typ da ist nicht ihr Vater.«

»Veronica ist adoptiert«, wirft Charlotte ein. »Wusstet ihr das nicht? Ihre Familie hat ein Haus auf Martha's Vineyard, gleich neben unserem. Ich habe mal gehört, wie ihre Mom zu meiner Mom meinte, was für ein Glück sie mit ihr hätten, was für ein tolles Kind sie sei und so.«

Stumm vor Staunen starren wir auf das Bild der kleinen Veronica auf dem Display. Zum ersten Mal, seit das alles hier angefangen hat, überkommt mich das Gefühl, dass mir die Sache über den Kopf wächst.

»Das ist nicht gut«, flüstert Toby. »Leute, ihr wisst nicht, wozu Ghost fähig ist. Er beseitigt Leute, jeden, der ihm im Weg ist und jeden, der zu viel weiß. Eines Tages wachst du auf und stellst fest, dass du verschwunden bist. Er wird nicht erfreut sein, wenn er erfährt, dass wir wissen, was wir wissen. Das ist einfach eine Nummer zu groß für uns. Wir sind geliefert.« Er fährt sich mit den Fingern durch die Haare.

»Du drehst total durch«, stelle ich fest.

»Ihr nicht?«, jammert er.

Izumi, Charlotte und ich sehen einander an. Izumi macht große Augen, aber sie wirkt noch ruhig. Charlotte zappelt ein bisschen rum, scheint aber nicht völlig durch den Wind zu sein.

»Nö«, sage ich. »Jedenfalls nicht so wie du.«

Toby lässt sich auf einen Stapel alter Festplatten sinken. Dann nimmt er den Kopf zwischen die Knie, wie in einem Flugzeug, kurz bevor es abstürzt. »Mir ist nicht so gut«, sagt er.

Sein Ernst? Auf einmal rennt er aus dem Labor. Ich schnappe mir die Kamera und folge ihm. Izumi und Charlotte kommen als Letzte. Toby stürzt in eins der siebenundzwanzig Badezimmer.

Wir warten im Wohnzimmer, und als er schließlich wiederkommt, wirft er sich theatralisch der Länge nach auf ein Sofa.

Charlotte mustert ihn eingehend. »Ich würde mal sagen, diese höhere Schule für Spione in Florida hat sich erledigt«, meint sie.

»Genau«, sagt Izumi, »du siehst übel aus.«

»Arbeitest du deshalb nicht im Außeneinsatz?«, frage ich.

»Nein! Ich bin bloß zu jung. Genau wie du. Schüler aus der Siebten und Achten sind dafür nicht vorgesehen!« Er legt sich den Handrücken auf die Stirn.

»Und was jetzt, Abby?«, fragt Izumi.

Ich verspüre das dringende Bedürfnis, auf und ab zu gehen. Zum Glück ist Tobys Wohnzimmer gut eineinhalb Kilometer lang. »Es widerstrebt mir, das zu sagen, aber ich denke, wir müssen das Band Mrs. Smith geben. In einem Punkt hat Toby recht: Das ist eine Nummer zu groß für uns.«

»Sehe ich auch so«, meint Charlotte. »Glaubt ihr, das Center wird Veronica benutzen, um Ghost zu kriegen? So, wie sie dich benutzt haben, um Jennifer zu finden?«

Bei dem Gedanken daran wird mir flau im Magen. Ich bin zwar nicht eine von Veronicas bewundernden Untergebenen, aber die Vorstellung, dass sie so benutzt wird wie ich, ist mir trotzdem zuwider. Das fühlt sich nicht gut an.

»Ich weiß es nicht«, sage ich. Das Center bedeutet Veronica alles. Klar, sie ist in fast allem die Beste, aber ich kann ihr ansehen, wieviel ihr der Einsatz als Spionin bedeutet. Wird es jemanden kümmern, wenn sie das nicht heil übersteht? Ich verdränge diesen Gedanken. Indem ich das Band gefunden habe, konnte ich meinen Wert unter Beweis stellen. Jetzt ist es an der Zeit, einen Schritt zurückzutreten.

Plötzlich richtet Toby sich kerzengerade auf. »Was riecht denn da so?«

»Hä?«

»Da brennt was«, sagt er und schnuppert. »Riecht ihr das etwa nicht?«

»Ist das Plastik?«, sagt Charlotte.

Toby springt auf. »O nein!« Er schießt zu dem kleinen Tisch auf der anderen Seite des Wohnzimmers, wo ich die Kamera hingelegt habe, in der das Video noch steckt. Es ist ein schwelender, zäher Haufen, von dem Rauchfäden aufsteigen. Toby schnappt sich eine Vase mit verwelkten Blumen und kippt das Wasser über den Camcorder. Es zischt und knackst. Trotzdem bleibt nur eine eklige Masse übrig.

»Das ist jetzt nicht wirklich passiert«, stöhnt Toby. »Die Entdeckung des Jahrhunderts, zerstört.«

»Komplett zerstört«, sage ich neben ihm.

Er tritt gegen das Tischchen, sodass die eklige geschmolzene Masse durchs Zimmer fliegt. »Und genau deshalb gibt es diese Camcorder heute nicht mehr!«, schreit er. »Weil sie mies sind! Totaler Müll!«

»Wir können Mrs. Smith trotzdem noch sagen, was wir gesehen haben«, sage ich. »Insofern ist es kein absolutes Desaster.«

Toby springt mir fast ins Gesicht. »Das hätte gereicht, um mich auf die Schule für Strategie zu bringen. Es wäre meine Eintrittskarte gewesen. Aber jetzt haben wir nichts. Gar nichts!«

»Vielleicht sollte das Band verbrennen?«, mischt Izumi sich ein.

Das unterbricht Toby abrupt in seinem Lamento. »Wie meinst du das?«

»Also, vielleicht hat es sich selbst zerstört. Das kommt doch in Filmen vor.«

»Das wäre doch verrückt.«

»Ich dachte auch, eine Schule für Spioninnen wäre verrückt«, bemerke ich.

»Das kann nicht sein«, sagt Toby. Aber er geht trotzdem hin, hebt den Klumpen Plastik vom Boden auf und betrachtet ihn von allen Seiten. Er legt ihn nicht mal aus der Hand, als er rausgeht, um einen Wagen zu bestellen, der uns zur Smith zurückfahren soll.

Die halbe Stunde, bis das Auto kommt, verbringen wir in der riesigen Küche, wo wir aus Rom importiertes Eis und Schokotrüffel mit echtem Blattgold drauf essen. Das hebt die allgemeine Stimmung merklich. Als Brad anruft, um zu melden, dass der Wagen da ist, sind wir sogar ziemlich gut gelaunt. Es wird Konsequenzen geben (Toilettenputzen, Nachhilfe für dämliche Hockeyspieler), weil wir abgehauen sind, aber wir sind bereit. Schließlich haben wir, wie Toby es formuliert hat, die Entdeckung des Jahrhunderts gemacht. Oder so was Ähnliches.

32

Das Kapitel, in dem mir die Bedeutung von Lektion Nummer eins klar wird.

Eine riesige, schwarz glänzende Peinlichkeit erwartet uns am Bordstein. Brad hält uns die Tür auf, während wir in die Hummer-Limo steigen.

»Dein Ernst, Toby?«, fragt Izumi. »Ist das der Wagen, den du ausgesucht hast?«

Toby zuckt mit den Achseln. »Ich hab einfach den Account von meinem Dad benutzt. Er mag so was.«

Wenigstens sind die Scheiben getönt, sodass uns von außen keiner sieht. Der Fahrer sitzt hinter einer ebenfalls getönten Trennscheibe, wir können nur seine Umrisse erkennen.

»Seid ihr bereit, Kinder?«, fragt Brad. Er beugt sich rein, gibt Toby noch mal einen High Five, und los geht's.

Jeder hängt seinen eigenen Gedanken nach. Ich hoffe, dass Mrs. Smith, wenn wir ihr von dem Video erzählen, so abgelenkt sein wird, dass sie vergisst, uns zu bestrafen. Wenigstens für eine Weile.

Eindeutig müssen alle mit sich selbst beschäftigt sein, denn wir fahren bestimmt schon gute zwanzig Minuten, als Izumi realisiert, dass wir nicht Richtung Norden nach Connecticut unterwegs sind, sondern nach Osten Richtung Queens. Sie packt meinen Oberschenkel.

»Schau mal aus dem Fenster«, flüstert sie.

Das tue ich, sehe aber nur den grau verschwommenen New Yorker Winter.

»Ja?«

»Queens«, zischt sie. Ich brauche einen Moment, bis ich begreife. *Queens? O nein. Queens!* Ich beuge mich vor und flüstere Toby die Neuigkeit zu, der sie Charlotte weitersagt. Stille Post auf Leben und Tod.

»Vielleicht ist das eine Abkürzung«, sagt Charlotte leise.

»Äh, nein«, meint Toby. »Das ist die total falsche Richtung.«

»Ich will das nicht«, murmle ich. Dann krabble ich zu der Scheibe, die uns vom Fahrer trennt und klopfe vorsichtig mit den Knöcheln dagegen. Aus dieser Entfernung kann ich sehen, dass der Mann einen schwarzen Anzug und eine Cap trägt.

»Entschuldigung?«, sage ich. »Wir fahren aber schon nach Watertown, Connecticut? Zur Smith School?«

Der Fahrer umklammert das Lenkrad fester, lässt sich aber ansonsten nicht anmerken, ob er mich gehört hat. Vielleicht dämpft die Scheibe auch Geräusche. Ich klopfe heftiger. Da zuckt der Fahrer zusammen. Also kann er mich hören, aber vielleicht spricht er kein Englisch.

»Watertown, Connecticut?«, sage ich langsam und betone jede Silbe.

Der Fahrer drückt auf einen Knopf und die Trennscheibe fährt runter. Dann dreht er sich zu mir um. Und ich wünschte, er würde es nicht tun. Der Mann in Anzug und Cap ist niemand anderer als meine alte Freundin, die falsche Bronwyn.

»Sie!«, schreie ich. »Sie sind doch in diesem See ertrunken!«

Meine Freunde zucken zusammen.

»Ich bin tougher als so ein kleiner zugefrorener Teich, Abigail«, sagt die falsche Bronwyn mit einem fiesen Grinsen.

»Du kennst diese Person?«, fragt Charlotte.

»Ja! Und sie ist nicht nett!«

»Ach, komm«, beschwert sich die falsche Bronwyn. »Ich bin wohl nett. Nur werde ich eben nicht von dir bezahlt. Bitte reicht mir mal eure Rucksäcke nach vorn auf den Beifahrersitz.«

Stattdessen hechte ich an Toby vorbei zum Türgriff. Was macht es schon, dass wir mit knapp hundert in fließendem Verkehr unterwegs sind? Aber natürlich sind die Türen verriegelt und hier hinten gibt es auch keine offensichtliche Möglichkeit, sie zu entriegeln. Das hätte ich mir doch denken können! Wann lerne ich endlich was dazu?

»Netter Versuch«, sagt die falsche Bronwyn und grinst wieder. »Die Rucksäcke, bitte.«

»Hey«, sage ich. »In dem See habe ich versucht, Ihnen zu helfen!«

»Das war rückblickend wahrscheinlich die falsche Entscheidung.«

»Du hast sie gerettet?«, fragt Charlotte empört.

Ich zucke mit den Achseln. »Ein bisschen.« Ich mache mir nicht die Mühe zu erklären, dass ich fand, ich wäre genauso mies wie diese miesen Typen, wenn ich sie hätte ertrinken lassen. Aus heutiger Sicht war das ein Denkfehler.

»Wo bringen Sie uns hin?«, verlangt Toby zu erfahren.

»Der Wunderknabe.« Die falsche Bronwyn schmunzelt.

»Ist Suzie Ihr richtiger Name?«, mische ich mich ein.

»Hä?«

»Tom hat Sie Suzie genannt«, sage ich. »Ist das Ihr Name?«

»Ich habe viele Namen«, sagt sie.

»Wo fahren wir hin?«, fragt Toby.

»Queens«, sagt Bronwyn. »JFK.«

Zum Flughafen? Das ist schlecht. Das ist sehr schlecht. Die werden uns in irgendein schreckliches Gefängnis in Bulgarien verschleppen, damit keiner je wieder von uns hört.

Kurz bevor ich die Fassung verliere, fällt mir ein, dass noch nicht alles zu spät ist! In meiner Jacke steckt ja noch das schicke iPhone in der pinkfarbenen Leopardenhülle. Ausgeschaltet, wie Toby es verlangt hat. Das heiße Wasser ist schon weg, aber mir bleiben noch das Gummigeschoss und die Pfeife. Ich überdenke die Situation. Wenn ich das Handy zücke und mit dem Gummigeschoss auf Bronwyn schieße, wird sie wahrscheinlich einen Unfall bauen. Wenn ich die Pfeife benutze, setze ich uns alle außer Gefecht und wahrscheinlich wird sie einen Unfall bauen. Und ich kann nicht sicher sein, dass wir danach entkommen könnten. Also warte ich vielleicht, bis wir anhalten und aussteigen? Aber was, wenn sie dann bemerken, dass ich das iPhone habe? Oder sie uns Handschellen anlegen oder so? Diese spontanen Spionszenarien sind echt harte Arbeit. Ich beschließe, abzuwarten. Aber ich stecke eine Hand in meine Tasche und stupse Toby ganz leicht an. Dann zeige ich ihm nur eine kleine Ecke des Handys. Er grinst.

Fünfzehn Minuten später rollen wir in einen Hangar irgendwo am Rand des riesigen John-F.-Kennedy-Flughafens. An einem kleinen Passagierjet vorbei geht es in den hinteren Teil des Hangars, wo der ganze Hummer in einen Lastenaufzug fährt. Die Tür schließt sich und wir bewegen uns abwärts. Ich beginne bereits zu bereuen, dass ich die Pfeife oder das Geschoss nicht doch an der Oberfläche benutzt habe. Jetzt werden wir enden wie Ratten, die im Untergrund leben.

»Das gefällt mir nicht«, sagt Charlotte leise.

»Mir auch nicht«, erwidere ich.

Schließlich halten wir. Die Aufzugtüren öffnen sich zu einem schwach beleuchteten Keller aus Beton. Eine Gruft. Und das ist noch positiv ausgedrückt. Mehrere finstere Tunnel führen in verschiedene Richtungen.

Mit einem *Klick* entriegeln sich die Türen. Wir steigen aus und werden von zwei bewaffneten Männern in schwarzer Kampfmontur empfangen, die offenbar keine Kinder mögen, weil sie weder lächeln noch Hallo sagen. Stattdessen fesselt einer uns die Hände mit Kabelbindern auf den Rücken, während der andere drohend zuschaut.

Dann marschiert die falsche Bronwyn in einen der Tunnel. Die Wachmänner stoßen uns hinter ihr her. Einer von beiden schnappt sich unsere Rucksäcke. Ich habe mich ernsthaft verkalkuliert. Jetzt sind uns die Hände gebunden. Im wahrsten Sinne des Wortes.

»Dann wollen wir uns mal unterhalten, was?«, sagt die falsche Bronwyn und wirft ihr Cap beiseite.

Wir gehen weiter, kommen an drei geschlossenen Türen vorbei und bleiben vor einer vierten stehen. Ein Wachmann tritt vor und schließt sie auf, während der andere neben Toby stehen bleibt und von seiner Nagelhaut abgelenkt wird. Ich nutze die winzige Gelegenheit, um das Telefon einzuschalten und es in meine hintere Hosentasche zu schieben, wo es weniger auffällt. Mit den gefesselten Händen ist das gar nicht so leicht, aber ich schaffe es, ohne aufzufallen. Nur scheint sich das Handy dermaßen zu freuen, wieder im Dienst zu sein, dass es einen digitalen Freudenlaut von sich gibt. Ich huste wie wild, um das Geräusch zu kaschieren, aber die falsche Bronwyn wirbelt herum.

»Was war das?«, verlangt sie zu erfahren.

»Was war was?«, frage ich unschuldig.

»Da war ein Geräusch«, sagt sie.

Die Wachmänner zucken gleichgültig mit den Achseln. Sie schließen nur Türen auf und zu und schauen bedrohlich. Ansonsten haben sie keine Meinung.

»Ich habe nichts gehört«, sagt Toby.

Daraufhin bohrt ihm die falsche Bronwyn ihren Zeigefinger in die Brust. »Du hältst die Klappe.«

Die sich öffnende Tür gibt den Blick in ein klassisches Verhörzimmer frei. Es sieht aus wie in der Serie *Law & Order*, von deren Wiederholungen wir im McKinsey House gar nicht genug kriegen können. Die Wachleute stoßen uns hinein und auf vier Stühle aus Metall vor einem wuchtigen Schreibtisch, ebenfalls aus Metall. Die falsche Bronwyn setzt sich an den Tisch und schlägt anmutig die Beine übereinander. Ich bemerke, dass sie für ihre Körpergröße ziemlich große Füße hat. Wir sitzen mit den Rücken zur Wand, was mir Gelegenheit gibt, das iPhone mit der Innenseite meines Ellbogens unter mein enges Tanktop zu schieben. Wenn ich jetzt nicht zu sehr schwitze, sollte es dort und außer Sichtweite bleiben.

Der Wachmann mit dem Schnauzbart rollt einen Servierwagen rein, auf dem ein Hammer, ein Schraubenzieher, eine kleine Säge und ein paar glänzende Instrumente liegen, die direkt aus einer Zahnarztpraxis zu stammen scheinen. Ich wende den Blick ab, weil ich sonst ins Schwitzen komme. Und je mehr ich schwitze, desto wahrscheinlicher ist es, dass das iPhone meinen Rücken runterrutscht und auf den Boden fällt.

Die Wachen ziehen sich in die Ecken zurück, wo sie so stocksteif stehen, als wäre das hier ein Casting für die Leibgarde der britischen Queen. Die falsche Bronwyn öffnet unsere Rucksäcke und kippte deren Inhalt auf den Tisch. Unsere Sachen rollen kreuz und quer. Meine Haarbürste und ein Buch für Chinesische Geschichte. Ein Schal und ein Paar Handschuhe. Drei Pflegestifte gegen raue Lippen. Eyeliner. Eyeliner? Was hat Charlotte eigentlich gedacht, wo wir hinfahren? Dann sind da noch meine Wasserflasche mit dem Logo der Smith School drauf und ein Bündel Kabel, die Toby gehören müssen. Müsliriegel. Eine Dose Cola. Die Bleistiftzeichnung der Persephone. Der zusammengeschmolzene Camcorder.

Die falsche Bronwyn stochert in dem Haufen herum, untersucht unser Zeug und übergeht den Camcorder komplett. Stattdessen greift sie nach einem Akku, der so ähnlich aussieht wie der, den Toby mir gegeben hat, bevor ich nach Kalifornien aufgebrochen bin.

»Was ist das?«, fragt sie und hält sie Toby direkt unter die Nase.

»Das ist eine Batterie. Für ein Handy.« Die falsche Bronwyn zieht eine Augenbraue hoch, greift sich den Hammer vom Tablett und drischt auf das rechteckige Ding ein. Doch der Hammer prallt nur davon ab. Sie wiederholt das Ganze wieder und wieder, aber der Akku hüpft nur wie wild auf der Tischplatte. Frustriert richtet sie den Hammer auf Tobys iPhone. Plastik- und Glassplitter fliegen in alle Richtungen. Toby schnappt nach Luft. Die falsche Bronwyn grinst. Sie haut auch auf die Coladose, die zerplatzt, und auf den Eyeliner, der sich nur in Matsch verwandelt. In ihrer Zerstörungswut haut sie sogar noch auf das Geschichtsbuch. Charlotte zuckt bei jedem Schlag zusammen. Izumi kneift die Augen zu und macht ein extrem unschönes Gesicht. Ich bin mir sicher, dass die beiden bereuen, mitgekommen zu sein. Ich bereue es definitiv, sie mitgenommen zu haben. Aber ich richte meine ganze Aufmerksamkeit auf das Handy in der Leopardenhülle, das gerade langsam an meinem Rücken runterrutscht. Ich kann einfach nicht aufhören zu schwitzen. In circa einer Minute wird unsere letzte Chance auf den Boden fallen.

Zufrieden, weil sie vermeintlich alles zerstört hat, was zerstört werden muss, wischt Bronwyn die Reste mit einem Arm auf den Boden, beugt sich über den Tisch und sieht mir direkt ins Gesicht. »Sag mir, wo es ist«, sagt sie. »Sonst setzt's was.«

33

Das Kapitel, in dem es laut wird.

Ich schwöre, mich zu bessern, falls ich das hier überlebe. Ich werde mir Wiederholungen von *Drei Engel für Charlie* ansehen, ohne mit den Augen zu rollen. Ich werde Jennifer wieder Mom nennen. Ich werde mein Bett machen. Mein Zimmer aufräumen. Nur noch gute Noten schreiben. Ich werde keine einzige freche Bemerkung mehr machen, über nichts. Also, ich werde mir jedenfalls echt Mühe geben, es nicht zu tun. Außerdem gibt es Dinge, die ich im Leben noch machen will! Einen Rückwärtssalto vom Ein-Meter-Brett und den Mount Everest besteigen. Deshalb bin ich auch nicht bereit, alles in diesem Raum enden zu lassen.

»Wo ist es?«, fragt die falsche Bronwyn noch mal.

»Wo ist was?« Ich bemühe mich sehr, den Blick nicht auf den geschmolzenen Camcorder zu richten, der inzwischen am Boden liegt.

Da steht Bronwyn auf und umkreist uns. Ich habe sie nicht gern hinter mir. Sollte sie das iPhone entdecken, sind wir echt in Schwierigkeiten. Was wir ja sowieso schon sind.

Sie schnappt sich eine Rasierklinge vom Tablett und hält sie mir unter die Nase. »Ich habe es echt satt, dass du mich dauernd schlecht dastehen lässt«, flüstert sie.

Das Telefon rutscht noch einen Zentimeter tiefer.

»Ich habe keine Ahnung, wovon Sie reden.«

»Von dem Videoband!« Sie haut mit beiden Fäusten auf den Tisch.

Ich zucke zusammen.

Izumi macht immer noch so ein furchtbares Gesicht, aber jetzt sehe ich, dass sie die ganze Zeit versucht hat, ihre Hände aus dem Kabelbinder zu ziehen. Jetzt hat sie sie frei! Ohne Zögern springt sie von ihrem Stuhl auf und rammt der falschen Bronwyn ihre Schulter in die Rippen. Eine klassische Rugby-Attacke. Bronwyn fliegt nach hinten, knallt heftig gegen die Wand hinter sich und rutscht dann daran herunter.

Es gibt viel Geschrei, während Izumi elegant herumwirbelt, sich ihren Metallstuhl schnappt und ihn einem der Wachmänner über den Schädel zieht. Auch er geht zu Boden.

»Das reicht jetzt!«, kreischt der zweite Wachmann. »Keiner rührt sich!«

Er zielt mit seiner Waffe auf uns und wir erstarren. In diesem Moment rutscht das iPhone unter meinem Shirt raus. Es gelingt mir, es mit meinen gefesselten Händen aufzufangen, bevor es zu Boden fällt.

»Toby ist cool!«, schreie ich. »Pfeif!«

»Ohrenbetäubend« ist für das Geräusch, das aus dem Telefon kommt, echt untertrieben. Stellt euch eine Mischung aus jaulender Katze und Nägeln auf einer Kreidetafel vor. Dazu noch ein brüllendes Baby und das Quietschen der U-Bahn, wenn sie in die Haltestelle Astor Place einfährt. Und das Ganze richtig laut, so laut, dass Glas zerspringt. Das ergibt insgesamt ungefähr halb so viel, wie wir gerade durchmachen.

Der Wachmann lässt seine Waffe fallen, sinkt auf die Knie und hält sich die Ohren zu. Ich kann nicht erkennen, ob er schreit, aber sein Mund steht offen. Ich fürchte, mich übergeben zu müssen. Es ist so laut, dass ich Sternchen sehe.

Charlotte klappt zusammen. Tobys Gesicht nimmt eine seltsame Farbe an. Ich kämpfe gegen die Sterne.

Blinzeln hilft.

Izumi greift nach Tobys Schweizer Armeemesser, das auf dem Boden liegt, stößt die Tür auf und schiebt uns hinaus. Die Sterne in meinem Kopf werden immer mehr. Das ist schon eine ganze Milchstraße, die ich wegen des Lärms halluziniere.

Wartet!, kann ich von Tobys Lippen lesen. Er schnappt sich den unkaputtbaren Akku und das nach wie vor kreischende Handy.

»Was tust du da?«, schreie ich.

»Ich habe darauf noch keine Patente angemeldet! Da kann ich sie doch nicht einfach hierlassen!«

Unsere Leben sind in höchster Gefahr und Toby sorgt sich um sein geistiges Eigentum?

Izumi gibt uns noch einen Schubs aus dem Raum hinaus. Hinter uns schließt sie die Tür ab.

»Befiehl ihm aufzuhören, Abby!«, brüllt Toby.

Wie soll es mich denn hören?

»Toby ist cool!«, gröle ich. »iPhone aus!« Sofortige Stille.

»Schneid unsere Fesseln durch«, sage ich zu Izumi. Oder wenigstens glaube ich, dass ich das sage, denn ich höre tatsächlich meine eigene Stimme nicht, als ich in normaler Lautstärke spreche. Schnell befreit Izumi uns von den Kabelbindern und wir stolpern durch den Tunnel. Dabei torkeln wir wie Betrunkene zwischen den Wänden hin und her.

»Ich. Bin. Ein. Genie«, verkündet Toby. »Klar fühle ich mich jetzt richtig schlecht, aber das war schon brillant, was? Die Sache mit dem Krach. Hat die Typen total außer Gefecht gesetzt!«

Jennifer hat mich mal auf ein Konzert der Rolling Stones mitgeschleppt. Die Typen sahen aus wie Fossilien, ich mochte die Musik nicht und am Ende fühlte sich mein Kopf an, als wäre er mit Watte gefüllt. Das hier ist aber noch viel, viel schlimmer. Eine Gehirnerschütterung durch Lärm.

»Heb dir dein Eigenlob auf, bis wir das Tageslicht wiedersehen«, murmle ich.

Unser Gleichgewichtssinn bleibt gestört und wir stoßen dauernd zusammen.

»Warum hast du dauernd geschrien ›Toby ist cool‹?«, will Charlotte wissen und wackelt mit dem Unterkiefer, wie um ihre Ohren frei zu kriegen.

»Frag ihn«, sage ich und deute so ungefähr auf Toby. Über die genaue Richtung bin ich mir im Moment nicht im Klaren.

»Vielleicht später«, sagt sie. Toby hat sich nämlich die Zeigefinger in die Ohren gesteckt und macht dazu ein seltsames Gesicht.

Endlich taumeln wir in den Raum, wo der Hummer parkt.

»Ich glaube, ich bin jetzt bereit, nach Hause zu fahren«, sagt Izumi leise.

Damit spricht sie mir aus der Seele. »Lasst uns von hier abhauen«, sage ich.

Aber das geht vielleicht doch nicht ganz so schnell. Aus dem dunklen Tunnel tauchen zwei neue Wachmänner auf, bewaffnet und wohl zu allem bereit.

»Keine Bewegung!«, brüllt einer von ihnen. »Hände hoch!«

Das bringt mich zum Kichern. Es muss der Stress sein, aber ich kann nicht anders. »Hände hoch« klingt einfach so nach Klischee.

»Hör auf zu lachen!« Izumi stößt mich heftig mit dem Ellbogen in die Seite.

»Ich glaube, das schaffe ich nicht«, sage ich immer noch lachend.

»Du da«, schreit einer der Wachmänner. »Lass das.«

»Ich kann nicht«, keuche ich.

Inzwischen wedelt Toby mit den Armen in der Luft, als würde er gerade von einem Bienenschwarm angegriffen. Das bringt mich noch mehr zum Lachen. Ich bin geradezu außer mir.

»Keine Bewegung mehr«, sagt der Wachmann. »Nehmt die Arme runter, hört auf zu reden und zu lachen!«

»Aber Sie haben doch gerade ›Hände hoch‹ gesagt«, erwidere ich.

»Hör zu, Mädchen«, schnarrt er. »Glaub bloß nicht, dass ich Hemmungen hätte, euch zu erschießen, denn genau das werde ich tun.«

»Ich glaube Ihnen aufs Wort«, sagt Toby.

Da merke ich, dass es ihm während seines Gefuchtels gelungen ist, den Akku aus seiner Hosentasche zu nehmen.

»Hey, was ist das?«, fragt einer der beiden und kommt näher. »Leg das weg!«

»Los, hinter mich!«, schreit Toby.

Wir drei gehorchen sofort. Dann zielt er mit dem rechteckigen Ding auf die beiden Bewaffneten und drückt einen Knopf, den ein ungeübtes Auge gar nicht sehen würde. Das Ding explodiert mit einer solchen Wucht, dass Toby nach hinten geschleudert wird und gegen uns prallt. Wir knallen alle gegen die Wand und landen auf einem Haufen. Die Wachmänner sind jedoch komplett von einem klebrigen gelben Netz bedeckt. Je heftiger sie versuchen, sich daraus zu befreien, desto mehr verheddern sie sich.

»Ich nenne es Schwarze Witwe«, sagt Toby noch am Boden.

»Hübsch«, meint Izumi.

Die Männer fluchen, was das Zeug hält. Für die Schimpfwörter, mit denen sie uns bezeichnen, würde Jennifer mir auf der Stelle Hausarrest geben. Während wir uns wieder aufrappeln, höre ich ein fieses Knirschen.

»Was war das?«, fragt Charlotte.

»O mein Gott, Abby!«, kreischt Izumi. »Was das etwa dein Bein?«

Ich schaue an mir runter. Sieht alles normal aus, kein Blut, kein hervorstehender Knochen, aber sobald ich mich bewege, knirscht es wieder. Das ist das iPhone. Oder was davon übrig ist. Mein schickes Agentinnen-Handy ist erledigt. Das Display unter dem zersplitterten Glas bleibt schwarz. Ich halte es wie ein verletztes Küken in meinen Händen. Da plumpst das Hochgeschwindigkeits-Gummigeschoss auf den Boden. Ich bin nicht dazu gekommen, es zu benutzen.

»O Mann«, sagt Toby niedergeschlagen.

»Tut mir leid«, stottere ich. »Ich muss blöd draufgefallen sein …«

»Mach dir keine Gedanken«, sagt er. »Ich kann ein neues bauen. Glaube ich zumindest.«

Einer der Wachmänner ruft mir ein besonders unverschämtes Schimpfwort zu, und mir ist nicht gerade nach Vergebung zumute, nachdem er eben noch gedroht hat, uns zu erschießen. Also stopfe ich das kaputte Handy in meine hintere Hosentasche, marschiere auf den Kerl zu und – *wumm!* – haue ihm mit der Handkante genau zwischen die Augen.

»Das nennt man *Halt-die-Klappe*-Handgriff«, erkläre ich.

Daraufhin brechen Izumi und Charlotte in Gelächter aus. Wir haben uns echt selbst übertroffen.

»Zum Aufzug!«, rufe ich und wir rennen los.

34

Das Kapitel, in dem wir uns in Sicherheit bringen. Aber nur für eine Minute.

Wir sind vor Begeisterung über uns selbst total aufgedreht, als wir den Aufzug erreichen. Schließlich haben wir es gerade geschafft, uns aus den Fängen von Ghosts fieser Handlangerin zu befreien.

Aber ich erinnere mich, dass Jennifer immer sagt, die Besteigung des Mount Everest sei keine so große Sache. Viel härter sei es gewesen, wieder runterzukommen. Klar, wir haben es aus dem unterirdischen Verhörzimmer geschafft, aber in Sicherheit sind wir deshalb noch lange nicht.

Darüber denke ich nach, während der Aufzug langsam hochfährt und die anderen sich wahrscheinlich ebenfalls ausmalen, welcher Horror uns oben erwarten wird. Das iPhone ist kaputt, die Schwarze Witwe verbraucht, uns bleibt nur noch der eigene Verstand.

»Ich wünschte, ich hätte jetzt das Spy Eye«, sagt Toby.

»Warum?«, frage ich. »Damit du gruselige Bilder von Veronica an die Wand werfen könntest?«

»Du bist deshalb immer noch sauer, was?«

»Vielleicht.«

»Warum braucht denn dieser Aufzug so lange?«, stöhnt Charlotte. »Wir sind doch schon ewig hier drin!«

»Spy Eye könnte sehen, ob die uns oben auflauern«, sagt Toby. »Wir könnten zwar nicht viel dagegen machen. Aber trotzdem. Ich kann immer noch nicht glauben, dass du an dem Abend damals in Mrs. Smiths Büro das Bewusstsein verloren hast.«

Izumi und Charlotte kichern trotz unserer ungewissen Lage.

»Und wie!«, lästert Charlotte.

»Wollt ihr das Thema wirklich ausgerechnet jetzt vertiefen?«, frage ich.

»Du bist vor Mrs. Smith und Mr. Roberts einfach in Ohnmacht gefallen.« Toby kichert.

Diesen Moment kennt doch jeder: Wenn man Minecraft spielt, die Feinde immer mehr werden und Zombies durch die Türen eindringen. Man hält sich selbst schon für tot, aber plötzlich schafft man es doch und ist ein Level weiter. Alles passt und ergibt Sinn. So einen Moment erlebe ich gerade. Nur nicht in einem Videospiel.

»Mr. Roberts war an dem Abend auch in diesem Büro?«, frage ich irritiert. »Physik-Mr.-Roberts?«

»Klar«, sagt Toby.

Aber bevor ich darauf reagieren kann, bleibt der Aufzug stehen und die Tür gleitet auf. Vor uns steht keine Bande bewaffneter Wachleute, um uns zurück in die unterirdischen Kammern zu schleppen, sondern Mr. Roberts höchstpersönlich.

Izumi und Charlotte rennen auf ihn zu.

»O mein Gott«, heult Charlotte. »Ich dachte wirklich, wir würden da unten sterben. Wie haben Sie uns bloß gefunden?

Können wir bitte hier verschwinden? Ich bin so froh, Sie zu sehen.«

»Kinder, ihr steckt in ganz schönen Schwierigkeiten«, sagt Mr. Roberts mit einem freundlichen Zwinkern. »Mrs. Smith hat mich geschickt, um euch zurückzubegleiten, aber der Verkehr war schrecklich, fast hätte ich es nicht geschafft.«

»Wir müssen von hier abhauen!«, keucht Toby atemlos. »Ghost steckt dahinter. Oder zumindest glauben wir das. Jedenfalls haben wir den Beweis gegen ihn gefunden, und, tja, er ist verbrannt, aber vorher haben wir ihn uns noch angesehen.«

Mr. Roberts hebt eine Hand, damit wir uns beruhigen und still sind. »Wollt ihr damit sagen, ihr habt das Band gefunden, aber es ist verbrannt?«

»Wartet«, sage ich.

Ich erinnere mich an den Abend im Büro. Damals, als diese verrückte Geschichte begann. Wenn der Mann in dem Sessel Mr. Roberts war, dann war er es auch, der den Beweis unbedingt in die Finger kriegen wollte. Dann war er es, der Mrs. Smith gedrängt hat, mich als Köder zu benutzen. Und das an seinem Bein war kein blauer Fleck oder so. Es war ein dreieckiges Tattoo. Eines, das seine Gefolgschaft für einen sehr üblen Typen bezeugt, den er eigentlich jagen sollte.

Mr. Roberts ist der Verräter.

»O nein«, murmle ich.

Aber Toby, der unserem vermeintlichen Retter unbedingt gefallen will, plappert einfach weiter. »Wir haben uns das Band auf einem dieser alten Camcorder ein paarmal angesehen. Und wir denken, dass wir jetzt auch wissen, warum Ghost es unbedingt zurückhaben wollte.«

»Toby, halt die Klappe«, flüstere ich und stoße ihn an.

»Das denkt ihr also?«, fragt Mr. Roberts.

»Das ist Veronica!«, ruft Izumi dazwischen. »Auf dem Video.«

»Wir denken, Ghost ist ihr Dad«, mischt auch Charlotte sich noch ein.

»Das könnte man doch gegen ihn benutzen, oder?«, sagt Toby.

»Und du sagst, das Band ist verbrannt?«, hakt Mr. Roberts noch mal nach.

»Leute«, sage ich. »Mrs. Smith hat ihn nicht hergeschickt.«

Sie hören mich gar nicht.

»Das Band ist noch da unten bei diesen Leuten, die uns entführt haben«, sagt Toby. »Es ist sowieso nutzlos, nur noch ein Klumpen geschmolzenes Plastik.«

»Aber ihr habt es euch vorher angesehen, nicht wahr?«

»Ja.«

»Ihr alle?«

»Ja. Ein paarmal«, sagt Izumi. »Wir kennen es in- und auswendig, das kann ich Ihnen versichern.«

»Darauf würde ich wetten«, meint Mr. Roberts grinsend. »Gelegenheit, eine Kopie anzufertigen, hattet ihr wohl nicht, oder?«

Toby lässt den Kopf hängen. »Nein«, flüstert er. »Das hätten wir tun sollen. Beim nächsten Mal werde ich gründlicher sein.«

»Aber ganz im Gegenteil«, sagt Mr. Roberts. »In dieser Situation ist das absolut in Ordnung. Warum steigen wir jetzt nicht alle rasch in den Wagen und unternehmen eine kleine Spritztour?«

»Nein!«, schreie ich. Meine Freunde sehen mich an, als hätte ich den Verstand verloren. »Er ist einer von denen.«

»Abby, was redest du denn da?«, fragt Izumi.

Mr. Roberts lächelt gutmütig. »Du hast ein paar lange Tage hinter dir, Abigail. Du bist nur verwirrt. Erschöpft.«

Hinter ihm sehe ich Wachmänner, drei von ihnen, die sich im Schatten halten. Sie sind bewaffnet, schwarz gekleidet und haben fatale Ähnlichkeit mit den Typen, die wir gerade da unten in dem gelben Glibber zurückgelassen haben. Aber sie stürzen sich nicht auf uns, schreien oder fuchteln mit ihren Waffen rum, wie man das tun würde, wenn die Beute zu fliehen droht. Sie warten stattdessen geduldig auf Befehle.

»Abby«, zischt Charlotte. »Was tust du?«

»Er wird uns zu Ghost bringen«, sage ich mit ganz trockenem Mund. »Weil wir das Video gesehen haben.«

»Was?«, sagt Toby. »Warum?«

»Weil er für ihn arbeitet!«, kreische ich.

Endlich habe ich ihre Aufmerksamkeit, und sie schauen zwischen mir und Mr. Roberts hin und her.

»Sie redet Unsinn«, sagt Mr. Roberts. »Weil sie gestresst ist, Angst hat und nicht wie ein Dummkopf dastehen will. Oder möchtet ihr etwa wirklich auf sie hören?«

»Er hat ein Dreiecks-Tattoo«, stoße ich hervor. »Auf seinem Knöchel. Ich habe es gesehen. Er arbeitet für Ghost. Ihr müsst mir glauben.«

Die Wachen rücken stumm näher.

Meine Freunde schlagen sich auf meine Seite. »Wir glauben Abby«, erklärt Izumi.

Da verzieht Mr. Roberts sein Gesicht zu einer hässlichen Fratze. Seine Augen glühen und die Lippen werden zu einem dünnen Strich. Dann grinst er böse und spricht mit viel tieferer Stimme als vorher.

»Abigail Hunter«, sagt er höhnisch. »Sieh mal an, was das kleine Fräulein glaubt, rausgefunden zu haben. Wie deine Mutter. Ihr müsst euch dauernd in Dinge einmischen, die euch nichts angehen.« Er packt mich bei den Schultern und schüttelt mich ein wenig. »Du hast eine Menge Probleme verursacht.«

»Dann ist das wohl etwas, worauf ich stolz sein kann«, sage ich.

Da schlägt er mir ins Gesicht. Meine Freunde schnappen erschrocken nach Luft. Etwas Blut rinnt aus meiner Nase. Meine Wange brennt und ich spüre, wie mir Tränen in die Augen steigen. Aber ich werde vor diesem Mann nicht weinen. Die Genugtuung gönne ich ihm nicht.

»Habt ihr das Video kopiert?«, fragt er.

»Nein«, antworte ich. »Das haben wir doch schon gesagt.«

»Wir haben Möglichkeiten, das mit Sicherheit festzustellen«, sagt er und stößt mich in Richtung Auto.

Hinter der breiten Einfahrt in den Hangar kann ich das Tageslicht sehen. Ein schwarzer Wagen hält dicht neben dem Gebäude und jemand steigt aus. Die Wachen kommen näher, als wollten sie uns in Schach halten.

Jetzt kommt eine einzige Person in dunkler Kleidung und Baseball-Cap mit großen Schritten auf uns zu. Meine Fantasie überschlägt sich. Könnte das der sein Typ, dessen Spezialität das Foltern unschuldiger Kinder ist? Oder macht Mr. Roberts seine Drecksarbeit selbst? Vielleicht ist es auch einer der Wachleute, der zu spät zum Dienst erscheint? Aber nein. Diese Person ist nichts von alledem.

Zuerst stürzen die Wachmänner bewusstlos zu Boden *(Wumm! Wumm! Wumm!)*. Winzige bunte Dartpfeile stecken kaum sichtbar in ihren Hälsen. Bevor Mr. Roberts etwas davon mitkriegt, hält ihm die Person mit der Cap eine Pistole an den Hinterkopf.

»Rühr dich nicht«, sagt meine Mutter. »Denk nicht mal dran.«

35

Das Kapitel, in dem wir ein Spiel spielen.

In meinem ganzen Leben war ich noch nie so froh, Jennifer Hunter zu sehen. Nicht mal als ich damals mit sechs Jahren im Central Park verloren ging. »Mom!«, schreie ich.

»Hallo, Kinder«, sagt sie und winkt uns zu.

»O Mrs. Hunter!«, sagt Izumi. »Es ist echt schön, Sie zu treffen!«

Toby starrt Jennifer an, als sei sie Superman oder Spider-Man oder irgendeine fantastische Mischung aus beiden.

»Es ist auch toll, euch alle zu treffen«, sagt sie. »Tut mir leid, dass ich euch im Museum verpasst habe, Leute. Aber ein paar von Roberts Schlägern haben mich aufgehalten. Ich bin wohl ein bisschen eingerostet.«

»Du bist was viel Schlimmeres als eingerostet«, knurrt Mr. Roberts.

Jennifer drückt die Mündung der Pistole fester gegen seinen Kopf. »Du warst die ganze Zeit direkt vor unserer Nase«, sagt sie kopfschüttelnd. »Das Center zwingt dich in den Ruhestand, und da schließt du dich den Bösewichten an. Ich muss sagen, das hätte ich nie erwartet.«

»Ich habe dem Center mein Leben geopfert«, schreit er. »Und die setzen mich wegen Lola Smith vor die Tür. Die zwingen mich zum Rückzug, damit ich kleine Gören unterrichte.«

»Du hast deine Freunde, dein Land, einfach alles verraten. Du hast dich in den Dienst von Ghost gestellt«, erwidert Jennifer.

»Und das soll schlimmer sein als dein Fehler? Alles, was ich für dich getan habe, die jahrelange Ausbildung, die Arbeit, und dann wirfst du alles weg wegen ihr.« Mr. Roberts starrt mich finster an.

Da sieht meine Mutter zum ersten Mal wütend aus. »Du kranker alter Mann«, sagt sie leise. »Ich bin keine Spur so wie du. Abby, komm hierher. In meiner Tasche steckt ein Kabelbinder. Fessel ihm die Hände auf den Rücken. Sofort.«

Ich hole den Kabelbinder aus Jennifers Tasche. Doch als Mr. Roberts die Hände schon hinter dem Rücken hat, fällt mir der Kabelbinder auf den Boden. Ich bücke mich, um ihn aufzuheben, da stößt er Jennifer weg und packt mich, wobei er einen Arm um meinen Hals legt. Jemand schreit, aber ich kann nicht erkennen, wer. Mit den Fingernägeln bearbeite ich seinen Arm.

»Leg die Waffe weg«, befiehlt Mr. Roberts.

»Lass Abby aus dem Spiel«, sagt Jennifer.

»Sofort!«, brüllt Mr. Roberts.

Jennifer legt die Pistole vor ihre Füße und stößt sie mit dem Fuß in seine Richtung.

»Hände hoch. Wenn ich dich auch nur zucken sehe, drücke ich zu. Und du weißt, dass ich es tue.«

Jennifer rührt sich nicht.

»Und jetzt«, sagt Mr. Roberts, »steigen wir alle in den Aufzug und unternehmen einen kleinen Ausflug nach unten, verstanden?«

»Okay«, sagt Jennifer. »Verstanden.«

Als Mr. Roberts mit mir vor sich losgehen will, höre ich das Piepen. Es ist ein leises Geräusch. Zaghaft und fast ein wenig verzweifelt, aber eindeutig da. Ich spüre sogar das Vibrieren in meiner Hosentasche. Das kaputte iPhone lebt! Und mir kommt eine Idee.

»Spielen Sie gern Karten?«, keuche ich.

»Was?«, fragt Mr. Roberts.

»Abby, nein!«, schreit Toby.

Aber da ist es schon zu spät. »Toby ist cool!«, krächze ich. »Solitär!«

Das ist das Letzte, woran ich mich erinnern kann.

36

Noch eine seltsame Wendung. Und vermutlich nicht die letzte.

Ich bin wieder da, wo es angefangen hat. Schwester Willow hält meine Hand und meint, es sei für mich an der Zeit, aufzuwachen. Mein ganzer Körper schmerzt, als wäre ich von einem Bus überfahren worden.

»Alles ist wieder gut, Liebes«, sagt sie. »Oder wird es bald sein. Richte dich nur nicht zu rasch auf.«

Genau das mache ich natürlich und die Welt beginnt, sich schwindelerregend träge zu drehen. Ich falle auf mein Kissen zurück.

»Ich glaube, sie tut nur so«, höre ich jemand sagen. Izumi. »Das dauert jetzt schon Tage.«

Ich öffne die Augen und sehe Toby auf mich herabschauen. Er hat einen Verband um seinen Arm. Izumi trägt eine Augenklappe. Charlottes Haare sehen angesengt aus. Außerdem steht da noch Veronica. Mit vor der Brust verschränkten Armen schafft sie es irgendwie, gleichzeitig froh und verärgert dreinzublicken. Aber sie ist hier.

»Was ist passiert?«, flüstere ich, aber meine Stimme ist rau und das Sprechen schmerzt.

»Wir haben Karten gespielt«, sagt Toby lächelnd. »Mr. Roberts hat verloren.«

»Haben sie ihn geschnappt?«, frage ich.

Meine Freunde nicken. »Er sitzt hinter Schloss und Riegel«, sagt Charlotte.

Ich schnappe nach Luft. »Izumi, dein Auge?«

»Ist nur vorübergehend«, meint sie achselzuckend. »Obwohl ich die Klappe vielleicht lasse. So quasi um meine innere Piratin zu würdigen, versteht ihr?«

Ich fange an zu weinen und könnte nicht mal sagen, warum. Ich bin dankbar, am Leben zu sein. Und dankbar, dass meine Freunde am Leben sind. Ich bin froh, dass wir einen fiesen Kerl zur Strecke gebracht haben.

Jennifer taucht im Türrahmen auf. »Da ist ja mein Mädchen«, sagt sie und nimmt mich in den Arm.

Meine Freunde und Schwester Willow verlassen leise das Zimmer. Nachdem wir uns ungefähr eine Minute lang umarmt haben, merke ich, dass sich etwas in meine Brust bohrt. Ich schiebe meine Mutter ein Stück von mir weg und betrachte sie. Sie sieht nicht wie Jennifer aus, in ihrem kakifarbenen Hosenanzug, mit hohen Absätzen und einem Schlüssel um den Hals.

Das ist Mrs. Smiths Schlüssel.

»Was ist denn los?« Ich schlucke heftig.

Sie streicht mir mit dem Finger über die Wange. »Du warst sehr mutig«, sagt sie. »Ich bin unglaublich stolz auf dich. Und du hast außerdem auf ewig Hausarrest.«

»Wo warst du? Warum hast du mich nicht befreit? Vom Lotus-Mann, der falschen Bronwyn, dem fiesen Tom und Rip Curl!«

Jennifer kichert. »Und ich dachte, du wärst sauer, weil ich für das Center arbeite.«

»Das bin ich auch!«, schreie ich.

»Pssst«, macht sie. »Beruhig dich, sonst schmeißt Schwester Willow mich raus. Ich konnte dich nicht retten, weil ich gar nicht wusste, dass du in Kalifornien warst. Ich war komplett außen vor. Die Partnerschaft hat viele Jahre lang so funktioniert, dass ich verschwunden war und Lola, ich meine, Mrs. Smith, alles regelt. Nur ist das nicht passiert. Ich habe absolut nichts von dir gehört, bis Charlotte Uber benutzt hat. Erst da wusste ich, was ihr vorhattet. Allerdings hatte ich noch ein paar Probleme mit Mr. Roberts Leuten, die mich aufhielten. Alles in allem nicht mein bester Job.«

Sie lächelt traurig. »Ich hatte geplant, dir alles zu erzählen, wenn du älter wärst. Denn ich wollte, dass du dir eine eigene Meinung zu den Dingen bildest. Deine Wahl muss nicht wie meine aussehen. Aber Mrs. Smith hätte dich da nie mit reinziehen dürfen. Sie hat so ungefähr jede existierende Vorschrift gebrochen.«

»Und warum hat sie das getan?«

»Weil sie so verzweifelt gewinnen wollte. Verzweiflung lässt Leute alles Mögliche machen.«

»Werdet ihr Ghost schnappen?«, frage ich leise. Ich will nicht, dass sie Veronica dafür benutzen. Ich will, dass sie sich etwas Besseres einfallen lassen.

»Ja«, sagt sie. »Wir werden ihn schnappen. Daran habe ich schon immer geglaubt. Aber wir werden nicht deine Freundin dafür opfern.«

»Oh, sie ist nicht meine Freundin«, sage ich schnell. »Sie kann mich nicht ausstehen.«

»Da bin ich mir nicht so sicher«, meint meine Mutter lächelnd.

»Ich bin mir aber sicher, dass Eltern nicht das Schicksal ihrer Kinder bestimmen. Ihr solltet nie für unsere Fehler bezahlen müssen. Jeder von euch ist ein eigenes Individuum. Veronica weiß nicht, was ihr alle auf dem Video gesehen habt, und das muss sie auch nicht. Sie ist eine von uns.«

Ich umarme sie so fest, dass sie nach Luft schnappt. Wieder pikt mich der Schlüssel. »Warum trägst du diesen Hosenanzug?«, frage ich.

»Tja, witzig, dass du danach fragst«, erwidert sie. Mir gefällt nicht, wie sie das sagt. »Mrs. Smith ist in einem kurzen … Urlaub. Und da hat mich das Center gefragt, ob ich vorläufig einspringe.«

»Moment mal«, sage ich zögernd. »Dann bist du die neue Direktorin?«

»Vorläufige Direktorin«, verbessert sie. Und mit einem vielsagenden Blick auf die Stilettos fügt sie hinzu: »Aber mal sehen, wie lange ich mit der Rolle zurechtkomme …«

Ich bin sprachlos.

Meine Mutter tätschelt mir die Hand. »Jetzt konzentrier du dich erst mal darauf, gesund zu werden«, sagt sie. »Wir haben nämlich eine Menge Arbeit. Nur unter uns, ich habe Gerüchte über einen gewissen Tucker Harrington gehört, die mir zu denken geben. Vielleicht brauche ich da deine Hilfe.« Lächelnd zieht sie eine Augenbraue hoch. Ich merke, dass sie Spaß hat. Die Welt mag kompliziert und chaotisch sein und irgendwo da draußen mag sich Ghost rumtreiben, aber das spielt jetzt keine Rolle. Jennifer Hunter hat alles im Griff. Mehr oder weniger zumindest. Meine Mutter drückt mir einen Kuss auf die Stirn.

»Aber warte mal«, krächze ich. »Ich habe noch mehr Fragen! Ich –«

»Das weiß ich doch«, unterbricht sie mich und streicht mir übers Haar. »Und ich verspreche dir, jede einzelne zu beantworten. Aber jetzt musst du dich ausruhen.« Sie gibt mir noch einen Kuss und ist gleich darauf verschwunden.

Erst als sie weg ist, merke ich, dass ich ein Stückchen Papier in der Hand halte. Es ist eine Bleistiftzeichnung des Persephone Clubs. So wie auf dem Foto, das Toby mir vom ersten Spioninnenjahrgang des Centers gezeigt hat. Allerdings sind die Mitglieder dieses Clubs Izumi, Charlotte, Toby und ich. Wir haben die Arme umeinandergelegt. Ich starre auf das Bild, bis meine Augenlider vor Erschöpfung zu flattern beginnen. Es gibt noch so vieles, das ich nicht verstehe. So viele Fragen. Und so viele mögliche Abenteuer zu bestehen.

Ja. So viele Abenteuer.

Dank

Ich kann mir kaum etwas Unterhaltsameres vorstellen, als ein Buch zu schreiben. Doch das tue ich nicht allein. Ohne die Weisheit meiner Agentin Leigh Feldman von Leigh Feldman Literary geht gar nichts. Ich bin mir ziemlich sicher, dass sie alles weiß. Großer Dank gebührt auch meiner Lektorin Alyson Heller bei Aladdin, die sich Abby und ihrer Freunde angenommen und sie zum Strahlen gebracht hat. Das Team bei Simon & Schuster ist spitzenmäßig und ich bin ihm ewig dankbar.

Dieses Buch habe ich für Max und Katie geschrieben, die mich tagtäglich mit ihrem Scharfsinn, ihrem Lachen und ihrem Temperament inspirieren. Möge die Welt euch all die Abenteuer ermöglichen, die ihr euch wünscht – große, kleine und fantastische. Und natürlich ist das hier wie immer auch für Mike.

Willkommen in der verrücktesten Schule der Welt!

*Cover- und Preisänderungen vorbehalten

Kate Wiseman

Gangster School

Roman

Aus dem Englischen von
Michaela Link
ivi, 256 Seiten
€ 12,99 [D], € 13,40 [A]*
ISBN 978-3-492-70448-9

Blaggards ist keine Schule wie jede andere: Hier werden die Sprösslinge der berüchtigsten Verbrecherfamilien in Diebstahl, Fälschung und Schwindel ausgebildet, um eines Tages in die Fußstapfen ihrer Eltern zu treten. Aber die Neuankömmlinge Milly und Charlie sind anders. Sie wollen nicht böse sein. Also unternehmen sie alles, um das kriminelle Tun auf der Schule zu verhindern – nur wie kann man gleichzeitig allen weismachen, dass man der genialste Gangster aller Zeiten werden will?

Leseproben, E-Books und mehr unter www.piper.de/verlag/ivi